廣木 寧

言葉にささえられて

政治に対峙する文学の世界

夢の友出版

淑乃に。
創丞に。

言葉にささえられて——政治に対峙する文学の世界

目次

目次

遠い人近い人

夏目漱石

漱石の文学と私

1

漱石の文学について、批評家の江藤淳が、「漱石という人はおそろしく孤独な人間であったが、漱石の作品は不思議と読者を孤独にしない」（「現代と漱石と私」）と書いているが、漱石本人の「孤独」がどれほどのものであったかは、以下の話が物語っている。

漱石の四十五、六歳の頃の作品に『行人』がある。そこに十九世紀のフランスの詩人ステファヌ・マラルメのエピソードが引かれている。――マラルメのところに多くの若者が集まってその話に耳を傾けることが長く続いた。その際マラルメの席は暖炉の前に決まっていた。ところが、ある晩、事情をよく知らぬイギリスの青年がやって来てマラルメの定席を侵した。するとマラルメは不安になり、話に身が入らなかった、というのである。（次の引用は先に断ったように『行人』からである。「兄さん」は大学教授の長野一郎を指し、「私」は一郎の同僚の大学教授である。）

《「何といふ窮屈な事だらう」

私はマラルメの話をした後で、斯ういふ一句の断案を下しました。さうして兄さんに向つて、「君の窮屈な程度はマラルメよりも烈しい」と云ひました。

兄さんは鋭敏な人です。美的にも倫理的にも、知的にも鋭敏過ぎて、つまり自分を苦しめに生れて来たやうな結果に陥つてゐます。兄さんには甲でも乙でも構はないといふ鈍な所がありません。必ず甲か乙かの何方かでなくては承知出来ないのです。しかも其甲なら甲の形なり程度なり色合なりが、ぴたりと兄さんの思ふ坪に嵌らなければ肯がはないのです。兄さんは自分が鋭敏な丈に、自分の斯うと思つた針金の様に際どい線の上を渡つて生活の歩を進めて行きます。》

そういう長野一郎がいう、

《「椅子位失つて心の平和を乱されるマラルメは幸ひなものだ。僕はもう大抵なものを失つてゐる。纔に自己の所有として残つてゐる此肉体さへ、（此手や足さへ、）遠慮なく僕を裏切る位だから」》

明治の人漱石の孤独は、近代の本家本元である西欧の知的選良の孤独より深刻なのである。この孤独という西欧の毒というてもよかろうし、悪というてもよかろうが、人と人の間に、いや人の心に分裂をもたらす近代そのものに漱石は独り耐えた。心を真ッ二つにせんばかりの西欧の毒に耐え得たのは儒の響きのある日本人の心なのである。その一斑を漱石の人生にみてみよう。

2

漱石は明治二十九年に熊本第五高等学校に赴任した。その赴任直後、短艇部の部長となった。この短艇部に吉田久太郎という学生がいた。吉田は腕力が強く相撲に負けたことがなかった。義気に富んでいたから、多くの学生から愛されていたが、自分が嫌うものに対しては呵責したから、一部の学生からは嫌われ、教師たちからは乱暴者として嫌厭されていた。

ある日のこと、海軍省から五高に大型のボートが二艘下げ渡されることになった。この二艘のボートを佐世保から廻航する役目が吉田たち数名の短艇部員に下った。ボートは無事に着したが、吉田は篠本という教師に面目を失った様子で、お願いがあると言った。

吉田は廻航の途次、修理のため、ある所に滞在中、ひまに乗じて盛大に飲食をなして正当な支払いの外に、百円ほど使い込んだというのである。篠本は、夏目部長は赴任したばかりで何の責任もないのだから夏目には秘して、僕も三円ほどをきみに渡すから、教師連に事情を話して哀願してみるといいと吉田に諭した。しかし、平生の吉田の粗暴のせいで誰も取り合わなかった。そこに、このことをもれ知った漱石が全額を償い、責任をとって部長の職を辞した、という。

右のことは、漱石の小学校の同級生で、五高で漱石と再会した篠本二郎の回想記にある話である。篠本は五高で鉱物を教えていた。漱石が歿した翌年の大正六年に、篠本は「腕白時代の夏目君」と「五高時代の夏目君」を草して、五高生のとき漱石から、そしておそらく篠本からもならった寺田寅彦に送った。

その篠本の回想にいう、

《夏目君は幼時より虚言を吐いたことがなかつた。又人一倍然諾を重んじ、若し余儀なき事故ありて約束を違へることなど起りし時は、平素の剛情に似ず自から非常に愧ぢて、後日幾回となく弁疏をなし、相手の満足するまで気に掛けて止まなかつた。(中略)夏目君は虚言つきと言はるゝことを、神経質かと思はるゝ程に、

気に掛けて居た。》

3

漱石夏目金之助は、五男三女の末子で、四十一歳になる母親がこの年で子を産むのは恥ずかしいと云って、生まれるとすぐ養子に出された人であった。次の話は漱石が七歳くらいのことである。漱石の自伝的小説として名高い『道草』より引く。文中の「健三」は漱石であり、「御常」は養母である。

《御常は非常に嘘を吐く事の巧い女であつた。それから何んな場合でも、自分に利益があるとさへ見れば、すぐ涙を流す事の出来る重宝な女であつた。健三をほんの小供だと思つて気を許してゐた彼女は、其裏面をすつかり彼に曝露して自から知らなかつた。

或日一人の客と相対して坐つてゐた御常は、其席で話題に上つた甲といふ女を、傍で聴いてゐても聴きづらい程罵つた。所が其客が帰つたあとで、甲が又偶然彼女を訪ねて来た。すると御常は甲に向つて、そらぞらしい御世辞を使ひ始めた。遂に、今誰さんとあなたの事を大変賞めてゐた所だといふやうな不必要な嘘迄吐いた。健三は腹を立てた。

「あんな嘘を吐いてらあ」

彼は一徹な小供の正直を其儘甲の前に披瀝した。甲の帰つたあとで御常は大変に怒つた。

「御前と一所にゐると顔から火の出るやうな思をしなくつちやならない」

健三は御常の顔から早く火が出れば好い位に感じた。

彼の胸の底には彼女を忌み嫌ふ心が我知らず常に何処（どこ）かに働らいてゐた。いくら御常から可愛がられても、それに酬（むく）いる丈の情合（じょうあい）が此方（こっち）に出て来得（きえ）ないやうな醜いものを、彼女は彼女の人格の中に蔵（かく）してゐたのである。さうして其醜くいものを一番能（よ）く知つてゐたのは、彼女の懐（ふところ）に温められて育つた駄々（だだ）ッ子に外ならなかつたのである。》

漱石が育ったのはこういう情の荒れた場所であった。養父も御常とそう大した違いがないことは『道草』の読者の知るところである。（拙著『小林秀雄と夏目漱石』参照）

4

小林秀雄の『本居宣長』によれば、わが国近世の学問は慶長十三年（一六〇八）生まれの中江藤樹からはじまる。その藤樹は、学問とは一切無縁な、小林の言葉を藉（か）りれば、「荒地」に育った。

藤樹が成人したのは伊予の大洲（おおず）だが、学問をする者は「誹謗（ひぼう）」の対象であった。この「誹謗」という言葉は、小林が、「その文体から判ずれば、藤樹から単なる知識を学んだ人の手になつたものではない」という「藤樹先生年譜」から藉（か）りた。

藤樹が加藤家六万石に仕える祖父吉長の懇望により近江小川村で百姓をしていた両親のもとを離れて伯耆（ほうき）の米子（よなご）に移ったのは数え九歳のときであった。ついで主君の転封に従って大洲に替った。十五歳の時に祖父が死んだので家督を継いだ。「藤樹先生年譜」には「幼ヨリ物ニ愛著（あいちゃく）セズ。故ニ父母ヲ離テ遠ク行トイヘドモ、一毫（いちごう）モ哀（かなし）ムコトナク（後略）」とある。

「藤樹先生年譜」の数え九歳の項に、「今年、始テ文字ヲ習ヒ書ス」とある。祖父吉長は孫の藤樹に文字を習わせた。吉長は「文字ニ拙シ」（「藤樹先生年譜」）という人であったが、それは吉長ひとりのことではなかったであろう。戦国の世は〝武〟の時代だったのである。だが、藤樹九歳の年は豊臣家が滅亡（大坂夏の陣）した翌年である。徳川の世は盤石である。いや、盤石にしなくてはならぬ。世は〝武〟の時代から〝文〟の時代に変わりはじめた。吉長はその変化を感じていたのかも知れぬ。ともあれ、世は荒れていたが、藤樹の心は荒れていなかった。藤樹は、手習いからはじめた〝文〟の道を、書物を相手に独り進んだのである。

「藤樹先生年譜」を読むかぎり、藤樹のこの世への疑いは十四歳のときに起こった。その日、家老が吉長を訪ねて来ることになっていた。家老は大身（たいしん）（千八百石）だから、その話は常人とは異なっているだろう。藤樹は身を隠して家老の話を聴いた。そして失望した。何も取り得るところがなかったのである。――「ツイニ疑テコレヲ怪（あやし）ム」（「藤樹先生年譜」）

5

九歳のころの漱石に〝喜（き）いちゃん〟という仲の好い友だちがあった。この頃、漱石は養父母の離婚にともない実家に引き取られていた。ただし、実の親を祖父母と教えこまれ、それを信じていたが。

漱石の随筆集『硝子戸（がらすど）の中（うち）』に、「喜いちゃんも私も漢学が好きだつたので、解りもしない癖に、能（よ）く文章の議論などをして面白がつた。」とある。おさない漱石の学は同年齢の藤樹の学よりはるかに進んでいたのである。

江藤淳が作成した漱石年譜より七歳（数え八歳）のところを引く。

《養父昌之助、町内に住む旧幕臣の寡婦日根野かつ（二六歳）と通じ、ために夫婦不和を生ず。一時養母とともに馬場下の生家夏目家に引きとられ、さらに夏目家を出て養母やす（『道草』の御常）と侘び住居すること数ヵ月、やがて養父の許に引きとられる。養父は日根野かつ及びその娘れん（八歳）とともに（中略）住んでいた。》（『決定版夏目漱石』）

先に引いた『道草』は、この年譜の時代の一齣なのである。おさない漱石の痛苦がある重さと鋭さをもって読者に迫って来る。藤樹の「荒地」は時代が生んだものであったが、漱石のそれは多く家庭から生じたものであった。漱石の大才を育てたものは漱石のいう「駄々ッ子」の気質であった。

漱石も藤樹もおさない時より一人の師につくこともなく書物を相手におのれの心を見つめて来たのである。おとなに「疑」を抱いた二人の少年にとって、本を読むとは、正しく生きることを学ぶ渾身の行為であった。

6

漱石の文学には、読者を温かく包みこむような特質がある。漱石が明治四十年に発表した作品に『野分』がある。主人公は白井道也である。東京帝大出の文学者である。大学を卒えていくつかの地方の中学校（今の高校）の教師を八年間務めて東京に戻って来た男である。

白井は普通一般の教師ではない。――「学問は綱渡りや皿回しとは違ふ。芸を覚えるのは末の事である。

人間が出来上がるのが目的である。大小の区別のつく、軽重の等差を知る、好悪の判然する、善悪の分界を呑み込んだ、賢愚、真偽、正邪の批判を謬まらざる大丈夫が出来上がるのが目的である。」——道也はこう考えて教師を業として来た。

しかし、というべきか、だから、というべきか、道也は三度教師となって三度追われた。

最初の赴任地は越後であった。越後は石油を産出するところである。町の繁栄は石油会社のおかげである。ある講演会で道也は、金力と品性という題で、両者が一致しないことを述べて会社の役員の暴慢と青年子弟の金万能主義を信奉することを戒めた。すると、道也は、生意気、無能、馬鹿教師と罵られた。道也は越後を去った。

次は九州であった。炭鉱の煙りを浴びて黒い呼吸をせぬものは人間の資格はない。世の中がこうの、社会があの、未来の国民が何のかのと一円の金に換算ができぬ非生産的な言説を弄するものに存在の権利などあろう筈がない。金の力で生きておりながら金を誹るのは、生んでもらった親に悪態をつくと同じことである。その金を作ってくれる実業家を軽んずるなら食わずに死んでみるがいい。死ぬるか、死に切れずに降参するか、ためして見ようと云って放り出されたとき、道也は飄然と九州を去った。

第三は、中国地方の田舎である。ここはさほど猛烈な現金主義ではなかった。ただ土着の者が無暗に幅を利かして、他県の者を外国人と呼んだ。呼ぶだけでは済まないで、他県の者を征服しようとするのである。ある時、旧藩主が学校に参観に来た。旧藩主は殿様で華族様である。地元の者からいえば神様である。この神様が道也の教室に入って来た。道也は別に意にも止めず授業を継続した。神様の方も無論挨拶もしない。道也からすれば、教場は神聖なものである。いくら華族様でも旧藩主でも授業を中断させる権利はない。道也は頑愚との嘲罵を背に浴びて飄然として去った。

三度教壇を去った道也は東京に戻り、もう田舎には行かぬと妻に告げた。学校にも世の中にも愛想をつかした道也は、世を矯正するには筆の力によらねばならぬと悟ったのである。

雑誌の編集と執筆と講演で生きていた白井道也の名が高柳周作にたまたま知れた。周作は東京帝大の学生である。越後の高田で中学校教師の煽動に乗って、夜十五、六人の学生の一人として道也先生の家へ石を投げ込んだ一人なのである。道也先生が辞職する前に教室にやって来て、「諸君、吾々は教師の為に生きべきものではない。道の為めに生きべきものである。道は尊いものである。此理窟がわからないうちは、まだ一人前になつたのではない。諸君も精出して、わかる様に御なり」と誠心誠意やわらかく語りかけたのを、「生意気だ、生意気だつて」笑ってはやした生徒の一人が周作なのである。

その周作に道也先生の居所が知れた。周作は道也先生を訪ねた。謝ろうと思うのだが、言葉が出ない。道也の文を読み感嘆し、講演を聴き心動かされ、敬愛の情を深めた。

7

周作は母一人子一人である。郷里に母がいる。周作は翻訳をして糊口をしのいだ。そういう困窮の日々がたたって周作は血を吐いた。

友が一人いる。その裕福な友が、まぶしいくらいに美しい女性と婚約した。周作はいよいよ一人ぼっちと思った。道也先生に逢いたくなった。

《「先生、私の歴史を聞いて下さいますか」

「えゝ、聞きますとも」

「おやぢは町で郵便局の役人でした。私が七つの年に拘引されて仕舞ました」

道也先生は、だまつた儘、話し手と一所にゆるく歩を運ばして行く。

「あとで聞くと官金を消費したんださうで——其時はなんにも知りませんでした。母にきくと、おとつさんは今に帰る、今に帰ると云つてました。——然しとうとう帰つて来ません。帰らない筈です。肺病になつて、牢屋のなかで死んで仕舞つたんです。それもずつとあとで聞きました。母は家を畳んで村へ引き込みました。……」

「先生」

向から威勢のいゝ車が二梃束髪の女を乗せてくる。二人は一寸よける。話はとぎれる。

「何ですか」

「だから私には肺病の遺伝があるんです。駄目です」

「医者に見せたですか」

「医者には——見せません。見せたつて見せなくたつて同じ事です」

「そりや、いけない。肺病だつて癒らんとは限らない」

高柳君は気味の悪い笑ひを洩らした。時雨がはらはらと降つて来る。からたち寺の門の扉に碧巌録提唱と貼りつけた紙が際立つて白く見える。女学校から生徒がぞろぞろ出てくる。赤や、紫や、海老茶の色が往来へちらばる。

「先生、罪悪も遺伝するものでせうか」と女学生の間を縫ひながら歩を移しつゝ高柳君が聞く。

「そんな事があるものですか」

「遺伝はしないでも、私は罪人の子です。切(せつ)ないです」

「それは切ないに違ひない。然(しか)し忘れなくつちやいけない」

警察所から手錠をはめた囚人が二人、巡査に護送されて出てくる。時雨が囚人の髪にかゝる。

「忘れても、すぐ思ひ出します」

道也先生は少し大きな声を出した。

「然しあなたの生涯は過去にあるんですか未来にあるんですか。君は是(これ)から花が咲く身ですよ」

「花が咲く前に枯れるんです」

「枯れる前に仕事をするんです」》

漱石はこんな風にして、苦悶する若者を温めて励まし続けた。例えば、明治三十八、九年の帝大生の森田草平、鈴木三重吉宛の書簡を読むといい。僕も浪人生のころから、漱石に声を掛けられ、励まし続けられた一人である。

最後に、三十九歳の漱石が、おそらく自身の青春の重みを乗せて、おのれを深く疑った昔を二十五歳の森田草平に語った言葉を引く。――「天下に己れ以外のものを信頼するより果敢(はか)なきはあらず。而(しか)も己れ程頼みにならぬものはない。どうするのがよいか。森田君此(この)問題を考へた事がありますか」

〝文化の戦士〟としての夏目漱石

夏目漱石は著書『こころ』の中で、若い頃をふり返って、下宿の六畳の部屋で、「天下を睥睨するやうな事を云つてゐたのです。然し我々は真面目でした。我々は実際偉くなる積でゐたのです」と語っている。漱石は、西洋文学研究の第一世代の一人として、専攻した英文学研究において「洋文学の隊長とならん」（正岡子規宛書簡　明治二十四年）と発心していたのである。

漱石の名が天下に知られるようになったのは、『吾輩は猫である』を発表した明治三十八年（一九〇五）のことである。漱石の年齢は明治の年数と同じであるから、この年、漱石は満で三十八歳である。

名が知られるようになると、種々の雑誌から談話を求められるようになった。そこに漱石は己の文学の閲歴を語った。談話「文話」（明治四十三年）の中で、「私は幼少の時から文章を書いて居る」と語っている。その大本は家庭にあった。「父も、兄も、一体に私の一家は漢文を愛した家で、従つて、その感化で私も漢文を読ませられるやうになった」と追想している。十五、六歳になった漱石は、開成学校（後の東大）に学ぶ十一歳年長の兄に、文学を職業にしたいと相談をもちかけると、兄は「文学は職業にやならない、アッコンプリッシメント（たしなみ）に過ぎないものだ」（談話「時機が来てゐたんだ」明治四十一年）と言って漱石を叱った。それで美術的なことが好きであった漱石は、建築を専攻することにした。

ところが、ある日、「常に宇宙がどうの、人生がどうのと大きなことばかり言って居る」同級生の米山保三郎がやって来て、君は何になるかと尋ねた。漱石は建築を専攻するものとしてピラミッドでも建てるつもりでいたからその大志を語った。すると、米山は、「今の日本の有様では君の思つて居る様な美術的の建築をして後代に遺すなどゝ云ふことは、迚も不可能な話だ、それよりも文学をやれ、文学ならば勉強次第で幾百年幾千年の後に伝へる可き大作が出来るぢやないか」（談話「落第」明治三十九年）と盛んなことを言った。煽られた漱石は、大学の英文科に当時ただ一人の入学者として身を置き、卒業後中学高校の英語の教師として六年を勤めた後に、英語英文学の研究のために英国留学を文部省に命ぜられて二年を英国に過して帰朝した。帰朝した漱石は大学に身を置きつつ、創作の筆をとって『吾輩は猫である』（明治三十八年一、二、四、六、七月）、『倫敦塔』（同年一月）、『カーライル博物館』（同年一月）、『幻影の盾』（同年四月）、『琴のそら音』（同年五月）を発表した。

同じ年の八月一日に掲載された談話に「戦後文界の趨勢」がある。ここにいう「戦後」とは日露戦争の「戦後」であるが、戦争の終結はこの年の九月五日に締結されるポーツマス条約によるのだから、三月の奉天会戦、五月の日本海海戦が日本の勝利に帰したとはいえ、その後大きな戦闘はなくとも、戦争状態は継続していたが、日本の勝利について漱石は談話の冒頭に次のように述べている。

《兎に角日本は今日に於ては連戦連捷――平和克復後に於ても千古空前の大戦勝国の名誉を荷ひ得る事は争ふべからずだ、こゝに於てか啻に力の上の戦争に勝つたといふばかりでなく、日本国民の精神上にも大なる影響が生じ得るであらう。》

漱石は続けていう、ロシアとの戦争まで、つまり明治維新後三十七年間、日本と西洋との戦争はなかった。しかし、それは砲烟弾雨の戦争がなかったというだけで、物質上、精神上には「平和の戦争」は常にあった。

文明開化はますます盛んになって来たが、文明とは西洋の文明であるから、日本の社会は西洋に侵蝕されて来たことになる。諸事万端そうであった。精神界の学問は無論のこと、礼儀、作法、食物、風俗の末に到るまで、西洋流になった。だから漱石は言う、「平和の戦争には敗北した」と。永く「文界」に身を置いている漱石には「平和の戦争」とは文学者漱石の持ち場の戦の事である。

漱石は日本の文学をかえりみて思う。

《我日本は不幸にして、文学の方面に於ては昔から外国に向て誇り得る――誇るに足るべき文学はないと思ふ――或は比較的あるかも知らぬ、然し大きな顔をして世界の舞台に闊歩し得るやうなものはドーも見当らない。》

そういう「傑作」を持たぬ日本の「文界」に西洋の文学がどっとなだれ込んで来た。

《文学を以て外国と角逐することは出来ぬと自認し、外国の書籍を見ても日本人の夢想せざる点が開拓されて頗る発達して居るのを気付くと、その方が非常にエラク思はれて来て、模範は彼に在る、鑑は外国に求らねばならぬといふ、この風潮が深く浸み込んだ。／尤もかゝる風潮は、これは自分を知り、亦た他を知るといふ点に於て、尤も公平な観察で決して悪くはない、けれども其の弊をいふとツマリ一も二もなく西洋を崇拝するといふことになつて、標準がなくなつて来て唯彼を真似る、彼を崇拝するといふに止まる》（傍点漱石）

二十一歳のときに英文学を専攻して以来、漱石を苦しめて来た問題がここにある。同様の趣旨のことは大正三年の講演「私の個人主義」の中にも述べているが、今は「戦後文界の趨勢」の続きを引く。

《その極端に到つては、自分が読んでおもしろいものでなくつても、これを無理におもしろがらなければならないやうに、或は世間の手前お世辞に褒めちぎらねばならないやうに感ずる、啻に感ずるばかりでなく、これを敢て為るに到るのである、西洋の批評家が云ふことは何所まで正しいか、日本人の立場としては何所まで信ずるかといふことを吟味もせずに、唯これを伝へるに過ぎなかった。》

西洋人が言ったことは、「読んでおもしろいものでなくつても、これを無理におもしろがらなければならない」、「世間の手前お世辞に褒めちぎらねばならない」時代が、永く続いたのである。そういう時に日露戦争の「連戦連捷」の事があったのである。漱石は、アルマダの海戦（一五八八年）でスペインの無敵艦隊を破ったイギリスのエリザベス朝時代を想起する、――「天地が広くなつて歓楽を尽す方面に一般の気風が向き、世の中が自由であるといふ気で作するから勃々たる生気が湧いて来て、決して窮屈の態が無い、人を愕すやうにパッと文学が盛んになつた」と。

漱石はわが国の「文界」の「天地が広くなり」、「勃々たる生気が湧いて来」ることを期待した。その先導をしようと奮闘し多産した。漱石の文学は、明治の軍人が果たした〝独立〟を「文界」でも果たそうとしたのである。現今の「文界」やいかに。

漱石の「明治天皇奉悼之辞」について

『図書』（岩波書店）四月号を見て愕いた。巻頭に、この小文と同題の文があった。作者は東大名誉教授の三谷太一郎氏で、氏の専攻は日本政治外交史とある。文は六百字ほどのものであった。

漱石の「明治天皇奉悼之辞」とは、明治天皇崩御にあたって、大正元年八月一日発行の『法学協会雑誌』の巻頭に掲載されたものである。ただし、表題も署名もない。

では、なぜ漱石作と判るかというと、漱石の愛弟子の小宮豊隆の文に、その根拠が示されている。――法学博士山田三良の夫人は作品上の指導を乞いに漱石の家に出入りしていた。漱石の家と山田の家とは目と鼻の先であった。そういうことから、明治天皇崩御に際して、『法学協会雑誌』の編輯委員である山田は奉悼の文を漱石に頼みに行ったに違いないと小宮は漱石全集の解説に書いている。この無署名の奉悼文は、当時から奉悼文中の名文として喧伝されたと小宮は言う。表題は小宮が漱石全集に収録されるに際して付けたものであろう。今、その全文を引く。

《過去四十五年間に発展せる最も光輝ある我が帝国の歴史と終始して忘るべからざる
大行天皇去月三十日を以て崩ぜらる
天皇御在位の頃学問を重んじ給ひ明治三十二年以降我が帝国大学の卒業式毎に行幸の事あり日露戦役の

折は特に時の文部大臣を召して軍国多事の際と雖も教育の事は忽にすべからず其局に当る者克く励精せよとの勅諚を賜はる
御重患後臣民の祈願其効なく遂に崩御の告示に会ふ我等臣民の一部分として籍を学界に置くもの顧みて
天皇の徳を懐ひ
天皇の恩を憶ひ謹んで哀衷を巻首に展ぶ》

「明治天皇奉悼之辞」は岩波書店発行の菊判の漱石全集（第一刷は昭和四十年から刊行された。わたくしの所有のものは昭和四十九年から刊行された第二刷）では、第十一巻「評論雑篇」に収録されている。この巻の巻末にある小宮の解説に先に書いた山田三良のことが書かれている。

わたくしが所蔵する今一つの、同じ岩波書店発行の四六判の漱石全集（第一刷は平成五年から刊行された。わたくしのは平成十四年から刊行された第二刷）では、「明治天皇奉悼之辞」は第二十六巻「別冊　中」に収録されている。この二十六巻「後記」に、本巻には、漱石が学生時代に書いたもの、小説の草稿類、および他巻に振り分けがたいものを収めたとある。それらを「雑纂」として掲げているが、それらのうち、漱石によるものと今日確定しがたいものは、とくに「雑纂Ⅱ（参考資料）」として区別されている。「明治天皇奉悼之辞」はこの「参考資料」として全集に収められているのである。つまり、「明治天皇奉悼之辞」はほとんど漱石全集から追放されつつあったのである。

そこに現われたのが『図書』の巻頭に載った三谷氏の文であった。三谷氏は書いている。

《「明治天皇奉悼之辞」は漱石にとっては無署名文であるが、それには漱石独自の明治天皇観が凝縮されている。明治天皇は日露戦争のさなかの明治三七年七月、東京帝国大学卒業式に臨席するため大学を訪問した。卒業者の中には、吉野作造らがいた。その際に文部大臣に対して、特に一つの「御沙汰」（今日でいう「お言葉」）を与えた。それは「軍国多事の際と雖も教育の事は忽せにすべからず」というものであった。漱石はそれを引いて、「天皇の徳を懐ひ、天皇の恩を憶ひ、謹んで哀衷を巻首に展ぶ」と結んだのである。当時漱石は大学の英文科講師であり、天皇を奉迎する列に連なっていたかも知れない。》

昨年（平成二十八年）十二月に上梓した『天下なんぞ狂える』（慧文社）の中でわたくしは次のように書いている。

《漱石は英国より帰国した明治三十六年から四十年三月まで東大の文科大学講師であったから、明治天皇が大学に「行幸」され卒業式に臨まれるのを直接に目撃したであろう。明治三十七年二月に日露の戦争がはじまり、「軍国多事」の世となり、〝文〟に携わる者は肩身が狭い思いをしたであろう。そういうときに、明治天皇から「教育の事は忽にすべからず其局に当る者克く励精せよ」との言葉をたまわった。だからこそ漱石は、戦争中にもかかわらず、『文学論』の講義が続けられたのである。「明治天皇奉悼之辞」は匿名であったが、かつて「学界に身を置」いた者として、筆者漱石の切実な個人的体験が盛りこまれた奉悼の文なのである。》

三谷氏とわたくしは「明治天皇奉悼之辞」に関する限りは、小宮が記した事を確認したということになろう。三谷氏の専攻するところは、わたくしは全くの門外漢である。わたくしは漱石が大正三年に発表した『こころ』を熟読しようとして漱石全集をひもといた。三谷氏は「吉野作造ら」に拠って「明治天皇奉悼之辞」にたどり着いたのであろうか。

現在、岩波書店から刊行中の『定本漱石全集』のどこに「明治天皇奉悼之辞」は収まるのであろう。どこに収まろうと漱石は半生の思いを込めた精一杯の作品が自作と認められて喜んでいるであろう。

続・漱石の「明治天皇奉悼之辞」について

1

「明治天皇奉悼之辞」が漱石全集に収録されたのは昭和十年（一九三五）十月に刊行が開始された岩波書店の『決定版漱石全集』（全十九巻）からである。（最初の漱石全集は漱石の死の翌年の大正六年十二月に刊行開始）

この『決定版漱石全集』について編者の一人であり、実質では編集長であった小宮豊隆は、従来の漱石全集と相違するところは、「第一に内容が遥かに豊富になつてゐる事である。第二に各巻に解説がつく事である。第三に全体に通じる、総索引が添へられる事である」と述べている。第一の点については漱石の書簡、俳句、文章、談話筆記の類が続々発見されたことによる。「何等かの意味で『漱石』を表現してゐるものである限り、どんな断翰零墨といへども、必ず是を採録する方針をとる事にした」という。第二の「解説」は小宮がひとり引き受けた。これは小宮の友人安倍能成の提案である。第三の総索引は『ゲーテ全集』（ヴァイマル版）にならって小宮が立案した。（小宮著『漱石寅彦三重吉』）

決定版全集第十三巻の「評論雑篇」の「解説」で小宮は、「『雑篇』には是まで、序文の一群以外は、『入社の辞』と『元日』と『余と万年筆』とだけしか収められてゐなかつた。（中略）朝日新聞に載せられた『虞美人草』の予告と『三四郎』の予告と『それから』の予告と『行人続稿に就て』とが、今度『別冊』から此処（「雑篇」）に移された」と書いて、小宮は次のように続けた。

《(「雑篇」の)その他の増加は、すべて新発見の資料である。その中で特に注釈を必要とするものは、『明治天皇奉悼之辞』だらうと思ふ。是は大正元年八月発行の『法学協会雑誌』に掲載されたものである。》

この『法学協会雑誌』の「編輯委員」が漱石より二歳下の法学博士山田三良(さぶろう)であった。山田の夫人繁子は、「作品上の指導を乞」うために、以前から漱石の家に出入りしていた。

《従つて夫人を通じて山田三良は、漱石と知り合ひになつた。殊に漱石の家と山田三良の家とは、町名は違ふが、目と鼻との間にあつた。それだから山田三良は、恐らく奉悼の辞を、漱石の所に頼みに行つたものに違ひない。漱石はそれを引受けて、頼まれた翌日とかに、山田三良の所にこの原稿を持つて行つた。その時漱石は、自分は響きだけがあつて意味のない、従つて西洋の言葉には翻訳の出来ない文字を一つも使はなかつた。さうして率直に誠実に、奉悼の意を表現したのだと、言つたのださうである。諸新聞のかういふ機会に用ひる言葉使ひを、「極度に仰山(ぎょうさん)過ぎて見ともなく又読みづらく」感じてゐた漱石が、簡素に真実に奉悼の誠を致さうとした点に、いかにも漱石の漱石らしさが躍如としてゐるといふべきであるが、是は当時奉悼文中の名文として喧伝され、一体あれは誰が書いたのだと、人人の間に頻(しき)りに問題にされたさうである。》(『漱石の芸術』〔『決定版漱石全集』の解説を集めたもの〕)

2

平成四年（一九九二）十二月から岩波書店より刊行が始まった四六判『漱石全集』（全二十八巻別巻一）によって岩波の『漱石全集』は初めて小宮豊隆の編集を離れた。

平成版『漱石全集』の編集者の一人である秋山豊は、著書『漱石の森を歩く』（平成二十年刊）の中で、「私は、岩波書店の編集部員として新しい『漱石全集』の編集に携わったものであるが、作品の校訂に当たっては、漱石自筆の原稿を最大限尊重するという方針をとった」と述べている。

漱石本文を徹底的に調べつくして校異表までつけた『漱石文学全集』（全十巻別巻一・昭和四十五年六月刊行開始）を集英社から出した漱石研究家としても著名な荒（あら）正人、そして、「今次（昭和十年）の決定版に於（おい）ては、今迄（いままで）にも屢（しばしば）述べ、世間にも問題になつてゐる、新資料の数多くを加へた事のみならず、従来のものも、一字々々、有る限り、原稿について、厳密なる校訂を行ひ、不幸原稿のないものも、初掲載の新聞、雑誌はもとより、単行本初版とつき合せ決定的のものたらしむべく凡（すべ）てに亘つて努力してゐるのであります」と全集月報（昭和十一年十一月）にある『決定版漱石全集』を編集していた小宮豊隆、この二人に対して、秋山は著書『漱石という生き方』（平成十八年刊）の「あとがき」で、

《これは現実に漱石全集を担当するようになって気づいたことだが、荒さんにしても、岩波書店の漱石全集をずっと担ってきた小宮豊隆さんにしても、漱石の自筆の原稿を見たとはいっているけれども、その「見た」は「眺めた」であって、実地に原稿をつぶさに検討したわけではなかった、らしい。（中略）実際の作業者は、私のような出版社の編集部員であったり校正の担当者であったりしたにちがいない。小宮さんの場合は、岩

波書店に残されているかつての全集の編集作業の記録から、荒さんの場合は自筆原稿所蔵者の証言――「荒先生は、実務者が原稿を点検している間中、そばでじっと作業が終わるのを待っていました」――から、そう判断するのである。／（中略）二人とも原稿を眺めただけで、あとは想像力によって問題の所在を指摘し、実務者にその問題点について注意するように指示していただけなのではないだろうか。あるいは実務者から判断を求められて、自らのセンスで採否を決めたのではないか。少なくとも、彼等自身が実務を通して発見的な作業をした、とはとても思えなかった。》

小宮や荒が、漱石の本文について、「見た」か「眺めた」かは今は問わず、「厳密なる校訂を行」おうとしたり、徹底的に調べつくそうとしたりしたが、秋山は秋山で、「テキストが原稿―初出誌（紙）―単行本でどのように変遷するかを調べ」た。（「本文作成の問題点―岩波書店の『漱石全集』の場合」平成二十七年）

《そこでの最初の素朴な印象は、この原稿がなぜ初出で変ったのかがわからない、ということであった。単行本になるとさらに変ってゆくのだが、それら一つ一つに漱石の意志がはたらいているとは到底思えなかった。また、小宮も荒も、それぞれのテキストを見比べた上でなぜ原稿を採用しようとしなかったのかも、理解できなかった。（中略）私（たち）の作業から得た結論を言えば、原稿が一番信頼できる、ということに尽きる。その帰結として、原稿を尊重し、それに基づいてテキストを確定するという方針を採ることに決めたのであった。》

ここに秋山は次のような反論を予想している。――「作者は生きている限り作品に手を入れて彫琢につとめるのだから、作者が手を入れた最後の本文こそ尊いのではないか」（『漱石という生き方』）。秋山が続けて書いている通り、「作者によりあるいは作品により、そのような意見が妥当する場合がある」。江藤淳のように書き上げた原稿を〝完全原稿〟といって後には原稿に手を入れなかった人もいれば、小林秀雄のように、単行本に収めるにあたり、全集に収めるにあたり、手を入れた人もいる。

秋山は「漱石はほとんど校正をしない」（『同上』）という。この「ほとんど」は取りようであるが、決定版全集の月報には漱石が掲載紙の朝日新聞の切り抜き（『虞美人草』と『硝子戸の中』）に手を入れたものの写真が載っているし、昭和四十年刊行の岩波の菊判全集の月報に朝日新聞の切り抜き（『行人』「塵労」）に手を入れた写真が載っている。また、『新潮日本文学アルバム』の『夏目漱石』には『漾虚集（ようきょしゅう）』（明治三十九年刊）の「著者の校正ゲラ」と新聞の切り抜き（『行人』「友達」）に手を入れたものの写真が載っている。ことに『漾虚集』の方は見開き二ページだけの写真であるが、相当の書き込みがある。

秋山は『漱石研究』創刊号（平成五年）の「新『漱石全集』刊行にあたって、岩波書店編集部にきく」の中で、次のように発言している。

《時間的に原稿を書いたときのエネルギーというんですか、その完結性と新聞連載の切り抜を、まあ奥さんだか、自分だか分かりませんけれども、作って、それに書き込んでいる時の密度、それは等質ではないだろう、つまりこの日は気がむいたからいっぱい書き込んだけれど、この日は気がむかないからあまり書き込まなかったと、忖度（そんたく）すればですよ。それから、これは許すけど、これは許さないという基準にしても、書いている時の意識と、当然違う意識があるだろう。》

一つの作品を創造しようとする努力と、出来上がった作品の、出来上がったからこそ見えて来る全容のために全体を統合しようとする努力を比較して、気がむくとか、むかないとかいう「付度」で前者の方がエネルギーが優っているといって片付けられるのだろうか。

ともあれ、原稿に立ち返って漱石の本文を校訂しようとする編集作業は、大正から続く漱石全集編集の宿願のように思える。秋山をはじめとする全集編集者はこの宿願を果そうとした。

3

「明治天皇奉悼之辞」に戻る。(「明治天皇奉悼之辞」は掲載時は無署名であるとともに、無題であるが、今は小宮が携わった漱石全集に用いられた「明治天皇奉悼之辞」を用いる。)この文章に原稿は残されていない。秋山たちによる四六判『漱石全集』が刊行され始めた平成四年の時点で、「明治天皇奉悼之辞」が「法学協会雑誌」に掲載されたいきさつについて触れたものは、先に引いた昭和十年に刊行が開始され始めた『漱石全集』の第十三巻の「解説」と、この決定版全集の「解説」を一冊にまとめた『漱石の芸術』(昭和十七年刊)がある。それに、昭和三十一年九月から刊行が開始された岩波の新書版全集(全三十四巻)の第二十一巻「評論雑篇」の小宮の「解説」がある。この新書版全集の「解説」は小宮が決定版全集の「解説」に拠りながらも新たに書き下ろした文章である。

岩波はこれより九年後の昭和四十年に漱石歿後五十年を記念して菊判の全集を出したが、全巻にある小宮の「解説」は決定版全集の再録である。菊判全集刊行のときには明治十七年(一八八四)生まれの小宮は病床の人であった。菊判全集の第五巻月報(昭和四十一年四月)に、安倍能成は、小宮の「肉体は生きて居るが、精神は働いて居ない」と書き、その翌月の月報に、河野與一（こうのよいち）は「数年前受けた手術の予後が捗々（はかばか）しくなくて、最近小宮さんのあの正確で綿密な記憶力がすつかり心許（こころもと）なくなつてしまつた」と書いている。そして河野が月報に書いた文章が折り込まれる巻が出る前に、五月三日(昭和四十一年)に小宮は死んだ。八十二歳であった。

だから、昭和三十一年刊行の新書版全集の解説と昭和四十年刊行の菊判全集の解説とでは、前者の方が二十一年新しい文なのである。

では、新書版全集第二十一巻「解説」で小宮は「明治天皇奉悼之辞」についてどのように書いているか。「評論」篇の解説を終えて「雑篇」の解説に入ると、小宮は、「これに就いては、一一（いちいち）解説をつける必要はなからうと思ふ」と書いて次のように述べている。

《ただ『明治天皇奉悼之辞』は、漱石が『法学協会雑誌』から頼まれて書いたものであるといふことだけは、ここに書いて置きたい。これは当時この雑誌の主幹をしてゐた、山田三良から頼まれたものである。山田三良の夫人繁子は、前から漱石のところへ出入りして、小説を見てもらつてゐた。その上漱石の早稲田南町のうちと山田の弁天町のうちとは、町名は違ふが、すぐ近くにあり、漱石のところに電話が取りつけられるまでは、漱石のうちでは火急の用があれば、山田のうちに電話を借りに行くこともよくあつたので、自然山田三良とも漱石は親しくつき合ふ関係になつて行つたのである。しかし漱石がいくら山田と親しくしてゐたとは言つても、漱石に明治天皇の崩御（ほうぎょ）を悼（いた）む気持がなければ、さう易々（やすやす）と『奉悼之辞』を引き受ける筈（はず）がない。漱石がこれを引き受けたのは、明治天皇の崩御が漱石に大きなショックを与へ、何等かの方法で『奉悼之辞』でも書きたいくらゐな気持になつてゐたところへ、山田が頼みに来た為（ため）だらうと思ふ。漱石は頼まれた翌日とかに、山田のところへこれを持つて行き、自分は響きだけあつて意味のない、従つて西洋の言葉には翻訳できない文字は一つも使はなかつた、さうして率直に誠実に、奉悼の意を表現したのだと言つたさうである。当時の諸新聞がかういふ機会に用ひる言葉使ひを、「極度に仰山過ぎて見ともなく又読みづらく」感じてゐた漱石が簡素に真実を籠めて、奉悼の誠を致さうとした点に、いかにも漱石の漱石らしさが躍如としてゐるといふべきである。しかもこれが『法学協会雑誌』で発表されると、当時の奉悼文中の名文だとして方方から注意され、一体あれは誰が書いたのだと、人人の間にひどく問題にされたものだといふ。》（傍点引用者）

この文は昭和三十二年二月十八日の署名のある文であるが、決定版全集の「解説」より、説明がより詳しく具体的になっている。山田三良が、「法学協会雑誌」の「編輯委員」から「主幹」に変り、山田夫人繁子が「作品上の指導を乞ふ」が「小説を見てもらつてゐた」と、時代の推移で「小説」の地位が向上したこともあってか、具体的になり、漱石の住む家と山田の家の位置関係も、「町名は違ふが、目と鼻との間にあつた」から、「漱石の早稲田南町のうちと山田の弁天町のうちとは、町名は違ふが、すぐ近くにあり」と明瞭になり、漱石が「火急」の際は山田家の電話を使っていたという事実にもふれている。だが、漱石が「火急」の際に山田家の電話を借りていたことは、漱石全集を長く編集していた小宮にはすでに知られたことであったはずだが、この電話の貸し借りが漱石と山田が「親しくつき合ふ関係にな」るきっかけだったとは小宮は決定版全集を編集した昭和十年の時点ではしかと合点がいっていなかったのだろう。だから、新書版全集の「解説」では新たに加えられることになったのであろう。

だが、小宮の文章で文の表現で気になるところがある。決定版全集では、「山田三良は、恐らく奉悼の辞を、漱石の所に頼みに行つたものに違ひない」（傍点引用者）と断定的推測の表現をしていたところが、新書版全集では「山田三良から頼まれたものである」と断定に変っていることである。何があったのか。

新書版全集が刊行され始めた昭和三十一年に小宮は七十二歳になる。次に漱石について書く機会があるのか、と小宮が考えたとしても不思議ではない。決定版全集の時には、「特に注釈を必要とするものは、『明治天皇奉悼之辞』だらうと思ふ」と書き、新書版全集では、「ただ『明治天皇奉悼之辞』は、漱石が『法学協会雑誌』から頼まれて書いたものであるといふことだけは、ここに書いて置きたい」と書いて繰り返したことに、親から認知してもらえなかった子を預かった小宮の執念のようなものを感じる。断定的推測が断定に変ったのは、推測だが、「編輯委員」が「主幹」に変ったことと関連しているかもしれない。小宮は昭和三十二年二月の頃に、誰かに確認をとったのではないか。

わたくしは、拙著『天下なんぞ狂える - 夏目漱石の『こころ』をめぐって』の中で、「明治天皇奉悼之辞」をどのように取り扱ったものか、案じていた。岩波の四六判全集第二十六巻（平成八年刊）の「後記」で、「明治天皇奉悼之辞」について、決定版の小宮の「解説」を、「当時の情況・推測・伝聞に基づく本篇の由来が述べられているが、誰からのいつ頃の伝聞であるのかなどの具体的な事は記されていない。昭和三十年版（ママ）『漱石全集』第二十一巻『評論雑篇』（一九五七年三月）の『解説』ではさらに断定的な記述になっているがやはり具体性が乏しいといわざるをえない」故に、「本全集では『参考資料』として収録することとした」と記されているのである。これはほとんど漱石全集からの追放である。加えて、「明治天皇奉悼之辞」が「参考資料」として収録されるにあたって、すべての改行が消されて散文とされた。この改変によって詩としての格調が破壊されたのである。

拙著の最終章「漱石の英国留学と英文学研究」執筆に当たって、わたくしは案じて、「明治天皇奉悼之辞」の引用は控えざるをえないのではないか、それでは、最終章の扉の裏に「明治天皇奉悼之辞」を載せるしかないと思った。だが、大正元年（一九一二）の「明治天皇奉悼之辞」の作者は、まっすぐに大正三年の『こころ』

に向かって歩んでいるのであり、漱石の晩年には小宮はやや疎遠になってはいたが、この師弟の付き合いは、拙著にも引用しているが、小宮の著作（『漱石寅彦三重吉』）に引かれた日記を読めば、漱石の一家と小宮の、昵懇の間柄が判るのであり、その人が「明治天皇奉悼之辞」を漱石の作品であると言っているのであるから、とも案じた。案じながら、わたくしは、拙著で漱石の日記、書簡、漢詩を引いて書き進めながら、水が低きに流れるように「明治天皇奉悼之辞」に入っていった。

話を小宮の「解説」文に戻す。決定版全集にも新書版全集にも同じような二つの「伝聞」がある。まず、決定版に、「率直に誠実に、奉悼の意を表現したのだと、言つたのださうである」――この箇所は新書版でもほぼ同じで、違いは、文末が新書版では「言つたさうである」であるのと、読点一つの違いがあるのみである。

今一つは、決定版では、「是は当時奉悼文中の名文として喧伝され、一体あれは誰が書いたのだと、人人の間に頻に問題にされたさうである」とあるのが、新書版では、「当時の奉悼文中の名文だとして方方から注意され、一体あれは誰が書いたのだと、人人の間にひどく問題にされたものだといふ」となっていることである。語句に異同はあるが、内容は同一である。

「伝聞」を示す箇所は、前者は、決定版も新書版も同じで、「さうである」であり、後者は決定版では「さうである」が新書版では「といふ」に変っている。前者の「伝聞」は、「明治天皇奉悼之辞」の原稿を書き上げた漱石が山田の家に、一人持って行ったことは決定版でも新書版でも変わらないから、漱石と山田の二人で交わされたことが後に、山田か夫人かが誰かに話したことが小宮に伝わったことになる。

後者の「伝聞」は、「明治天皇奉悼之辞」が「一体あれは誰が書いたのだ」と、「人人の間に頻に問題にされた」、あるいは「人人の間にひどく問題にされた」ことである。これは「問題にされた」ことが小宮には、誰から話を聴くまで、知らなかったことを示している。つまり、「法学協会雑誌」という一般の人々にはなじみのない雑誌であるから、「法学」の世界でのみ「問題にされた」のである。この「さうである」あるいは「といふ」は、「法学」の世界の「人人」の讃嘆が誰かを通じて小宮に伝わったことを表しているのである。

4

「明治天皇奉悼之辞」について『漱石の森を歩く』の中で、秋山は次のように書いて小宮を批判している。

《私がここで問題として言っておきたいのは、昭和十年(一九三五)、つまり漱石没後二十年経った時に企画されたいわゆる「決定版全集」に、署名のない一つの文章を、漱石の文章であると断定して収めた、ということについてである。昭和十年といえば、いうまでもなく昭和の天皇を頂点とする軍国主義的侵略が、具体的に動き出そうとしていたときである。

その文章は、「明治天皇奉悼之辞」と題されたものである。もとは、明治天皇が亡くなったときに『法学協会雑誌』の巻頭に、黒枠で囲まれて掲載された記事である。表題はその時の全集でつけられたもので、雑誌では無題であった。何の関係もない、法律家の雑誌に、漱石がそんな文章を書いただろうか。しかも、無署名で。小宮は解説でいろいろの伝聞による状況証拠を挙げて、漱石の天皇を敬う気持ちがあふれている、として収録したのであった。私は大変あやしいと思う。時局におもねる意図はなかっただろうか。》

秋山は次のように続けている。

《戦後になると、小宮は一転して、漱石の伏せられていた日記、と称して、先のすべての文章を収めると表明した全集（決定版全集を指す）に実は収められていなかった、天皇あるいは天皇周辺にたいして率直な感想を述べている日記を公(おおやけ)にする。》

秋山がふれている明治四十五年六月十日の漱石の日記を、（秋山は日記の原文を引いていないが）、煩(はん)をいとわず全文引く。

《十日〔月〕行啓能を見る。山縣松方(やまがたまつかた)の元老乃木さん抔(など)あり。

陛下殿下の態度謹慎にして最も敬愛に価す。之に反して陪覧の臣民共はまことに無識無礼なり。

㈠　着席後恰(あたか)も見世物の如く陛下殿下の顔をじろじろ見る。

㈡　演能中若(も)しくは演能後妄(みだり)に席を離れて雑踏を醸す。而して皇族方は静粛に椅子(いす)に倚(よ)る。音楽会の方遥かに上品なり。（尤(もっと)もプログラムに何十分休みとも何ともなき故(ゆえ)人々勝手な時に立つと思はる。是は能楽会の不行届(ふゆきとどき)なり

㈢　陛下殿下皆静粛に見能あるに臣民共しかも殿下陛下の席を去る咫尺(しせき)の所にて高声に談笑す帰る所を見れば自働車手人力馬車絡繹(らくえき)たり。是等礼儀の弁別なきもの共は日本の上流社会なるべし。情なき次第也。

皇后陛下皇太子殿下喫烟せらる。而して我等は禁烟也。是は陛下殿下の方で我等臣民に対して遠慮ありて

然るべし。若し自身喫烟を差支なしと思はゞ臣民にも同等の自由を許さるべし。（何人か烟草を烟管に詰めて奉つたり、火を着けて差上げるは見てゐても片腹痛き事なり。死人か片輪にあらざればこんな事を人に頼むものにあるべからず。烟草に火をつけ、烟管に詰める事が健康の人に取つてどれ程の労力なりや。かゝる愚なる事に人を使ふ所を臣民の見てゐる前で憚らずせらるゝは見苦しき事なり。直言して止らるゝ様に取計ひたきものなり。宮内省のものには斯程の事が気が付かぬにや。気が付いてもそれしきの事が云ひ悪きや。驚ろくべき沙汰也。

㈣　帝国の臣民陛下殿下を口にすれば馬鹿叮嚀な言葉さへ用ひれば済むと思へり。真の敬愛の意に至つては却つて解せざるに似たり。言葉さへぞんざいならすぐ不敬事件に問ふた所で本当の不敬罪人はどうする考にや。是も馬鹿気た沙汰也。

㈤　皇室は神の集合にあらず。近づき易く親しみ易くして我等の同情に訴へて敬愛の念を得らるべし。夫が一番堅固なる方法也。夫が一番長持のする方法也。

政府及び宮内官吏の遣口もし当を失すれば皇室は愈重かるべし而して同時に愈臣民のハートより離れ去るべし。》

秋山は、この六月十日の日記を読んで、「皇族主催の行啓能の観客席で、一般人は禁煙なのに皇族は平気で煙草をふかしている。しかも取り巻が、その火をわざわざ点けてあげているのを目撃して、不快感を表明する」とだけ述べているが、これは当日の漱石の日記の半ばにも満たぬところにふれているに過ぎない。漱石が共和主義者ででもあるかのような感想を示したことになる。

明治三十九年に発表された漱石の作品に『二百十日』がある。その中に、チャールズ・ディケンズの『二都物語』にふれて次のような会話がある。

《「あの本のね仕舞の方に、御医者さんの獄中でかいた日記があるがね。悲酸なものだよ」

「へえ、どんなものだい」

「そりや君、仏国の革命の起る前に、貴族が暴威を振つて細民を苦しめた事がかいてあるんだが—それも今夜僕が寐ながら話してやらう」

「うん」

「なあに仏国革命なんてえのも当然の現象さ。あんなに金持ちや貴族が乱暴をすりや、あゝなるのは自然の理窟だからね」》

この会話と「明治三十八、九年」と推定される「断片」（『漱石全集』第十九巻）にある、

《○昔は御上の御威光なら何でも出来た世の中なり
○今は御上の御威光でも出来ぬ事は出来ぬ世の中なり
○次には御上の御威光だから出来ぬと云ふ時代が来るべし》（傍点原文）

という文とを先に引いた明治四十五年六月十日の日記の㈤以降を合わせ読めば、日本社会に広がりつつある西洋の思想の現実化に憂える漱石の思惟が判ろう。漱石は、徒党を組まぬ、過激な、一個独自の勤王者であった。

さて、秋山の小宮批判に戻る。小宮は「明治天皇奉悼之辞」を全集に収録することで、軍部が台頭する「時局におもね」ったのか。確かに、例えば、秋山が著書に引いている明治四十五年六月十日の日記は昭和の軍部から睨(にら)まれたかもしれぬ。そう予測されたならば、日記の収録を控えるであろう。それは「時局におもねる」ということより、出版元の岩波に経営上に加わる少なからぬ打撃を考慮したことによるのではないか。なにせ、全集は予約出版をしていたのであるから。では、「明治天皇奉悼之辞」の全集収録は「時局におもね」ったが故のことであったか。この答えは秋山自身が語っている。『漱石の森を歩く』の「あとがき」で、「さもしい根性と笑われるかもしれないが、全集を編集していると新資料を収録したくなる。とくにすでに立派な全集があるので、それをなぞっているだけではどこか心が充たされず、屋上に屋を重ねたくなるのは人情かもしれない。全集未収録の句が埋もれていた、という誘惑は増すばかりであった」と。小宮も「何等かの意味で『漱石』を表現してゐるものである限り、どんな断翰零墨といへども、必ず是を採録する方針をとる事にした」と語っていたではないか。ましてや、「名文として喧伝され」、「人人の間に頻に問題にされた」文があるとしたら、どうしても収録したくなるではないか。

5

ここまで書いて来て、注文していた書籍が古本屋から届いた。その書籍とは、山田三良の『回顧録』である。漱石に関する資料はあらかた発掘されているし、山田の書籍もとっくに知られていて、これまで言及されていないのは、漱石のことは語られていないのであろうと思いながら注文したのである。届けられた『回顧録』は、夕食中であったが、夕食に勝(まさ)ってわたくしを惹きつけた。まずは「はしがき」

を読んだ。「昭和三十二年晩秋」に書かれた「はしがき」に山田は、「今秋私が米寿を迎へることゝなつたので、友人や同僚や門下の人達が盛大な祝賀会を計画されると共に回顧録の出版をも勧められたので、今春以来忙中の閑を偸んで思ひ出す儘に書き集めた」と書いている。次に、目次を目で追ひながら、「第四章　法学部教授時代」の「二　法学協会雑誌の刷新」に目が止まった。急ぎページをめくる。あッた。——

《明治四十五年七月十一日東京帝国大学の卒業式に親臨された明治大帝が、僅か三週間の後俄かに崩御せられるとは何人も夢想だもしなかつた一大悲嘆事で、全国民を挙げて殆んどなす所を知らなかつた程であつた。私は印刷所に電話して八月一日発行の雑誌を二、三日延期せしむると共に、夏目漱石を訪問して、大帝のために東京帝国大学を代表して哀悼の意を表する文章を雑誌の巻頭に掲げたいから、御迷惑ながら一両日中に起草せられんことを懇請することゝした。彼は私の友人であり且荊妻の恩師でもあつたので、暫く沈思した後これを承諾する旨を告げ、且自分は主義として外国語に翻訳することが出来ないやうな文字、例へば龍顔の如きは用ひないことを付言した。超えて八月三日左の文章を送られたので早速これを八月四日発行の法学協会雑誌第三十巻第八号の巻頭に特筆大書することゝした。

その後穂積陳重先生はこれを一読して真に立派な文章であると三嘆せられ、何人の執筆にかゝるかを問はれたので、筆者は夏目漱石であると答へた所、さすがは天下の文豪である、と大帝の崩御について新聞や雑誌に掲げられた幾百千の哀辞も、之に及ぶものは絶無であると激称して居られた。》（傍点引用者）

漱石の日記によれば、明治天皇崩御の旨が公示せられたのは、七月三十日の午前零時四十分である（『昭和天皇実録』によれば、明治天皇の崩御は七月二十九日午後十時四十三分である）から、山田が「印刷所に電話して八月一日発行の雑誌を二、三日延期」したのは七月三十日であろう。そして山田は、自宅と「目と鼻との間に」ある漱石の家を訪ね、「法学協会雑誌」の巻頭に掲げる哀悼の文の起草を依頼した。この依頼のあったときに、漱石は、山田の回顧の文にある、「自分は主義として外国語に翻訳することが出来ないやうな文字」は使わない、小宮の文にいう「響きだけがあつて意味のない、従つて西洋の言葉には翻訳の出来ない文字」は使わない、と言ったのである。「奉悼の辞」が出来た時ではない。

四日後の八月三日に、出来上がった哀悼の文が「送られた」とあるのはどういうことかといえば、漱石は前々からの予定であったのであろう、八月二日から四日まで、家族と鎌倉に出掛けていたからである。

鎌倉にいる漱石一家のもとに、八月三日、小宮が菓子をもってやって来て一泊した。漱石は明治天皇奉悼の文を書き上げたばかりであったが、一言も奉悼の文については漏らしていないことは、小宮の「明治天皇奉悼之辞」についての解説文がよく示している。「恐らく奉悼の辞を、漱石の所に頼みに行つたものに違ひない。漱石はそれを引受けて、頼まれた翌日とかに、山田三良の所にこの原稿を持つて行つた」と書いているからである。

では、いったい誰が小宮に、漱石と山田の、「明治天皇奉悼之辞」をめぐる経緯（いきさつ）を伝えたのであろう。山田の『回顧録』に「余録」のページがあって、二十六人の、山田夫人繁子追悼の文が収められている。そこに漱石門下生で小宮とも親しい安倍能成の、夫人追悼の文「山田夫人の思ひ出」が載っている。その末尾に「昭和十九年九月十四日」とある。夫人は昭和十九年に亡くなっている。安倍の文を引く。

《私は妙な縁で奥さんに哲学や倫理学の講義をすることになつた。これは奥さん自身の御希望によつたもので、奥さんに初めて御目にかゝつたのは、明治の末頃漱石山房の新年会かに、漱石門に出入する若い者が二十数人も招かれ、あの書斎で晩飯の御馳走になつた時だと思ふ。その頃から奥さんは漱石先生を敬慕されて、短篇を書いて先生に見てもらはれたことがあつたらしい。（中略）併し奥さんは女性には珍しい位思想の問題に関心を持つて居られた。文筆だけでは充たされない要求の、奥さんの中にあつたことは確かである。私は多くの場合、例へば波多野さんの『哲学史要』とか、リップスの『倫理学の根本問題』とかいふ書物を週に一度講義したのであるが、その後でするお互の談話の方が一層面白かつた。私達はかくして三十五六年に近い変らぬ友情を結ぶことが出来た。》

　昭和十年の決定版全集の「恐らく……違ひない」、あるいは「……ださうである」、あるいは「……たさうである」は安倍から小宮に伝えられたのだろう。では、この「恐らく奉悼の辞を、漱石の所に頼みに行つたものに違ひない」が新書版全集の小宮の解説で、「山田三良から頼まれたのである」と断定に変った理由は何であろう。先に「誰かに確認を取った」と書いたが、小宮は安倍を通して山田に確認を取った、しかし、これも「伝聞」に変りはない。では、なぜ断定であるのか。

　小宮の新書版全集第二十巻の「解説」の擱筆の年月日が「昭和三十二年二月十八日」とあり、山田の『回顧録』の「はしがき」に「今春以来忙中の閑を偸んで思ひ出す儘に書き集めた」とある「今春」の「今」が昭和三十二年であることは先に見た。小宮の漱石全集の解説執筆と山田の『回顧録』執筆がほぼ同時に進行していた。小宮は山田の『回顧録』が書き進められているのを知っていた。なにせ、そこには安倍の山田夫人追悼の文も載るのだから。小宮は「明治天皇奉悼之辞」を漱石が書くに到ったいきさつを今一度安倍を通じて山田に確認した。山田はそのことは『回顧録』に書きましょう、と答えた。そこで、小宮は、「明治天皇奉悼之辞」執筆およびいきさつは、そのうちに活字になるわけであるから、「山田三良から頼まれたのである」と断定した。そういうことではないか。

それにしても、と思う。断簡零墨まで収められている『漱石全集』のどこにも「明治天皇奉悼之辞」に関するものはないのである。書簡にも日記にも断片にも、誰の回想文にも、「明治天皇奉悼之辞」に関するものはないのである。これは、漱石の深慮であろう。「東京帝国大学を代表して」述べる無署名の哀悼の辞なのだから、個人の名が現れてはいけないのである。漱石は美事に個人名を隠しおおせたのである。『こころ』に、Kの父親に触れて、

《彼（K）の父は云ふ迄もなく僧侶でした。けれども義理堅い点に於て、寧ろ武士に似た所がありはしないかと疑はれます。》

とあるのが思い起こされる。

山田の『回顧録』から引いた文について触れておきたいことがまだある。明治大正の法学界の大御所と謳われた穂積陳重が「明治天皇奉悼之辞」を「激称」したことである。穂積は安政二年（一八五五）の生まれだから、漱石より十二歳の年長である。穂積の家系は祖父、父ともに本居派の国学者であるという。穂積の著書『法窓夜話』には「本居翁の刑罰論」と題する文があって、宣長の「玉くしげ」が引かれている。明治―明治生まれではない―の法学者は、根は儒者であったから、文学にも通じていた。この穂積の「真に立派な文章である」、「大帝の崩御について新聞や雑誌に掲げられた幾百千の哀辞も、之に及ぶものは絶無である」

という三嘆激称の言葉は、山田を通じて漱石に伝えられたに相違ない。だが、何にもまして漱石に響く言葉は「さすがは天下の文豪である」の「天下」という言葉ではないか。『こころ』に、「先生」とKの学生時代にふれて、

《二人は東京と東京の人を畏れました。それでゐて六畳の間の中では、天下を睥睨するやうな事を云つてゐたのです。／然し我々は真面目でした。我々は実際偉くなる積でゐたのです。》

とあるが、漱石の文は〝天下〟を相手に書かれて来たのであるから、天下の学者から「天下の文豪」とよばれたことは、漱石の、老いが見え始めた痩軀を貫いたに相違ない。

決定版全集の小宮の「解説」文になく、新書版全集の小宮の「解説」文に新たに書かれたことに、「山田のうちに電話を借りに行くこともよくあつたので、自然山田三良とも漱石は親しくつき合ふ関係になつて行つたのである」という文がある。この文に響き合うように、山田は『回顧録』に「彼（漱石）は私の友人であり」と書いた。この「友人」という自覚は漱石の方にもあったであろう。山田の「彼は私の友人であり…ので、暫く沈思した後これを承諾する旨を告げ」という語調にそう感じられる。そうであるからこそ、「法学協会雑誌」という場違いな所に、漱石は「奉悼之辞」の起草を引き受けたのである。拙著（『天下なんぞ狂える』）第二章「漱石の友情」で漱石と池邊三山との友情にふれるところで、社会に出てから新たに友情の世界をつくることがいかに難しいかは私たちの生きて知ることであると書いたから、漱石が社会に出て今一人「友人」を持ちえたことを知って、ひどくうれしい。

左に漱石の「明治天皇奉悼之辞」を引く。

《過去四十五年間に発展せる最も光輝ある我が帝国の歴史と終始して忘るべからざる
大行(たいこう)天皇去月三十日を以て崩ぜらる
天皇御在位の頃学問を重んじ給ひ明治三十二年以降我が帝国大学の卒業式毎に行幸(ぎょうこう)の事あり日露戦役の折は特に時の文部大臣を召(め)して軍国多事の際と雖(いえど)も教育の事は忽(ゆるがせ)にすべからず其(その)局に当る者克(よ)く励精せよとの勅諚(ちょくじょう)を賜はる
御重患後臣民の祈願其効なく遂に崩御の告示に会ふ我等臣民の一部分として籍を学界に置くもの顧みて
天皇の徳を懐(おも)ひ
天皇の恩を憶(おも)ひ謹んで哀衷を巻首に展(の)ぶ》

6

漱石の「明治天皇奉悼之辞」をめぐっては書き終えたのであるが、平成の四六判『漱石全集』にふれたので、決定版『漱石全集』と比較して今少し述べておきたい。

漱石の「英文学形式論」についてである。これは、英国から帰国して二月(ふたつき)後の明治三十六年三月から六月まで、『文学論』の講義に先立って、東大で講義されたものである。この講義録は大正十三年九月に「夏目漱石述」「皆川正禧編」として岩波書店から刊行された（『漱石全集』第十三巻「後記」）。皆川正禧(まさき)は、明治十年に新潟と福島の県境付近に生まれた。東大で「英文学形式論」を聴講した学生である。卒業後、鹿児島の第七高等学校に勤務し、十年余勤務ののち、大正九年から水戸高校の教授となる。大正十一年英米に留学し翌年帰国した。英語教育者であった。

「英文学形式論」の皆川の「はしがき」（『漱石全集』第十三巻「後記」所収）に興味深いいきさつが書かれている。大正八年に漱石門下の後輩野上豊一郎から、郷里の越後にいた皆川に連絡があって、「英文学形式論」の草稿がどうしても見当たらないから、当時の聴講生のノートをもとに編成してくれないかという相談であった。皆川は友人三人にノートの借用を依頼し、自分のノートと対照しつつ講義録作成にあたった。大正八年当時、第三次漱石全集の準備中であり、「英文学形式論」を「拾遺」の部に収録の話もあった。全集収録のことはなくなったので、単行本として出版することになったが、発行が延び、加えて小宮の忠言があって、引用文に和訳を付すことになり、発行はおくれ、大正十三年九月の出版となったのである。

編成を終えた「英文学形式論」（漱石の講義の元々の題は、〝文学の概念 (General Conception of Literature)〟であったが、初めに漱石が約束したところまで進まなかったので、講義所説の範囲に応じて皆川が名付けた）について皆川の感想を「はしがき」から引く。

《自分は此抄録が僅かに先生の講義の形骸を収めたに止まる、極めて不完全のものであることを自認する。一昨々年此草稿の大部分を作った時は入学試験の採点中であり、今度引用文の和訳を了へたのは外遊の旬日前で、共に繁忙中の努力であつた、然しこれは不完不備のものを作るに至つた何等の口実ともならない。若し爰に自分の無能を弁護する或るものがあるならば、吾々四人のノートその者に云ひ分のあつたことである。記憶する。夏目講師が、ラフカヂオ、ハーン氏に代つて、不必要な文学のみを語つて語学を教へないと云ふ理由で、大学を逐はれた（少くも吾々は当時左様思ひ込んで居た）小泉八雲先生に代つて英文科の教壇に立たれた時、好感を以て迎へた学生は決して多数ではなかつたことを。教室内見渡す所、或者は頬杖をしたまゝに新しい講義者の講義を聞き流さうとした、或者はペンを執ることさへなくて居眠りに最初の幾時間を過した。これは崇拝に近い愛敬を以て奉戴したる小泉先生を追ひ出したる、余りに語学に熱心なる当局者に対する憤怒を罪のない新講師に向けたものであつた、投げ付けられた石を噛むブルドックの怒であつた。これ等の馴らされない尨犬に最初から忠実なるノート取りの骨折を望まれない理由はある。それとハーン先生の草稿無しの口授を筆記するに忙殺された学生には日本語の講義が解り過ぎてノートにするには反つて小面倒であつたであらう。斯くして自分及び他の三君のノートが同じ程度に粗略で同じ程度に解りにくゝ、同じ程度に誤字脱句の多かつたのは当然である。》（傍点引用者）

皆川は漱石の講義を聴講する前に、二年半、ハーンの講義を受けた人である。詩文の鑑賞を主とするハーンの講義を聴いた者は、漱石の理屈を主とする講義に面喰いとまどった。そこにハーンが大学を追われたという風聞が加わって、いよいよ漱石の講義は真面目に聴かれない。「頬杖をしたまゝ」、「聞き流さ」れたり、あるいは「居眠り」されたりした。自ら「馴らされない尨犬」と形容する学生四人の「同じ程度に粗略で同じ程度に解りにくゝ、同じ程度に誤字脱句の多かつた」ノートから生れた講義録が、「講義の形骸を収めたに止まる極めて不完全のものである」と編者が「自認する」講義録が、果して全集の本編に収められる内容を持つものと言いうるのかは疑わしい。

昭和十年の決定版全集の「漱石の講義及講演の筆記で漱石の校閲を経てゐないものと、漱石の談話と、漱石の蔵書目録」を収めた「別冊」の巻の「解説」で、「趣味の相違の猛烈な英文学の形式方面を取り上げて、其所で、日本人としての自分に、何所までが分かり、何所から先きが分からないかを検討し、それが時代の相違から来るものか、場所の相違から来るものか、それとも個性の相違からくるものか」を、漱石は「ぎりぎりの所まで押しつめて、その結果を此所で発表しようとした」と「英文学形式論」の意義を小宮は認めるのだが、「是が漱石の筆によって、漱石が得心の行くまで、委曲を悉して敷衍される事がなかつたのは遺憾である」と断じるのである。つまり、漱石が筆を執れば「得心の行くまで、委曲を悉して敷衍」したであろうというのである。これが小宮が「英文学形式論」を「別冊」の巻に収めた理由である。

新書版漱石全集第三十三巻「別冊」の「解説」において、小宮は、「英文学形式論」以下いくつかの筆記を収めてあると書いて、「筆記はそれぞれの筆記者が筆記したもので、漱石の校閲を経てゐないものである」と断って、「ただ『英文学形式論』の筆記者は、真面目で篤学で、漱石のうちに出入りしてゐた学生の皆川正禧であるから、決して十分ではなかつたのかも知れないが、相当信用していい筆記者だと考へていいと思ふ」と述べている。しかし、それでも「英文学形式論」は「別冊」に収めてあるのである。

漱石の自筆原稿にこだわった秋山（たち）がなぜ、まちがいなく他人の手になった文章を漱石全集の本編に収めたのであろうか。これはわたくしの推測であるが、小宮が漱石全集の総索引を『ゲーテ全集』にならったように、講義録を全集に収めるのを、例えば、『ヘーゲル全集』にならったのではあるまいか。ヘーゲルが死ぬまで二十七年にわたって断続的に都合九回おこなった、大学での「哲学史」の講義は、第一回目のみほとんど自らの手でノートを書き上げたが、第二回目以降は第二回の摘要があるのみである。ヘーゲル歿後、ヘーゲル全集の編集企画に参加した弟子のカール・ミシュレは、「哲学史」講義第一回目のノートと二回目の摘要に、ヘーゲルの講義を聴講した、主に、時期の異なる三人のノート（その中にはミシュレのノートも含む）をもとに「哲学史」を編集した。ミシュレが編集にあたっていかに苦心したかは、「編者の第一版の序言」（ヘーゲル著『哲学史序論』岩波文庫・武市健人訳）に書かれている。そこに、「一つの講義、或いは二、三の講義にだけ出て来るというようなものも幾つかはあったが、それは除くとして――これらの講義のすべてが、或いはそうまでではなくとも幾つかのものが共通にもっているものの場合でも、それぞれの材料の位置は大抵は異なっていたし、のみならず把捉の仕方は、多くの場合（またそれは必ず位置のちがいということと関連する）ちがった、新しいものだったのである。そこで私に残されたところは、互いに列べて入れることが繰返しを避けえない場合に、私がどの叙述の仕方の方を選ぶかということだけであった。それで、私は或る時には一つの講義を採り、また或る時は他の講義を採った。しかし、そうでなくて繰返しなしにやって行ける場合には、数々のものから同時に取り入れたのである。編者に対する課題は、ここでは一般に相互の接ぎ合せ方ということにあった。それも大きな部分の接ぎ合せ方ばかりでなく、場合によっては、個々の文章の接ぎ合せ方でもあった」とある。「大きな部分」であれ、「個々の文章」であれ、「接ぎ合せ」たものが、部分部分は本人の文章であっても、「接ぎ合せ」たものはもはや書いた当人の刻印があるものとはいえない。

（七年後の第二版において、ミシュレはさらに用語と文章に手を入れた。この『哲学史』は岩波発行の『ヘーゲル全集』（全三十巻）に、六巻にわたり収録されている。）

　こういうやり方は哲学者にはよいのかも知れないが、文学者漱石にはふさわしくない。平成の四六判『漱石全集』第十三巻の「英文学研究」の巻には「英文学形式論」とともに、英文学を専攻した野上豊一郎が自身の聴講ノートをもとに編んだ、漱石が講じた「『オセロ』評釈」に、小宮の「漱石先生の『オセロ』」（『漱石襍記』所収）の評釈を加えたものが「『オセロ』評釈」として収められている。野上の「『オセロ』評釈」は昭和五年に出版されたものである。小宮は、自身が筆記したものと野上のものとを比較して、「野上君の書き落したり聴き落したりしてゐるものを、私がちゃんと書きとめてゐるといふやうな事も、いくつかはないではないが、概して野上君の筆記は克明に出来上がつてゐる」（『漱石襍記』）と述べている。

野上の「はしがき」（四六判『漱石全集』第十三巻「後記」所収）に、

《**書き留めた文体は必ずしも先生の表現であるとは限らない**。先生の表現をそのまま保存してあるやうに思はれる部分もあれば、全然筆記者の便宜から要領だけを書きつけた部分もあるらしい。すべてそのままにして手を入れない。／それ故に或ひは此の書は、夏目金之助氏がいかにShakespeareを解釈したかを示すものといふよりは、寧(むし)ろ筆記者はいかに夏目金之助氏の講義を聴いたかを示すものに過ぎないかも知れぬ。》（傍点引用者）

野上の「はしがき」には、漱石全集の本編に入れるものの指針が示されている。——「先生の表現をそのまま保存してある」かないか、である。皆川が「此抄録が僅かに先生の講義の形骸を収めたに止まる極めて不完全のものである」というのも野上と同じことを述べているのである。つまり、今問題にしている二つの講義録は漱石の「表現をそのまま保存して」いないのである。講義の中に漱石の考えが示されているといってはいけない。文学者は文章で考えるのである。

森鷗外

立派な父と不良の息子の物語 ――『澀江抽斎』を読んでI

1

森鷗外に『澀江抽斎（しぶえちゅうさい）』という作品がある。鷗外が五十四歳の大正五年（一九一六）に、今の毎日新聞に連載され、のちに史伝とよばれたもので、――などと書くとかたくるしいことでも論じると思われるだろう。それでは困る。同じ町の青年たち、結婚前の女性たちの、別れるの、別れないの、といった、いつの世にもある平平凡凡なことを『澀江抽斎』の中から選んで書こうと思う。それでも、時代だの、武士の家の話、武家の学問の話だのは、折々に語らざるを得ないので、考証めいたことを書くから、そこはご勘弁をいただきたい。

『澀江抽斎』に登場する人物は八百余名に及ぶという（松木明著『渋江抽斎人名誌』）。そのおびただしい登場人物の中で、この小文の主人公とするのは矢島優善（やすよし）である。その父親が澀江抽斎である。抽斎は文化二年（一八〇五）の生まれで、弘前（ひろさき）藩十万石に仕えた医者であり、儒者でもあった人である。江戸に生まれて江戸に育った、いわゆる定府（じょうふ）の人である。優善は天保六年（一八三五）の生まれで、一歳年上に福澤諭吉がいる。諭吉は優善の弟成善（しげよし）の師となる人である。

2

抽斎は四度結婚した。最初は十九歳の文政六年（一八二三）に浪人の娘定と結ばれた。抽斎の父允成が、貧家に成長して辛酸をなめた女を迎えたいという考えで選んだ。定は十七歳であった。文政九年に長男恒善が生まれた。文政十二年定は離別せられた。定は貧家の娘がそなえていそうな美徳をそなえていなかった。允成は己の考えが悪かったといって嘆息した。

定が去ってひと月ほどのちに、弘前藩留守居役比良野文蔵の娘威能が嫁した。抽斎は二十五歳、威能は二十四歳である。天保二年（一八三一）、威能は長女を生んだが、ために死んだ。結婚三年目のことであった。そのひと月後に抽斎は、備後福山の医者岡西栄玄の娘徳を娶った。徳の兄岡西玄亭は抽斎と師を同じくしていて、相貌も才学も人に優れていたからである。鷗外は次のように述べている。

《然るに伉儷（夫婦）をなしてから見ると、才貌共に予期したやうではなかつた。それだけならばまだ好かつたが、徳は兄には似ないで、却つて父栄玄の褊狭（考えがかたよって狭いこと）な気質を受け継いでゐた。そしてこれが抽斎にアンチパチイ（反感）を起させた。》

最初の妻定は、父允成がおのれの非を認めたが、抽斎はそれほどいやとは思わなかった。二人目の妻は「怜悧（かしこいさま）で、人を使ふ才があつた」――「兎に角抽斎に始てアンチパチイを起させたのは、三人目の徳であつた。」

《克己を忘れたことのない抽斎は、徳を叱り懲らすことは無かつた。それのみでは無い。あらはに不快の色を見せもしなかつた。しかし結婚してから一年半ばかりの間、これに親近せずにゐた。》

「親近せずにゐた」とは床を同じくしなかったということである。

天保四年四月、抽斎は藩主に随って弘前に往った。江戸にもどったのは翌年の十一月である。

《抽斎が弘前にゐる間、江戸の便がある毎に、必ず長文の手紙が徳から来た。留守中の出来事を、殆ど日記にやうに悉く書いたのである。抽斎は初め数行を読んで、直ちに此書信が徳の自力によつて成つたものでないことを知つた。文章の背面に父允成の気質が歴々として見えてゐたからである。》

允成は抽斎が徳に親しまないのを見て、二人の将来をあやぶんで、抽斎が弘前に向かうと、徳に書の手習いをさせ、日記を付けさせた。そしてそれに本づいて文案を允成が作り、徳に書かせた。家内のことを細大となく夫抽斎に報告させようとしたのである。弘前の抽斎は江戸からの手紙を読んでは泣いた。――「妻のために泣いたのでは無い。父のために泣いたのである。」

二年近い旅から江戸にもどった抽斎は、徳に親しみ、允成の心を安んぜようとした。それから二年たって次男優善が生まれた。抽斎は再び藩主に随って弘前に往った。この度は足掛け三年弘前に留まった。徳は抽斎が江戸に帰って来て、女の子一人、男の子一人を生んで（ともに幼くして死んだ）、弘化元年（一八四四）に死んだ。三十五歳であった。

徳が死んだあと十ヶ月ほどのちに、抽斎は四人目の妻五百を迎えた。鷗外が「始て才色兼ね備はつた妻」と形容した女である。

3

抽斎の次男優善について、鷗外の文字は普通ではない。

《初め抽斎は酒を飲まなかつた。然るに此年（天保八年）藩主が所謂詰越をすることになつた。例に依つて翌年江戸に帰らずに、二冬を弘前で過すことになつたのである。そこで冬になる前に、種々の防寒法を工夫して、豕の子を取り寄せて飼養しなどした。そのうち冬が来て、江戸で父の病むのを聞いても、帰省することが出来ぬので、抽斎は酒を飲んで悶を遣つた。抽斎が酒を飲み、獣肉を啗ふやうになつたのは此時が始である。

しかし抽斎は生涯烟草だけは喫まずにしまつた。允成の直系卑属は、今の保（抽斎七男成善）さんなどに至るまで、一人も烟草を喫まぬのださうである。但し抽斎の次男優善は破格であつた。》（傍点引用者）

この『澀江抽斎』の「その二十七」は、鷗外が優善についてふれた最初である。そして、「その二十九」で先に引いた優善の母徳への抽斎の「アンチパチイ」が語られるのである。

続いて「その四十」で、年俸の話の中で矢島家のことにふれて、「矢島とは後に二子優善が養子に往つた家の名である」と、澀江家の次男優善が矢島家に養子に入ったことが告げられる。では、優善が矢島家に養子に入ったのはいつのことかというと、「その四十二」で嘉永四年（一八五一）、優善が十七歳のときであると記されている。そこに、

《優善は澀江一族の例を破つて、兎角市井のいきな事、しやれた事に傾き易く、当時早く既に前途のために憂ふべきものがあつた。》（傍点引用者）

とある。これが優善の、烟草以外の「破格」にふれた最初である。医師であり儒者であった澀江一族には例のない若者が育ちつつあった。

次に、優善が語られるのは、「その四十六」から「その四十七」である。安政二年（一八五五）のことであるが、この年の十月二日に安政の大地震があった。鷗外は次のように地震の甚大さを述べている。

《地震は其夜歇んでは起り、起つては歇んだ。町筋毎に損害の程度は相殊つてゐたが、江戸の全市に家屋土蔵の無瑕なものは少かつた。上野の大仏は首が砕け、谷中天王寺の塔は九輪が落ち、浅草寺の塔は九輪が傾いた。数十箇所から起つた火は、二日の朝辰の刻（午前八時頃）に至つて始て消された。公に届けられた変死者が四千三百人であつた。

三日以後にも昼夜数度の震動があるので、第宅のあるものは庭に小屋掛をして住み、市民にも露宿するものが多かつた。》

この年に抽斎は自宅の二階に座敷牢を作った。これは優善のために設けられたものである。地震の日には

工事はすでに終わっていた。もし座敷牢の中に人がいたら死者を出したであろうと鷗外は書いている。「その四十七」は、「抽斎が岡西氏徳に生せた三人の子の中、只一人生き残つた次男優善は、少時放恣佚楽のために、頗る澀江一家を困めたものである」と書き出されている。

優善には塩田良三という遊蕩仲間がいた。良三の父は医者で、「見立の上手な医者と称せられ（中略）家は富み栄えてゐた」。二人は影の形に従うごとく、須臾（わずかの間）も相離れることがなかった、と鷗外は述べている。

《二人は酒量なきに拘らず、町々の料理屋に出入し、又屢吉原に遊んだ。そして借財が出来ると、親戚故旧をして償はしめ、度重つて償ふ道が塞がると、跡を晦ましてしまふ。抽斎が優善のために、座敷牢を作らせたのは、さう云ふ失踪の間の事で、その早晩還り来るを候つて此中に投ぜようとしたのである。》

安政大地震のあった翌年に、優善は素行修まらざるがために、弘前藩の表医者から降格させられ、抽斎も連繫して閉門三日に処せられた。

塩田良三は、父楊庵から勘当された。その良三を抽斎は引き受けた。鷗外は次のように書いている。

《我子の乱行のために譴を受けた抽斎が、其乱行を助長した良三の身の上を引き受けて、家に居らせたのは、余りに寛大に過ぎるやうであるが、これは才を愛するの情が深いからの事であつたらしい。抽斎は人の寸長（わずかな長所）をも見逭さずに、これに保護を加へて、殆ど其瑕疵を忘れたる如くであつた。（中略）今良三を家に置くに至つたのも、良三に幾分の才気のあるのを認めたからであらう。固より抽斎の許には、常に

数人の諸生が養はれてゐたのだから、良三は只此群(ただこのむれ)に新に来(きた)り加はつたに過ぎない。》

抽斎は、数ヶ月の後、良三を儒者安積艮斎(あさかごんさい)の塾に住み込ませた。艮斎は幕府直轄の学問所である昌平坂学問所の教授であった。

良三は、安政四年に師艮斎の金百両を奪って長崎に逃げた。父楊庵は金を艮斎に返し、人を九州に遣って良三を連れ戻した。

4

抽斎は安政五年八月に死ぬのだが、優善(やすよし)は、安政四年にその地位を半ば回復し、抽斎が死ぬ年の二月に旧に復した。だが、「優善の態度には、まだ真に改悛(かいせん)したものとは見做(みな)しにくい所があった。そこで五百(いお)は旦暮(たんぼ)(朝晩)周密に其挙動を監視しなくてはならなかつた」と鷗外は述べている。さらに、安政六年、つまり抽斎の歿した翌年の十一月二十八日表医者の名を以て、隠居した前藩主津軽信順(のぶゆき)のそばに侍することになった。鷗外は、「今尚信頼し難い優善が、責任ある職に就いたのは、五百のために心労を増す種であった」と付言している。

澀江の家に同居を余儀なくしていた優善は別に一家をなして自立をしたいと思っていた。だが、抽斎歿後、澀江家を取り仕切っていた五百には優善の自立は考えられないことであった。そこに抽斎門人で弘前藩医であり、「多才能弁」で四十三歳になる中丸昌庵が「優善さんは一時の心得違(こころえちがい)から貶黜(へんちゅつ)(官位を下げること)を受けた。しかし幸(さいわい)に過(あやまち)を改めたので、一昨年故(もと)の地位に復(かえ)り、昨年は奥通(おくどおり)をさへ許された。今は抽斎先生が亡くなられてから、もう二年立つて、優善さんは二十六歳になつてゐる。わたくしは去年からさう思つてゐるが、優善さんの奮つて自ら新にすべき時は今である。それには一家を構へて、責を負つて事に当らなくてはならない」と勧説した。二、三の者が昌庵に同意したので、五百も「危みつゝ此議を納れた」。優善は妻鉄を迎え取り、「下女一人を雇つて三人暮し」を始めた。「その六十九」にある話である。

鷗外は右の話の後に、なぜ優善が矢島家の養子になったかを明らかにする。時を七年巻き戻すのである。

優善が婚姻する養子先の娘鉄は弘前藩医矢島玄碩の次女である。玄碩に二人の娘があったが、嘉永四年に妻、長女そして玄碩本人と相次いで死に、六歳の鉄が一人残った。中丸昌庵が多言を費やして矢島家が絶えるに忍びないことを語って「抽斎の情誼に愬へた」。なぜ昌庵がかかる行為を行なったか。

《なぜと云ふに、抽斎が次男優善をして矢島氏の女壻（娘婿）たらしむるのは大いなる犠牲であつたからである。玄碩の遺した女鉄は重い痘瘡を患へて、瘢痕満面、人の見るを厭ふ醜貌であつた。

抽斎は中丸の言に動されて、美貌の子優善を鉄に与へた。五百は情として忍び難くはあつたが、事が夫の義気に出でゝゐるので、強ひて争ふことも出来なかつた。》（傍点引用者）

この嘉永四年に、五百は七歳の娘棠と、三歳の娘癸巳を失っていた。そこに優善の未来の妻たる六歳の鉄が来て五百に抱かれて寝ることになった。

《蜾蠃の母（養母）は情を矯めて、昵の無い人の子を賺しはぐくまなくてはならなかつたのである。さて眠つてゐるうちに、五百はいつか懐にゐる子が棠だと思つて、夢現の境に其体を撫でてゐた。忽ち一種の恐怖に襲はれて目を開くと、痘痕のまだ新しい、赤く引き吊つた鉄の顔が、触れ合ふ程近い所にある。五百は覚えず咽び泣いた。そして意識の明になると共に、「**ほんに優善は可哀さうだ**」とつぶやくのであつた。》（傍点引用者）

鷗外は、優善を「破格であつた」と言った。「澀江一族の例を破つて、少うして烟草を喫み、好んで紛華奢靡の地に足を容れ、兎角市井のいきな事、しやれた事に傾き易く、当時早く既に前途のために憂ふべきものがあつた」と述べていることは先に引いた。「町々の料理屋に出入し、又屢吉原に遊んだ。そして借財が出来ると、親戚故旧をして償はしめ、度重つて償ふ道が塞がると、跡を晦ましてしまふ」という文も引いた。これらのことは確かに「澀江一族の例を破つて」いるだろう。では、それは優善の母徳の血なのだろうか。徳の父「栄玄の褊狭な気質を受け継い」だことなのだろうか。抽斎の友岡西玄亭にはなく、その父栄玄と妹に認められる、抽斎に「アンチパチイ」を覚えさせるものなのだろうか。

鷗外が「その五十」に栄玄の「褊狭な気質」に触れているから見てみよう。「栄玄は樸直な人であつたが、往々性癖のために言行の規矩を踰ゆるを見た」とあっていくつかの「性癖」を述べている。

安い煮豆を買って来て戸棚の中にしまい、ちょくちょく食べられていないかを確認したとある。ついで、ある日、鰤一尾を抽斎宅にもって来て、帰りに寄るといって去った。五百は酒の席をいかに設けるかに苦心した。栄玄は「奢侈」（ぜいたく）を嫌ったからである。抽斎は栄玄がもって来た鰤を出すように五百に命じた。ところが栄玄は悦ばなかった。「客にこんな馳走をすることは、わたしの内では無い」と言った。五百が、これはお持ちになったものでございます、と言っても栄玄は聞えぬふりをした。鷗外は調理法が好過ぎたのであろうと解した。

今一つ、鷗外が栄玄について述べていることは、栄玄が「厨下の婢」（台所女中）に生ませた子苫についての栄玄の言行である。栄玄は苫をわが子と認めたが、「あんなきたない子は畳の上には置かれない」と言って、板の間に莚を敷いて寝させた。当時栄玄の妻はすでに死んでいたから、妻の嫉妬を恐れたのではなく、「全く主人の性癖のため」である、と鷗外は書いている。

栄玄の「褊狭な気質」が娘徳を通じて優善にあらわれたのではない。栄玄の「性癖」と優善の「破格」とは違う。

5

中丸昌庵が「抽斎の情誼に愬へ」て優善を矢島氏に養子とすることに成功した話は「その六十九」にあるが、その二つ前の「その六十七」に、津軽藩士矢川文一郎の恋愛話が載っている。文一郎はのちに抽斎と五百の娘陸と結ばれる人である。「文一郎は頗る姿貌があつて、心自らこれを恃んでゐた」とあるから、「美貌の子優善」と近いものがあろう。

《（文一郎は）当時吉原の狎妓（遊女）の許に足繁く通つて、遂に夫婦の誓をした。或夜文一郎はふと醒めて、傍に臥してゐる女を見ると、一眼を大きく睜開いて眠つてゐる。常に美しいとばかり思つてゐた面貌の異様に変じたのに驚いて、肌に粟を生じたが、忽又魘夢（悪夢）に脅されてゐるのではないかと疑つて、急に身を起した。女が醒めてどうしたのかと問うた。文一郎が答は未だ半ならざるに、女は満臉（顔一面）に紅を潮して、偏盲のために義眼を装つてゐることを告げた。そして涙を流しつゝ、旧盟を破らずにゐて

くれと頼んだ。文一郎は陽にこれを諾して帰つて、それ切此女と絶つたさうである。》

これより先の「その七十八」で、抽斎二度目の妻威能の弟である留守居役の比良野貞固の再婚のことが書かれている。妻かなは慶応元年（一八六五）に四十九歳で死んだ。幕府役人や諸藩の士との交際を務めとする留守居の生活は「かなの内助を待つて始て保続せられた」と鷗外は書いている。再婚を勧める人は多かったが、「五十を踰えた花壻になりたくない」と断った。一年たって無妻で留守居を勤めることのむずかしさを知って、貞固の心はやや動いた。ある者が、表坊主（江戸城中で大名や諸役人の給仕を務める坊主）の大須というものの娘照を娶れと貞固に勧めた。貞固は下役の杉浦に命じて照を見させた。照に逢った老実な杉浦は照の美を盛んに賞して、そのふるまいもいかにもしとやかだと報告した。

結納が交わされ、婚礼の当日に、新婦を待ち受けた。新婦の轎が門内に入った。新婦を見た一同は驚いた。五百も見て驚いた。

《身の丈極て小さく、色は黒く鼻は低い。その上口が尖つて歯が出てゐる。五百は貞固を顧みた。貞固は苦笑をして、「お姉さん、あれが花よめ御ですぜ」と云つた。

新婦が来てから、杯をするまでには時が立つた。五百は杉浦の居らぬのを怪んで問ふと、よめの来たのを迎へてすぐに、比良野の馬を借りて、どこかへ乗つて往つたと云ふことであつた。

暫らくして杉浦は五百と貞固との前へ出て、額の汗を拭ひつゝ云つた。「実に分疏がございません。わたくしはお照殿にお近づきになりたいと、先方へ申し込んで、先方からも委細承知したと云ふ返事があつて参つたのでございます。其席へ立派にお化粧して茶を運んで出て、暫時わたくしの前にすわつてゐて、時候の挨拶をいたしたのは、兼て申し上げたとほりの美しい女でございました。今日(こんにち)参つたよめ御は、其日に菓子鉢か何かを持つて出て、閾(しきい)の内までちよつとはいつた切(きり)で、すぐに引き取りました。わたくしはよもやあれがお照殿であらうとは存じませなんだ。余りの間違(まちがい)でございますので、お馬を借用して、大須家へ駆け付けて尋ねましたところが、御挨拶をさせた女は照のお引合せをいたさせた倅(せがれ)のよめでございますと云ふ返答でございます。全くわたくしの粗忽(そこつ)で」と云つて、杉浦は額の汗を拭(ぬぐ)つた。》

五百は杉浦の話を聞いて、貞固に「どうなさいますか」と問うた。杉浦は、「あなたがお照さまでございますね」と確認しなかった粗忽を詫びて、涙をうかべて破談を主張した。新郎の貞固は言った。

《「お姉さん御心配をなさいますな。杉浦も悔まぬが好い。わたしは此(この)婚礼をすることに決心しました。お坊主を恐れるのではないが、喧嘩を始めるのは面白くない。それにわたしはもう五十を越してゐる。器量好みをする年でもない」と云つた。

貞固は遂に照と杯をした。照は天保六年生(うまれ)で、嫁した時三十二歳になつてゐた。醜いので縁遠かつたのであらう。》

鷗外は文を成すこと巧みである。優善の「破格」にふれたのは「その二十七」であり、その母徳への抽斎の「アンチパチイ」を言うたのは「その二十九」であり、優善が矢島家に養子に入ったことは「その四十」にある。しかし、まだ鉄にはふれていない。「その四十二」において優善が「澀江一族の例を破つ」たことが出て、「その四十六」、「その四十七」に親戚知友に借財を償わしめたため、「座敷牢」が設けられた話が書かれている。「その四十九」には、優善が表医者から降格させられたことが語られる。少しずつ優善の「破格」の人生の内容が語られていく。「その六十九」、「その七十」に到って、はじめて鉄という娘と結婚することが「大いなる犠牲」であることが明らかになる。五百(いお)の「ほんに優善は可哀さうだ」というつぶやきは優善の痛苦を思わせる悲痛の言葉である。

　この「その六十九」、「その七十」を挟んで、矢川文一郎の「旧盟を破」る話と貞固の再婚話が置かれているのも、鷗外の仕組んだことであろう。文一郎が婚約を破棄したようには優善は破約するわけにはいかなかった。父抽斎が決めたことだったからである。貞固が「わたしはもう五十を越してゐる。器量好みをする年でもない」と言うたようには優善には言えなかった。矢島家への養子の話が決まったのは優善はわずか十七歳であったのだから。

「少(わこ)うして烟草を喫み、好んで紛華奢靡の地に足を容れ」云々の「少うして」が、「少時放恣佚楽のために」云々の「少時」が、いつのことを指しているのか分明ではないが、鷗外のいう「大いなる犠牲」という言葉、五百の「ほんに優善は可哀さうだ」というつぶやき、そして文一郎の破約の話と貞固の再婚話の間に優善の妻鉄の「醜貌」のことが置かれていることを考慮すると、優善の「破格」は、矢島家への養子縁組を以て始まり、父抽斎への「アンチパチイ」である、と鷗外は理解していると考えていいように思われる。

6

　優善(やすよし)の怨(うら)みの矛先は父抽斎に向けられた。散財して親戚知友に償わしめたのもその一つであろうし、閉門三日を抽斎が言われたのもその一つであろう。まだある。

『澀江抽斎』の「その二」に、抽斎は、烟草は終生喫(の)まなかった。物見遊山もしなかった。では何に金を費やしたか。書籍を買うことと人をはぐくむことであった。抽斎は本と人を好んだのである。その三万五千部あったといわれた抽斎の蔵書が、抽斎歿後二年目に居を移したときに、一万部に満たなかった。「その七十」にある文を引く。

《矢島優善が台所町の土蔵から書籍を搬出するのを、当時まだ生きてゐた兄恒善が見付けて、奪ひ還したことがある。しかし人目に触れずに、どれだけ出して売つたかわからない。或時は二階から本を索(なわ)に繋(つな)いで卸(おろ)すと、街上(がいじょう)に友人が待ち受けてゐて持ち去つたさうである。安政三年以後、抽斎の時々病臥することがあつて、其間には書籍の散佚(さんいつ)することが殊(こと)に多かつた。》

ひとり優善だけが散佚の責を負うべきではない。「人に貸して失つた書も少くない」と今引いた文の先に鷗外は述べている。だが、優善の罪は重い。人は読むために抽斎の蔵書を藉(か)りたが、優善は父の蔵書を盗んで売ったからである。優善によって売られた抽斎の蔵書が、抽斎歿後半世紀ほど経った大正初年頃に、武鑑収集をしてゐた鷗外の目にふれた。文章の題材を過去に求めるようになっていた鷗外にとって、武鑑は徳川史を窮めるのに欠くべからざるものであった。「弘前医官澀江氏(うじ)蔵書記」という朱印のある本にたびたび鷗外は出合い、購入したものもあった。鷗外を抽斎に引き合わせたものが、優善が盗掠(とうりゃく)した抽斎の蔵書であった事は痛切な皮肉である。

抽斎歿後三年の文久元年（一八六二）のことである。五百(いお)は大きい本箱を三つ、七男の成善(しげよし)の部屋に運ばせて戸棚にしまって、次のように告げた。

《「これは日本に僅(わずか)三部しか無い善い版の十三経註疏(ちゅうそ)だが、お父(と)う様がお前のだと仰(おっしゃ)つた。今年はもう三回忌の来る年だから、今からお前の傍(そば)に置くよ」と云つた。》

成善は後に保(たもつ)と改名した澀江家の跡継(あとつ)ぎで、この年かぞえ五歳になる子である。大正四年に鷗外と出会い、澀江抽斎、五百をはじめとする澀江家の資料を鷗外に提供した人である。保は鷗外の五歳年長である。

《数日の後に矢島優善が、活花の友達を集めて会をしたいが、緑町の家には丁度(ちょうど)好い座敷が無いから、成善の部屋を借りたいと云つた。成善は部屋を明け渡した。

さて友達と云ふ数人が来て、汁粉(しるこ)などを食つて帰つた跡で、戸棚の本箱を見ると、其中は空虚であつた。》

わたしは『澀江抽斎』に綴られた、優善にかかわる箇所を読みながら、優善の悲痛な叫びを聴く思いに捕らわれる。優善は「澀江一族の例を破」るべく生まれた「破格」の子なのではない。そもそもの優善の放蕩の発端は矢島家に養子に行かされ、「重い痘瘡を患へて、瘢痕満面、人の見るを厭ふ醜貌」の娘鉄と結婚させられたことにある。鉄との結婚によって優善はドメスティック・ハッピネスを諦めたのではないか、十七歳、今の数え方でいえば十六歳の時に。

父抽斎は儒者であった。先に引いたが、「抽斎は人の寸長をも見逭(みのが)さずに、これに保護を加へて、殆(ほとん)ど其瑕疵(かし)を忘れたるごとくであつた」とあるように優善の放蕩仲間の塩田良三をも保護した。出入りの職人が病気になって妻と三人の子を養うことができぬのを知って長屋に住まわせ、衣食を与えた。儒者は世の慈父なのである。では、優善をなぜ鉄の矢島家に養子に遣ったか。昌庵の能弁が抽斎の「情誼」を突いたのか。五百はそこに夫抽斎の「義気」を感得していた。それなら、優善にとっては儒者の読むテキストの文字は人の一生を殺すものでしかないではないか。父よ、あなたは世間には慈父であろう、だがわたしには、わたしという物をこちらからあちらへと売買する商人となんら変わりませぬ。あなたが購入した高価な稀覯本（きこうぼん）なぞは、わたしにとっては、浮世の笑いを満載した安価な娯楽本ほどにも価値がありませぬ。違うとおっしゃるならば、それなら、返してくださいませ、わたしの人生を。

7

この日から二か月経った三月に、優善は「身持不行跡不埒（みもちふぎょうせきふらち）」の廉（かど）を以て隠居を命ぜられ、同時に「御憐憫（ごれんびん）を以て名跡御立被下置（みょうせきおんたてくだしおかる）」ということになって、養子を入れることが許された。養子選定は昌庵が引き受けた。町医者伊達周禎（しゅうてい）が養子に決まった。親の優善は二十七歳で子の周禎は四十五歳である。周禎を昌庵に推薦した上原元永という者は優善を「屁（へ）の糟（かす）」とあだ名を付けていた。

優善はこれ以後も改悛と失踪を繰り返すが、書く煩に堪えない。

慶応二年に、弘前（ひろさき）藩は江戸に住む藩士とその家族を弘前に帰国させることに決した。澀江一家が江戸を発したのは、慶応四年四月十一日のことである。この日官軍が江戸を収めた。

一行の中に、矢島優善もいた。鉄は周禎のもとにいた。周禎一家が弘前に移って来て、優善が鉄を迎え入れてから二人の間に騒動が起った。

《二十三歳になつた鉄は、もう昔日の如く夫の甘言に賺されて居らぬので、此土手町の住ひは優善が身上のクリジス（危機）を起す場所となつた。

優善と鉄との間に、夫婦の愛情の生ぜぬことは、固より予期すべきであつた。しかし啻に愛情が生ぜざるのみではなく、二人は忽ち讐敵となつた。そしてその争ふには、鉄がいつも攻勢を取り、物質上の利害問題を提げて夫に当るのであつた。「あなたがいくぢが無いばかりに、あの周禎のやうな男に矢島の家を取られたのです。」此句が幾度となく反復せられる鉄が論難の主眼であつた。優善がこれに答へると、鉄は冷笑する、舌打をする。

此争は週を累ね月を累ねて歇まなかつた。五百等は百方調停を試みたが何の功をも奏せなかつた。

五百は已むことを得ぬので、周禎に交渉して再び鉄を引き取つて貰はうとした。しかし周禎は容易に応ぜなかつた。澀江氏と周禎が方との間に、幾度となく交換せられた要求と拒絶とは、押問答の姿になつた。》（「その八十六」）

このいつ終わるともない「押問答」の最中に、優善が失踪した。明治二年十二月二十八日のことである。澀江家では手分けして優善を捜索したが、料理屋にも妓楼にもいなかった。

年が明けた一月二日に澀江家は優善の手紙を受け取った。最寄りの駅の者に、駅を去ったのちに届けるように命じたものである。「訣別の書」で「所々涙痕を印してゐ」た。優善は東京に向かった。

東京に出た優善は、吉原の引手茶屋の年を取った女をたよった。しばらくして、ある人の世話で骨董店をいとなむ未亡人を妻とした。この女は間もなく死んだ。女をたよりとするところが、後に優善の死を叙するにあたって、鷗外が「蕩子」と呼んだ由縁でもあろう。

同年（明治三年）、優善は浦和県の官吏となった。前に同県の官吏となっていた塩田良三の薦めである。翌年、優善は唐津藩士の娘を娶った。二十七歳の男が二十三歳の女と結ばれたのである。ここに、鷗外は「是より先前妻鉄は幾多の葛藤を経た後に離別せられてゐた」（「その九十二」）と述べている。

明治十六年八月、妻を亡くしていた優善は、いや、明治四年に名を改めて優になっているから、優は、文一郎と離別していた妹陸を説いて家の事を任せた。その年の十二月二日に優は、東京に歿した。四十九歳であった。子はなかった。優は死ぬ前年に澀江姓に復していた。鷗外は「その百五」に語る。

《優は蕩子であつた。しかし後に身を吏籍に置いてからは、微官に居つたにも拘らず、頗る材能を見した。優は情誼に厚かつた。親戚朋友の其恩恵を被つたことは甚だ多い。》

「情誼に厚」いところは父抽斎の血を引いている。今一つ、優が父抽斎の資質を受け継いでいると思われることに、演劇のことがある。抽斎が七代目市川団十郎と五代目沢村宗十郎を贔屓とした話が「その六十三」にある。「その百五」に戻る。

《演劇の事は此人（優）の最も精通する所であつた。新聞紙の劇評の如きは、森枳園（抽斎の親友）と優とを開拓者の中に算すべきであらう。大正五年に珍書刊行会で公にした劇界珍話は飛蝶の名が署してあるが、優の未定稿である。》

抽斎が三世劇神仙となったこと、著書に『劇神仙話』があることを鷗外は記している。優は明治八年に官吏を辞めて、新聞記者となり、主に演劇欄に筆を執った、と鷗外は書いている。優の遺骸は抽斎の墓のある谷中の感応寺に葬（ほうむ）られた。

鷗外の涙 ―『澀江抽斎』を読んでⅡ

1

常識の目から見ればそれはどうだろうと疑念の心が沸き上がるようなことが、美しく書かれると疑念が抑えられてしまうことがあるものである。

2

わたしは、森鷗外の『澀江抽斎』の抽斎夫人五百について語ろうとしている。五百は、『澀江抽斎』発表二年前の大正三年に書かれた『安井夫人』の佐代とともに鷗外が造形した理想の女性像と評されて来た。

五百も佐代も自ら選んで自らの人生を歩もうとした女性である。ともに封建の世に生まれた女性である。

佐代は飫肥藩の人である。佐代のいとこに仲平という三十になるものがあった。「仲平さんはえらくなりなさるだらう」という評判の人であったが、あばたがあって、片目で、背が低かったので、「仲平さんは不男だ」という陰口も合わせて云われた。

仲平の父安井滄洲は子のためにぜひ嫁を取ってやりたいと考えて、親戚のもので未婚のだれかれを思い浮かべて、仲平のいとこの川添家の姉妹二人に思い至った。妹は十六で三十男の仲平には若すぎるが、二十になる姉の豊なら年齢の開きも悪くない。豊は快活で心に思うままを口にして言うほどにいかにも素直でなんのわだかまりもない。滄洲はすでに長倉家に嫁に行って長倉の御新造と云われている仲平の姉を使いに立てた。御新造と豊との間に以下のやり取りがあった。


《「安井では仲平におよめを取ることになりました。」

劈頭に御新造は主題を道破した。

「まあ。どこから。」

「およめさんですか。」

「えゝ。」

「そのおよめさんは」と云ひさして、ぢつとお豊さんの顔を見つゝ、

「あなた。」

お豊さんは驚き呆れた顔をして黙つてゐたが、暫くすると、其顔に笑が湛へられた。

「譃でせう。」

「本当です。わたしそのお話をしに来ました。これからお母あ様に申し上げようと思つてゐます。」

お豊さんは手拭を放して、両手をだらりと垂れて、御新造と向き合つて立つた。顔からは笑が消え失せた。

「わたし仲平さんはえらい方だと思つてゐますが、御亭主にするのは厭でございます。」

冷然として言ひ放つた。》

御新造は仲平が好きだったので、縁談の不調を残念に思いながら川添家を出た。二、三百メートルも来た

かと思うとき、川添の者が駆けて来て、話があるから急ぎ引き返してもらいたいと告げた。

豊の母は、「お帰掛（かえりがけ）をわざわざお呼戻（よびもどし）いたして済みません。実は存じ寄らぬ事が出来まして」と断って次のように話した。

《あの仲平さんの御縁談の事でございますね。わたくしは願うてもない好い先だと存じますので、お豊を呼んで話をいたして見ましたが、矢張まゐられぬと申します。さういたすとお佐代が姉に其話を聞きまして、わたくしの所へまゐつて何か申しさうにいたして申さずにをりますのでございます。「なんだえ」とわたくしが尋ねますと、「安井さんへわたくしが参ることは出来ますまいか」と申します。およめに往くと云ふことはどう云ふわけのものか、ろくに分からずに申すかと存じまして、色々聞いて見ましたが、あちらで貰うてさへ下さるなら自分は往きたいと、きつぱり申すのでございます。いかにも差出（さしで）がましい事でございまして、あちらの思はくもいかゞとは存じますが、兎（と）に角（かく）あなたに御相談申し上げたいと存じまして。》

父滄洲は、お佐代さんは若すぎると思っていた。また、「あまり別品でなあ」とも思っていた。お豊さんは十人並であるが、お佐代さんは住んでいる地名にちなんで「岡の小町」と呼ばれていたのである。

御新造は「控目（ひかえめ）で無口な」お佐代さんが、と愕（おどろ）いた。

二人の前にお佐代さんは呼ばれた。

《母親は云つた。

「あの、さつきお前の云つた事だがね、仲平さんがお前のやうなものでも貰つて下さることになつたら、お前きつと往くのだね。」
お佐代さんは耳まで赤くして、
「はい」と云つて、下げてゐた頭を一層低く下げた。》

お佐代さんは、猿ともあだ名された仲平と結婚した。

お佐代さんが幾人か子供を産んだころのことである。奥さまは、学問はなさりましたかと、客から尋ねられた仲平は、いいや、と答えた。すると、客は、奥さまの方が先生の学問以上の御見識がありますね、と言った。なぜ、と尋ねる仲平に、客は、あれ程の美人で、先生の夫人になられたのですから、と応じた。

仲平は、後に息軒（そっけん）と号し、幕府の儒官となり、諸藩から世子の師として招聘（しょうへい）された。その名望は高かった。

3

では、五百の結婚はどうであったか。

五百は弘前藩の医官澀江抽斎の四番目の妻となった人である。抽斎の一人目の妻は父に嫌われ、二人目、三人目の妻は抽斎に先んじて死んだ。三人目の妻が死んで八ヶ月あまりの後に、五百は抽斎に嫁した。抽斎は四十歳、五百は二十九歳の初婚であった。抽斎の家には先妻の子が三人あった。

五百の実家は鉄物（かなもの）問屋である。屋号は日野屋といった。五百には兄があり、姉があった。五百の父忠兵衛は、跡継ぎの兄には武士としての教育をしこみ、娘たちには読み書き諸芸の外には武芸をもしこみ、武家に奉公させた。忠兵衛の祖先は山内一豊であったから、山内家の家紋を付け、名には豊の一字を用いた。

五百は本丸に奉公した後、藤堂家にて十年奉公した。二十四になったときに五百は家に還った。

忠兵衛は跡継ぎの栄次郎のことを気に病んでいた。栄次郎は抽斎に学んだあと、幕府の昌平黌に通った。武家の子が多い中に商家の子は二人だけで、栄次郎は学校生活になじめず、吉原通をはじめ、深入りして女性の身受けをしようとした。これを知った忠兵衛は栄次郎を勘当しようとした。兄を救ったのは五百であった。この話は五百が藤堂家を辞する前のことであったが、五百が家に戻ると、栄次郎の問題が再燃した。

栄次郎が謹慎していた間に栄次郎が身受けしようとした女性が別の男に身受けされてしまった。これを知った栄次郎は鬱症になった。忠兵衛は子を思って、栄次郎の吉原通いを許した。栄次郎はまた女に狂い出した。その女の名は浜照といった。忠兵衛は勘当すると言い出したが、病気になった。五百が日野屋に戻ったのはこういう状況のときであった。

忠兵衛は日野屋の財産を五百の名に更えて死んだ。父の死後、五百は直ちに財産を兄に返した。

五百が抽斎に嫁する前に、日野屋では五百に婿を取ろうという話があった。相手は呉服屋の番頭で、年は三十一、二である。これは兄栄次郎の考えであった。五百は石川貞白という医師を招いた。貞白は栄次郎が浜照の身受けの相談をし仮親になった人であるから、五百は貞白を白眼視していたし、貞白も五百を懼れた。貞白はおそるおそる日野屋の閾を跨いだ。しかし五百はいつになく慇懃であった。

《何事かと問へば、澀江さんの奥さんの亡くなつた跡へ、自分を世話をしてはくれまいかと云ふ。貞白は事の意表に出でたのに驚いた。》（「その百七」）

貞白は、番頭某となら好配偶と思った。三、四歳年上の人であるからである。抽斎は四十である。貞白は五百の意中がわからなかった。貞白が問うと、五百は「只学問のある夫が持ちたい」と答えた。なるほどその言葉には道理があった。しかし貞白はまだ五百の意中を読み尽くすことができなかった。五百は貞白が納得していないのをみて、こう言い足した。

《「わたくしは壻を取って此世帯を譲つて貰ひたくはありません。それよりか澀江さんの所へ往つて、あの方に日野屋の後見をして戴きたいと思ひます。」

貞白は膝を拍つた。「なる程〱。さう云ふお考へですか。宜しい。一切わたくしが引き受けませう。」

貞白は実に五百の深慮遠謀に驚いた。五百の兄栄次郎も、姉安の夫長尾宗右衛門も、聖堂に学んだ男である。若し五百が尋常の商人を夫としたら、五百の意志は山内氏にも長尾氏にも軽んぜられるであらう。これに反して五百が抽斎の妻となると、栄次郎も宗右衛門も五百の前に項を屈せなくてはならない。五百は里方のために謀つて、労少くして功多きことを得るであらう。且兄の当然持つて居るべき身代を、妹として譲り受けると云ふことは望ましい事では無い。さうして置いては、兄の隠居が何事をしようと、これに喙を容れることが出来ぬであらう。永久に兄を徳として、その為すが儘に任せてゐなくてはなるまい。五百は此の如き地位に身を置くことを欲せぬのである。五百は潔く此家を去つて澀江氏に適き、しかも其澀江氏の力を藉りて、此家の上に監督を加へようとするのである。

貞白は直に抽斎を訪うて五百の願を告げ、自分も詞を添へて抽斎を説き動した。五百の婚嫁は此の如くにして成就したのである。》（「同上」）

ところで、五百は幼いころから抽斎を知っていた。

《忠兵衛は允成(ただしげ)（抽斎の父）の友で、嫡子栄次郎の教育をば、久しく抽斎に託してゐた。文政七八年（一八二四、五）の頃、允成が日野屋をおとづれて、芝居の話をすると、九つか十であつた五百と、一つ年上の安とが面白がつて傍聴してゐたさうである。》（「その三十」）

抽斎という人は、五百にとって、その父の話を幼いころから聴き、兄の先生でもあった人であり、幾人も子を持った人である。そういう人との結婚を五百は望んだ。妻がいた人であったから、結婚の可能性はなさそうであった。しかし、わずかの間隙が生じた。

《五百は藤堂家を下つてから五年目に澀江氏に嫁した。穉(おさな)い時から親しい人を夫にするのではあるが、五百の身に取つては、自分が抽斎に嫁し得ると云ふポツシビリテエ（可能性）の生じたのは、三月に岡西氏徳が亡くなつってから後(のち)の事である。常に往来してゐた澀江の家であるから、五百は徳の亡くなつた三月から、自分の嫁して来る十一月までの間にも、抽斎を訪(と)うたことがある。未婚男女の交際とか自由結婚とか云ふ問題は、当時の人は夢にだに知らなかつた。立派な教育のある二人(ふたり)が、男四十歳、女は二十九歳で、多く年を閲(けみ)した友人関係を棄てゝ、遽(にわか)に夫婦関係に入つたのである。当時に於いては、醒覚せる二人(ににん)の間に、此(かく)の如く婚約が整つたと云ふことは、絶(たえ)て無くして僅(わずか)に在るものと謂(い)つて好からう。》（「その三十四」）

抽斎と五百の結婚生活は抽斎の死までの十五年であったが、四男五女に恵まれたのであるから、仲睦まじいものであった。

4

五百が夫抽斎の命を救った話としてよく引かれる話を記そう。安政三年（一八五六）頃のことである。「抽斎の王室に於ける、常に耿々（憂えて忘れられない思い）の心を懐いてゐた。そして曾て一たびこれがために身命を危くしたことがある」として話が始まる。江戸のある「貴人」が窮迫した。八百両の金が必要であった。執事は奔走したが、当てもなくなり、抽斎に諮った。抽斎は献金を思い立って、自家の窮乏の事として無尽講を催し、親戚知友に金を醵出させた。

無尽講の夜のことである。五百は風呂に入っていた。抽斎は戸を叩く音を聞いた。家の者が出ると、貴人の使いだと言った。抽斎が引見すると、三人の侍である。内密の話があるからというので、奥の四畳半に通した。三人は、貴人が明朝を待たず金を受け取りたいから、使いを寄越すというのである。抽斎は応じなかった。金を渡す人は決まっていて、面識のない人に渡すわけにはいかない。すると、

《三人は互に目語して身を起し、刀の欛に手を掛けて抽斎を囲んだ。そして云つた。我等の言を信ぜぬと云ふは無礼である。且重要の御使を承はつてこれを果さずに還つては面目が立たない。主人はどうしても金をわたさぬか。すぐに返事をせよと云つた。

抽斎は坐したまゝで暫く口を噤んでゐた。三人が偽の使だと云ふことは既に明である。しかしこれと格闘することは、自分の欲せざる所で、又能はざる所である。家には若党がをり諸生がをる。抽斎はこれ

を呼ばうか、呼ぶまいかと思つて、三人の気色を覗つてゐた。》（「その六十」）

その時のことである。障子がすうつと開いた。刀の欛に手を掛けた三人の侍を前にして、四畳半の端近くに坐していた抽斎は、客から目を放さずに、障子の開いた方を斜めに見やった。そこには「異様な姿」の妻があった。

《五百は僅に腰巻一つ身に著けたばかりの裸体であつた。口には懐剣を銜へてゐた。そして閾際に身を屈めて、縁側に置いた小桶二つを両手に取り上げるところであつた。小桶からは湯気が立ち升つてゐる。縁側を戸口まで忍び寄つて障子を開く時、持つて来た小桶を下に置いたのであらう。

五百は小桶を持つたまゝ、つと一間に進み入つて、夫を背にして立つた。そして沸き返るあがり湯を盛つた小桶を、右左の二人の客に投げ附け、銜へてゐた懐剣を把つて鞘を払つた。そして床の間を背にして立つた一人の客を睨んで、「どろばう」と一声叫んだ。

熱湯を浴びた二人が先に、欛に手を掛けた刀をも抜かずに、座敷から縁側へ、縁側から庭へ逃げた。跡の一人も続いて逃げた。

五百は仲間や諸生の名を呼んで「どろばう〳〵」と云ふ声を其間に挟んだ。しかし家に居合せた男等の馳せ集るまでには、三人の客は皆逃げてしまつた。此時の事は後々まで澀江の家の一つ話になつてゐたが、五百は人の其功を称する毎に、慙ぢて席を遁れたさうである。五百は幼くて武家奉公をしはじめた時から、匕首（短刀）一口だけは身を放さずに持つてゐたので、湯殿に脱ぎ棄てた衣類の傍から、それを取り上げることは出来たが、衣類を身に纏ふ遑は無かつたのである。》（「その六十一」）

鷗外は『澀江抽斎』を書くにあたって、その資料の多くを抽斎の七男の成善（しげよし）（安政四年生れ、明治になって保（たもつ）と改名）が作成したものに依った。鷗外は初めて保に見え（まみ）たとき、なぜ抽斎のことを探求し始めたかを語り、保に「父の事に関する記憶を、箇条書きにして」くれるように頼んだ。だから、鷗外は『澀江抽斎』に「こゝにわたくしの説く所は主として保さんから獲た材料に拠る」と断っている（「その九」）。鷗外は事実を知りたかったのであって、保の解釈は必要でなかった。それが「箇条書き」にしてほしいということであろう。

鷗外が拠った「保さんから獲た材料」は『森鷗外「渋江抽斎」基礎資料』（松木明知編　第八十六回日本医史学会発行）にまとめられている。その中の「抽斎歿後」に「私（渋江保）の母の大胆なりし一二実例」として、献金強奪のことが載っている。

《或る頗る高貴の御方が甚（はなはだ）御不如意にて御困まりなされ、執事（しつじ）手島良助ハ、八方心当りを奔走して一時の急を凌（しの）がんとした。されど、悉（ことごと）く徒労に属した。独り抽斎ハ、之を承りて深く心を痛め、何とかしてお救申上げんと千々に心を砕き、夫婦協議の上、名を自家の不如意に託して無尽講を開き、八百両先取りにして、此の金を献納することにした。デ其の金の集まりたる夜、予（あらかじ）め之を先方へ御通知申上、翌日母ハ之を携へ伺候せんとて、先づ浴室に入り、身を清めて居た。丁度その折、先方から三人の士が右金子（きんす）受取の為めに来た。併（しか）しその様子が何となく怪しいので、父ハ容易に渡さなんだ。三人ハ内話ありと称して人払ひを請求した。父ハ彼（か）の金を懐にし、三人を誘ひて、裏庭の奥なる四阿屋（あずまや）に往き、又も密話を交えた。併し益々（ますます）怪（あやし）いので、その金の交付を拒んだ。スルト三人ハ刀の柄（つか）に手を掛けて父を脅迫し、理不尽にも金を奪はんとした。

最前よりその付近なる浴室に在りて、「何事ならん」と耳を欹(そばだ)て居たる母ハ、「コハ良人(おっと)の一大事」と、恥かしいのも打忘れ、全裸体のまゝ懐剣を口にくはへ、左右の手に各々一箇の熱湯の入りたる小桶(こおけ)を携へ出でゝ「狼藉者(ろうぜきもの)め」と叫びさま、暴人を目掛けて、その小桶を抛(ほう)り付け、且(か)つ一町（百メートル）の距離へも聞ゆべき大声を発して、「千代松、清助、柳之助、庄助」と侍の名を連呼し、「盗賊来る」と絶叫した。暴人ハ刀を抜きたれども、頗る狼狽(ろうばい)したる様子であつた。母ハ剣を抜て突進した。兎角(とかく)する中、四五人の侍共は、彼の叫声を聞き付け、手に〳〵刀或ハ棒を携へて馳せ来つた。暴人は驚いて逃亡し、只だ一人ハ捕へられた。》（かな遣いは原文のまま）

　鷗外の脚色は細部にわたっている。抽斎が監禁された場所が「裏庭の奥なる四阿屋」から「奥の四畳半」に変更された。だから五百は障子を開けなくてはならなくなった。四阿屋に抽斎が監禁されたのであるなら、一般的に四阿屋は壁を持たないので、五百は三人の侍に気づかれずに近づくことは難しかろうから、鷗外は奥の部屋に監禁場所を替えたのであろう。だが、大きな脚色は、五百が「狼藉者」（鷗外は「どろぼう」に変更している）と叫ぶと、強盗の侍が刀を抜いたか、抜かないかは別にして、五百が懐剣を抜いた後の行動であろう。保の「抽斎歿後」では五百は抜いた懐剣を持ったまま、強盗に突進しているのである。奥から仲間(ちゅうげん)や諸生が駆け付けたから盗賊たちは逃げていったが、五百は命が危うかった。だから、『澀江抽斎』では五百は懐剣の鞘は払ったが、「どろぼう」と叫び、奥の者に助けを求めただけなのである。鷗外は剣を抜く女性の武勇を好まぬのである。先に引いた、「これと格闘することは、自分の欲せざる所で、又能はざる所である」が医官の立場であって、取るべき手立ては、「家には若党がをり諸生がをる。抽斎はこれを呼ばうか、呼ぶまいかと思つて、三人の気色を覗つて」、その隙(すき)を見出すことであった。まして、女性は鷗外の脚色を超えてはならない。鷗外は「全裸体」の五百に「腰巻一つ」を宛（あて）がった。

5

五百は明治十八年の二月に六十九歳で死んだが、その半年前の八月の話である。保は京浜毎日新聞の主筆を助けるために寄稿していた。家にいては客があって文が書けぬので、一週間家を空けた。母五百のために兄二人姉二人に交替で世話を頼んだ。ある夜、姉が知り合いの家にいた保のところにやって来て、五百が何も食べなくなったと告げた。

《保が家に帰つて見ると、五百は床を敷かせて寝てゐた。「只今帰りました」と、保は云つた。

「お帰（かえり）かえ」と云つて、五百は微笑した。

「おつ母様（かさま）、あなたは何も上（あが）らないさうですね。わたくしは暑くてたまりませんから、氷を食べます。」

「そんなら序（ついで）にわたしのも取つておくれ。」五百は氷を食べた。

翌朝保が「わたくしは今朝は生卵にします」と云つた。

「さうかい。そんならわたしも食べて見よう。」五百は生卵を食べた。

午（ひる）になつて保は云つた。「けふは久し振（ぶり）で、洗ひに水貝（みずがい）を取つて、少し酒を飲んで、それから飯（めし）にします。」

「そんならわたしも少し飲まう。」五百は洗ひで酒を飲んだ。其時はもう平日の如く起きて坐（すわ）つてゐた。

晩になつて保は云つた。「どうも夕方になつてこんなに風がちつとも無くては凌（しの）ぎ切れません。これから汐湯（しおゆ）に這入（はい）つて、湖月（こげつ）（料理屋）に寄つて涼んで来ます。」

「そんならわたしも往くよ。」五百は遂に汐湯に入つて、湖月で飲食した。》（「その百四」）

先と同じように、保の記した「抽斎歿後」から当該箇所を引く。

《（八月）五日の夜、私ハ柳島の帆足謙三といふ人の宅に居て原稿を書いて居ると夜半頃、水木が尋ねて来た　何事ならんと驚いて面会すると「お母様が大病で更らに飲食もなさらぬ　今夕などは優、陸、脩、自分打揃って美味を調へ母様に酒を勧めたれども妾の児が居らぬからいやだと仰せられて毫も召上らぬ　アノ様子でハ中々重症らしい」との事であつた　私ハ驚いて直にその原稿を懐にし帰宅した　私の宅に着いたのハ早朝であつた　イカサマ母の様子を見るとドツと寝て居る。「母さま只今帰りましたよ」といふと「お帰りかへ」と答へて微笑した　「母様ハ何も召上がらぬそうですね　私ハ今氷を命じてたべます」とわざといふと「そうかへ、自分独でたべないで妾にもたべさせなさい」といふ　それから共々に氷を喫した　「私ハ朝飯に生卵をたべます」といふと「妾も」といふ　依て共に朝飯を喫する　正午前になつて私は例規を破り「余り暑いから洗ひと水貝で一杯を傾けます」といふと「妾も」といふ　もう此の時ハ起きて平日の通りに坐はつて居た　又夕方になつて「余り暑いから塩湯へ這入つて湖月で晩酌を傾けます」といふと「妾も」といふ　依て同行した　全く平生の通りで只少々フラ〳〵するのみであつた。そして其の翌日からハ健康体に復して居た》（傍点引用者。かな遣いは原文のまま）

前後の文は後に引くが、石川淳が『森鷗外』の中で、鷗外は「文章の世界を高次に築き上げてゐる」と言っている。先の献金強奪未遂事件の文もそうだが、今の五百の絶食のことを述べた文もそうである。保の文、例えば「抽斎歿後」は鷗外の手が入ることによって『澀江抽斎』となった。保の文の「妾も」の繰り返しは『澀江抽斎』の文では「そんなら」の繰り返しに変わったが、このように変えられて、五百と保の会話がしっかりとした親子の会話になった。鷗外の斧正（ふせい）は、保の備忘録程度の文を第一級の文学作品とした。

6

では、先に引いた『澀江抽斎』の続きを読んでみよう。そこに鷗外は五百について感想を述べている。当然、保の文にないものである。

《五百は保が久しく帰らぬがために物を食はなくなつたのである。五百は女子中では棠（とう）を愛し、男子中では保を愛した。曩（さき）に弘前に留守をしてゐて、保を東京に遣（や）つたのは、意を決した上の事である。それゆゑ能（よ）く年余（ねんよ）の久しきに堪へた。これに反して帰るべくして帰らざる保を日毎に待つことは、五百の難（かた）んずる所であつた。此時五百は六十八歳、保は二十七歳であつた。》（「その百四」）

五百が腹を痛めて産んだ子に愛情の高低（たかひく）があったことは子供たちには知れたことであった。棠（とう）は嘉永四年（一八五一）に七歳で死んだが、五百はその死後半年の間は少しく精神の均衡を失っていた。夕暮れになると、窓を開けて庭の闇を凝視していることがよくあった。闇の中に棠の姿が見えはせぬかと待たれたそうである。抽斎は気遣い、「五百、お前にも似ないぢやないか、少ししつかりしないか」と飭（いまし）めた。五百の兄は棠の踊りを見るたびに「食ひ付きたいやうな子だ」と言った。五百も棠の美しさをよく語るので、二つ下の妹の陸は「お母あ様の姉えさんを褒めるのを聞いてゐると、わたしなんぞはお化けのやうな顔をしてゐるとしか思はれない」といい、棠が死んだ時、「大方お母あ様はわたしを代に死なせたかつたのだらう」とさえ言ったという。

棠の死は保の生まれる七年前のことだから、保は姉たちから聞いたか、あるいは五百から聞いたのだろう。先の保の「抽斎歿後」に、絶食して心配する子供たちに向かって、「妾の児が居らぬからいやだ」と五百は言うが、優以外の「陸、脩、自分（水木）」は皆五百が腹を痛めて産んだ子なのである。保以外の子の嘆きが聞えて来るようだ、大方お母あ様は、保以外は生きていても死んでいても何とも思わないのであろう、と。

7

鷗外は、「弘化元年は抽斎のために、一大転機を齎した」と書いた。「社会に於いては幕府の直参になり、家庭に於いては（中略）始て才色兼ね備はつた妻が迎へられた」（その二十九）と書いている。幕府の直参となり、将軍に謁見を許されて目見となったが、目見した者は祝宴を開かなくてはならない。招ぶべき客数もほぼ決まっていた。が、抽斎の家は多くの客を入れるべき広間がないので、新築しなくてはならなかった。五百は抽斎に、どうぞ費用のことはわたくしにお任せになすってくださいまし、と言った。抽斎は驚き、お前そんな事を言うが、何百両という金は容易に調達せられるものではない。お前には何か当てがあってそういうのか。五百は、はい、いくらわたしがおろかでも、当てなしには申しませぬ、とにっこり笑って言った。

――五百の「才」といい、度量たるや、かくのごときであった。

では、五百の子供への愛情の高低も「才色兼ね備はつた妻」という表現によってほとんど均されてしまうのか。

保が傾倒した人に福澤諭吉がいる。右の五百が絶食した話は明治十七年のことであるが、その三年後に書かれた諭吉の手紙を引く。諭吉の兄弟姉妹は、男は十一歳年長の兄が一人あったが安政三年に死んだので、姉が三人残っていた。次の手紙は中津にいた、夫に先立たれた次姉（服部鐘）に宛てたものである。

《若し万一も不時の災難にてこまることもある節には、姉様三人丈けは私にて屹度引受候覚悟に御座候。兄弟姉妹となれば何かの縁の遠き様に見へ候得共、父母の目から見れば同じ子供にて、そのかわいさは同様に御座候。唯今兄弟の中にて私が一ばん仕合せ宜しく候間、父様母様に代りて兄弟丈けの世話は致す積り、世間はいざ知らず、是れは福澤家の家風、父母の教の遺りたるものと存候。》（傍点引用者）

「女子中では棠を愛し、男子中では保を愛した」という文と、「父母の目から見れば同じ子供にて、そのかわいさは同様に御座候」という文とでは、どちらが文学的にも倫理的にも美しいかは明らかであろう。殊に文学的と倫理的の二つを分かちがたく認識していた鷗外には。ある家の家風の問題ではないのである。

では五百のことを述べる鷗外の文は、倫理的に間違っていることまでも、なぜ美しいのか。鷗外に何かが起っているのではないか。

『澀江抽斎』を愛読した人の感想に面白いものがある。先に引いた、昭和十六年に刊行された石川淳の『森鷗外』である。石川は語る。

《鷗外みづから「敬慕」「親愛」と称してゐるところの、抽斎といふ人間への愛情が作品に於てどんなはたらきをしてゐるか。鷗外はその愛情の中に自分をつかまへることに依つて書き出したのではあつたが、またその中に自分を取り落すことに依つて文章の世界を高次に築き上げてゐる。実例として、次の一節を掲げる。》

その『澀江抽斎』の「実例」の文は次の通りである。

《五郎作は文章を善くした。纎細の事を叙するに簡浄の筆を以てした。技倆の上から言へば、必ずしも馬琴、京伝に譲らなかつた。只小説を書かなかつたので、世の人に知られぬのである。これはわたくし自身の判断である。》（「その二十二」）

《わたくしの獲た五郎作の手紙の中に、整骨家名倉弥次兵衛の流行を詠んだ狂歌がある。臂を傷めた時、親しく治療を受けて詠んだのである。「研ぎ上ぐる刃物ならねどうちし身の名倉のいしにかゝらぬぞなき。」わたくしは余り狂歌を喜ばぬから、解事者（専門家）を以て自ら居るわけではないが、これを蜀山等の作に比するに、遜色あるを見ない。》（「その二十三」）

石川は「わたしはこれを読んで啞然とし、茫然とし、そして心たのしかつた」と述べている。石川に、「啞然」から「茫然」の状態までどれほどの時間の経過があったかは知らないが、次の「茫然」の状態から「心たのしかつた」の状態になるまでには、先の状態の経過よりずっと長い時の経過があったであろう。石川は語る。

《なるほど二世劇神仙こと真志屋五郎作は芝居の見巧者であり、能文の人ではあつたらう。だが、これを挙げて馬琴京伝に譲らないと断ずるためには何の拠りどころがあるのか。そもそも馬琴京伝と、性質を異にする二作者を並べてかぞへるのがすでにをかしい。小説云々に至つては、さらに滑稽、無意味である。鷗外は小説といふものを何と解してゐたのか。小説論は別としても、肝腎の五郎作の技倆がどうやらあやしいものである。といふのは、折角鷗外が推称に努めてゐるにも係らず、右の狂歌は一見して笑ふべき駄作でしかない。表現だけを取つても、「刃物ならねど」のごとき云ひまわしは文政ぶりの俗調である。古今集の歌屑と評される「糸に縒るものならなくに」の子孫が市井に零落したやうなかたちである。さすがに天明狂歌の先達、蜀山、菅江等の作にはこんなしがないものは一つもまじつてゐない。万載狂歌集一巻を瞥見しただけでも明瞭であらう。「遜色あるを見ない」とは、鷗外はどこを見ていつたことか。狂歌を喜ぶ喜ばないとはちがふはなしである。》

このように、鷗外の「小説」、「狂歌」の読み間違いを指摘した後に、石川は次のように語った。

《鷗外は眼がきかなかつたのか。またはここで眼に雲が懸つたのか。いや、さうとは思はれない。たれにもわかる平易なことを、鷗外ほどの文人がわかりえなかつたはずがない。このとき、鷗外の眼はただ愛情に濡れてゐたのであらう。

抽斎への「親愛」が氾濫したけしきで、鷗外は抽斎の周囲をことごとく、凡庸な学者も、市井の通人も、俗物も、蕩児も、婦女子も、愛撫してきはまらなかつた。》

鷗外自身が「わたくしは余り狂歌を喜ばぬから、解事者を以て自ら居るわけではない」と狂歌の道に不案内であると断っているのは、「万載狂歌集一巻を瞥見しただけでも明瞭であらう」というような批判の外に私の叙述はあると断っているのである。五郎作の狂歌が「蜀山等の作に比するに、遜色あるを見ない」という断定も、五郎作の文が「必ずしも馬琴、京伝に譲らなかつた」という断定も、同様である。「これはわたくし自身の判断である」と断れば鷗外には済む話なのである。

石川は、「鷗外は抽斎の周囲をことごとく」、「愛撫してきはまらなかつた」と述べた続きに、

《「わたくし自身の判断」を支離滅裂の惨状におとしいれてしまふやうな、あぶない橋のうへに、おかげで書かれた人物が生動し、出来上つた世界が発光するといふ稀代（きだい）の椿事（ちんじ）を現出した。》

と述べた。鷗外は、献金強奪未遂事件の際、『澀江抽斎』の中では五百に剣を抜かせないように脚色した。自らが「愛撫」したくなるように抽斎の周囲の人物を脚色したのだ。そして脚色してしまった人物たちの行動に鷗外自身が溺れたのである。七歳の棠が死んだ時、妹の陸が「大方お母あ様はわたしを代（かわり）に死なせたかつたのだらう」と発した悲痛な声を知りながら、鷗外は「五百は女子中では棠（とう）を愛し、男子中では保を愛した」と書いた。明治十七年八月の五百が保に随順する「そんなら私も」の美しさに、また読者も溺れ、陸の悲痛な声は忘れられるのであろう。

小林秀雄と江藤淳

小林秀雄と江藤淳

1

小林秀雄の「本居宣長」は、僕が大学入学の昭和四十九年も文藝誌「新潮」に、連載十年目を迎えて営々と続けられていた。入学とともに信和会という古典学術の研究会に入って、「本居宣長」のことも知った次第で、そう飛びつくように読んだわけではなかった。

信和会の先輩たちのなかに、幾人も小林秀雄の熱烈な読者がいた。僕も導かれるように読み出したのだが、いかんせん小林の文章は難解であった。世の中には難しい事があるんだ、それを簡単に書いたってしようがないじゃないか、と小林は言うのだが、そう言われても読み難いものは読み難いままであった。

そういう時に、僕は江藤淳の批評文を読んだ。新潮文庫『文学と私・戦後と私』であった。

《私が批評家というものになったのは、全くの偶然である。私は子供の頃から読書も書くことも好きだったが、文学を職業にするつもりはなかった。そうかといって役人にも会社員にもなりたいとは思わず、学者になるには根気がなさすぎるように感じていた。だいたい私は自分の将来を真剣に考えたことがあまりなかった。病弱だったので、いつまで生きていられるかわからなかったからである。》

こういうエッセイとも批評文とも読める文がすうーっと僕の体を流れた。小林の文の哲学性は魅力的なのだが、それは知的にも体験的にも、とても高度であるから、読み難い。しかし、江藤の文は感情の高さがあらわに出ているので、直に胸に響くのである。僕は江藤の批評文を読むうちに、小林の批評文が面白くなり出した。

2

文学の世界に、詩があり小説があるように、批評があったわけではない。批評は詩や小説があるから、それに付随するものとして存在した。詩や小説に添えられたものとして在った。そういう、文学の世界に付随するものとしての批評に一切訣別した批評家としてわが国の文学界に颯爽として燦然として現れた人が小林秀雄であった。江藤は次のように批評家小林秀雄の出現を批評している。

《小林秀雄以前に批評家がいなかったわけではない。しかし、彼以前に自覚的な批評家はいなかった。ここで「自覚的」というのは、批評という行為が彼自身の存在の問題として意識されている、というほどの意味である。》（『小林秀雄』）

小林の登場は、フランスの詩人アルチュール・ランボーを論じたもの（「人生斫断家アルチュル・ランボー」）でいえば大正十五年（一九二六）、文壇デヴュー作となった懸賞評論（「様々なる意匠」）でいえば昭和四年（一九二九）のこととなる。前者は小林が二十四歳、後者は二十七歳のときである。

若き小林がフランスの象徴派詩人から多大の影響を受けたことは自他ともに認め、よく知られているが、フランス象徴派詩人シャルル・ボードレールの「私は詩人をあらゆる批評家中の最上の批評家と考える」という文を小林はたびたび引いている。日本と違ってフランスは詩人を高く敬う国であるが、その詩人はまた「最上の批評家」でもあるというフランスの文学に、小林は、批評精神を啓示されたという。つまり、小林の批評という文学的活動は、美の極致、(それは倫理の極みでもあるのだが)、を目指す熾烈な心身の活動であった。

3

長く文藝誌「新潮」の編集長を務め、小林秀雄とも江藤淳とも交流のあった坂本忠雄氏が著書『文学の器』の中で語っている、江藤淳は白昼堂々、小林秀雄の舞台を全部奪った、と。永く文壇に重きをおかれた小林から、その立場を、本人を真横において、江藤は奪い取ったというのである。

小林は江藤の文を批評している。江藤との対談「歴史について」(昭和四十六年)の中で、「あなたの文章は非常に明快だから、よくわかりますね。あなた、明快なほうがいいんですよ」とある。これは江藤を励ましたのである。こういうこともあった。江藤が昭和五十四年に、被占領期に聯合国軍が日本国および日本人に対して行なった検閲の実際とその意図を研究するためにアメリカに発つ前に挨拶に鎌倉の小林邸に行った。話を聴いた小林は、破顔一笑して言った、そりゃあいい、おまえさん、要するに儒をやろうってんだな。面白い。もうそういう時期に来ているんだから、思い切っておやんなさい、と言って励ました。

鷗外漱石がなくなると、文学者は身辺雑事を語ることを主として、天下国家の経営から遠い存在となった。

往時、文に携わる人は天下国家を憂うるを己が職分とした。小林は江藤の仕事に往時の「儒」者の志の高さを見たのである。

この九カ月間のアメリカ滞在での一次資料の検索をもとに進められた検閲の研究は、『一九四六年憲法』、『落葉の掃き寄せ』、『閉された言語空間』として結実している。

4

昭和五十八年三月一日に、小林秀雄は八十年の生涯を閉じた。通夜の晩、当時東京工業大学に勤めていた江藤は大学の用事のため少し遅れて小林家の門を潜った。焼香を済ませて、別室でお酒をいただいて帰路に着いた。

《小林邸脇のバス通りに出ると、交通巡査が二人、提灯（ちょうちん）をぶら下げて、手持無沙汰（てもちぶさた）そうに横断歩道の両脇に突っ立っていた。いったい鎌倉署は、何千人の弔問者を予想したのだろうと、そのとき私は訝（いぶか）った。無用のことであった。弔問者の数は、交通整理を必要とするほど多くはなかったからである。》（「絶対的少数派」）

僕は、江藤がソクラテスのことを思って、この文を書いているのではなかろうかと疑っている。なにせ、小林生前最後に刊行された著作はソクラテスと宣長についての論考なのである。江藤は当然、それに目を通していた。江藤の文は次のように続いている。

《もとより私は、小林氏の徳が高くなかったから、人が集らなかったなどといっているのではない。小林氏の文業は、文字通り一世を風靡（ふうび）した。その存在感は、死のその瞬間にいたるまで衰えなかった。だが、この文業とこの存在感を支えて来たものこそ、世の変転を超えて小林氏を信じつづけて来たきわめて少数の知友と理解者だった、というのである。この影響力がいかに絶大であったとはいえ、小林氏は、少くとも戦後の小林氏は、いつも絶対的少数派であった。》（「同上」・傍点引用者）

文を一つも残さなかったソクラテスと文学者小林秀雄の何が結びつくのか。紀元前三九九年にソクラテスはアテナイの民主派の有力者アニュトスに支援された者によって告訴された。青年に有害な影響を与え、国家の認める神々を認めず、別の新しいダイモンの類を祭るという理由であった。

この裁判でソクラテスがアテナイの同胞に弁明したものがプラトンの著作『ソクラテスの弁明』である。弁明の始めの方でソクラテスは、訴人はアニュトス一派だけではないと語っている。

《わたしをあなたがたに向って訴えている者は、多数いるのでして、彼らは既に早くから、多年にわたって、しかも何ひとつ本当のことを言わないで、そうしているのだ。わたしはその連中を、アニュトス一派の人たちよりも、もっと恐れているわけなのだ。無論、この一派の人たちも、手ごわい人たちに相違ないが、しかし彼らは、諸君よ、もっと手ごわい連中なのだ。》（『ソクラテスの弁明』）

アテナイのデルポイの神に、自分より智慧のある者はいないと告げられたソクラテスは、愕（おどろ）いた。自分が無知であることはよく知っていたからである。しかし、神がうそをいう筈がないから、神託の意味を確かめるために、世に識者と認められている政治家、藝術家を訪ね問答を交した。このソクラテスとの対話によって、自分が実は何も知っていないことを知ることになった当の相手は、ソクラテスを恨むようになった。さらに、このソクラテスの問答を青年たちが倣（なら）い、世の識者の無知を暴くに及んで、ソクラテスへの憎悪はアテナイの町に顕在化して行くことになる。それがために七十歳のソクラテスは告訴されたのである。

裁判のなかで、ソクラテスの弁明は陪審員を動かし、ソクラテス本人が愕くほど善戦したが、有罪が確定し、さらなる刑量を決める票決で死罪が決まった。アニュトスたち「多数」派の政治力の勝利であった。

死を待つ獄にいるソクラテスのもとに心優しき友クリトーンが脱獄を勧めにやって来た。買収は済み、残るはソクラテスの承諾のみである。二人の間に問答が始まる。――たとえ不正な目にあったとしても、不正の仕返しをするということは、世の多数の者が考えるようには許されないという結論に達した。――裁判が不正であったとしても脱獄という不正は犯してはならぬとソクラテスは言うのである。ソクラテスは念を押すようにクリトーンに語りかける。

《クリトーン、一つ気をつけてもらいたいのは、これらのことに同意を与えて行くうちに、心にもない同意をすることのないようにということだ。なぜなら、僕はよく知っているのだが、こういうのは、ただ少数の人が考えることなのであって、将来においても、それは少数意見に止まるであろう。だから、ちゃんとこう考えている人と、そうでない人とでは、一緒に共通の考えをきめるということはできないのだ。》（プラトン『クリトーン』・傍点引用者）

右傍点部分にある「少数の人」は、江藤のいう「絶対的少数派」のことなのである。では、「小林氏は、少くとも戦後の小林氏は、いつも絶対的少数派であった」とはどういう意味なのであろう。

5

江藤はつづけて書いている。小林にとっての戦後は、「厳しく、生きにくい時代であった」。――清との戦争にもロシアとの戦争にも勝ち、第一次世界大戦では聯合国側に立って戦ったから、その戦後には国際聯盟の常任理事国となった。そういう日本が、大東亜戦争とも太平洋戦争とも呼ばれている先の大戦で敗れたのである。

アメリカ軍を中心とする聯合国軍による統治が行なわれると、アメリカのいう〝民主勢力〟の育成が進められた。

昭和二十一年早々、敗戦後すぐに創刊された「近代文学」で、小林を囲んだ座談会が開かれた。そこで、のちに伝説とも化する発言を小林はした。

《僕は政治的には無智な一国民として事変に処した。黙つて処した。それについて今は何の後悔もしてゐない。大事変が終つた時には、必ず若(も)しかくかくだつたら事変は起らなかつたらう、事変はこんな風にはならなかつたらうといふ議論が起る。必然といふものに対する人間の復讐(ふくしゅう)だ。はかない復讐だ。この大戦争は一部の人達の無智と野心とから起つたか、それさへなければ起らなかつたか。どうも僕にはそんなお目出度い歴史観は持てないよ。僕は歴史の必然性といふものをもつと恐ろしいものと考へてゐる。僕は無智だから反省なぞしない。利巧(りこう)な奴はたんと反省してみるがいいぢやないか。》

この小林の発言に見られるように被占領下の日本は「反省」の声に満ちていた。「近代文学」誌上の小林の発言は、己を時世に合わせるのに長じた「利巧な奴」の「お目出度い歴史観」に対する猛烈な反論であった。だが、世は、敵国の軍による支配下にあったから、苛酷な検閲が行なわれ、聯合国軍への批判は許されなかったし、戦前戦中の日本のありのままの姿を報じることも禁止された。先に触れた昭和五十四年の江藤のアメリカ留学は、この被占領下日本で実施された検閲の実態の調査研究であった。「(小林の) 年譜を一見すれば明らかなように」、と江藤は指摘している。

《小林氏は、昭和二十年代を通じて、ほとんど言葉を奪われていた。人は、この時期の小林氏が、戦後の世相と文学に背を向けて、悠々と美の世界に遊んでいたという。いかにもかつて「黙つて……事変に処」した氏は、占領下の現実に対しても同様に、「黙つて」身を「処」しつづけた。しかし、この最も辛い試練の十年間に、「美の世界に遊」んでいたということほど、この時期の小林氏が言葉を奪われ、言葉から遠ざからざるを得なかったという事実を、如実に物語るものはない。》(「絶対的少数派」)

この小林の処世と対極に位置する者として江藤が挙げている者が、官学の大学教授たちであった。彼らは「米国の占領政策に合わせて学説を修正し、そのことと引換えに地位を保全し」、「戦後学界に対する影響力の保証をも得た」。

江藤は、小林の言葉の回復はさらに十年後の昭和四十年にいたって「本居宣長」の連載まで俟(ま)たなくてはならない、と指摘している。

『本居宣長』の中で、万葉集を明らめて古事記をうかがわんと苦闘している賀茂真淵について小林は「真淵晩年の苦衷を一番よく知つてゐたのは、門人の中でも、宣長ただ一人であつたと考へていいだらう」と述べているが、被占領下で、国語（日本語）の持つ自律性を損なうべく、日本人の精神の奥深く打ちこまれた楔は、当時の多くの日本人が体験したろうが、その楔が小林の言語表現にどれほど深い傷痕を残し、亡くなるまでその疼きと戦いつづけたかを、戦後日本の大きな問題として指摘した人は、小林を慕う者少なからぬなかに、江藤ただ一人であったと考えていいのではなかろうか。

江藤は、小林の通夜の晩、「手持無沙汰」の交通巡査を尻目に横断歩道を渡って、二、三歩も行かぬうちに戦後の小林が「いつも絶対的少数派であったこと」を愕然として悟った。

《私は、いつの間にか涙を流している自分に気がついた。小林さんは、闘いつづけたのだ。最後まで頑張りつづけたのだ、どうだい、豪気なものじゃないか、心のなかでそうつぶやきながら、私は涙を流しつづけた。》

（「同上」）

6

江藤は、小林の一周忌に追慕の一文を艸して「小林秀雄氏の文業は、及びがたく、倣いがたい」と敬慕した。何にもまして江藤を励ましたのは絶筆となった「正宗白鳥の作について㈦」の原稿を見たときであった。「文學界」の小林秀雄追悼号（昭和五十八年五月号）には、その写しが載っている。推敲の迹がある原稿である。

《私は、こうして取り戻した言葉を、小林氏が、筆を擱いた最後の瞬間まで、いかに大切にしつづけたかというなまなましい実例に接して、あらためて強く心を打たれた。》（「小林秀雄氏の一周忌」）

江藤はこの小林の努力を、「批評文を、公正で無私なものに純化しよう」とする「努力」と見た。そして、「この努力だけは、あるいは学び得るかも知れない」と江藤は思った。

7

小林の文章に向かう、すさまじい意志を見ようと思う。小林と旅をともにし、晩酌をともにし、小林の文業のあれこれを聴き、「これだけは書いておいてくれよ」と託された人に、郡司勝義氏がいる。『小林秀雄の思ひ出』を著した人だ。そこに次のような話が載っている。

「本居宣長」という題で、昭和四十年六月から連載を六十四回にわたってつづけて来たが、結語を急ぎたいとして小林は、昭和五十一年十二月号をもって連載を打ち切った。掲載文を推敲、凝縮の上、結語の一章を加へ、刊行を目指した。刊行は翌年の九月である。

昭和五十二年二月はじめのことと、郡司氏は書いている。小林は最終章を書いていた。——小林は朝からぢいッと机の前に坐っている。一所懸命に考えている。書いたものを見直すと、昨日に書いたものと同じである。翌日もまっさらな原稿用紙に向かい、文章を書いていた。また、昨日の文章と同じであった。そんな筈はない、と小林は思った。十日経って、十通りの文章を小林は読み返した。そして気がついた。最初よりは、いくらか、ほんのわずかだが、幾何か進んでいる、と。

この懸命な闘いは何を物語っているか。おそらく小林は言葉の生まれ出る根源に、揺るぎない思惟の根源に遡及したいのだろう。明治以降でも、わが国は達意の文を書く人を多く輩出したが、この小林ほどの堅忍をした人は果していたであろうか。

8

先に引いた江藤の言葉に、「（小林が）批評文を、公正で無私なものに純化しよう（と努力した）」とあったが、江藤は、こうつづけている。「無私といい、公正という。それはいうまでもなく、どの立場にも立たないということではない。自己の立場に徹底的に固執することによって、それが私利私欲を超えていることを、身を以て立証しようとすることである」と述べている。江藤が戦後の日本の言論界に見たものは、自己の立場を喪失した人々の言論であった。それはまさしく小林とは対極にいる人たちの姿である。右でもない左でもない、俺は中道を行く、といかにも中立を善しとして中庸を誤解している人たちである。

9

昭和五十四年から翌年にかけてのアメリカでの研究生活が終りに近づきつつあったころ、締めくくりの研究発表をする日のことである。ワシントンのウィルソン研究所に出勤すると、発表中の江藤を狙撃しに来る人があるという情報が飛び込んだ。この狙撃しに来ると予告して来た男は、アメリカ軍の日本占領中に民間検閲支隊の班長をしていたことがある元アメリカ陸軍少佐で、アメリカ占領軍がやったことに文句をつけに来た日本人研究者がいるとは赦しがたい、ぜひともピストルの弾丸を一、二発撃ち込んでやるといきまいているという。

江藤は自宅に電話をして夫人に百ドル札を一ドル札百枚に両替して研究所にもって来るように言った。頭を狙われれば仕方がないが、心臓を狙って来るのであれば一ドル札百枚が胸のポケットにあれば防弾チョッキの代りになるかも知れぬ。ほんの気休めとはわかっていても何もしないよりはましであろうと江藤は思った。

研究発表会で江藤は論文を読み、質疑応答の時間に入ったとき、江藤は、どれが、その人物かと眺めわたしたが、それらしい人物もいなければ、弾丸の代りの質問もなかった。拍子抜けした思いで江藤はいた。しかし、その人物は研究発表会の会場に来て、江藤の発表を聴いていた。「聴いてみたら、事実に基いた客観的な話だったので一応納得した」というその男の感想が江藤の耳にも届いた。江藤の研究の「無私」と「公正」が少なくとも「私利私欲を超えていること」を一人のアメリカ人は認めたのである。

その翌日、研究室の電話が鳴った。江藤が出ると、元陸軍少佐であった。「昨日の研究発表会のあんたのペーパーは興味深く聴いたよ。ついてはあのコピーは手にはいらないかね」。江藤はその手続きを伝えた。

10

江藤が小林に最後に会ったのは昭和五十四年七月十四日で、アメリカ留学に行く旨の報告に坂本氏と訪ねたときであった。四年後の三月一日の深夜、小林の死の報せが坂本氏からあって、江藤は小林生前最後の著作『本居宣長補記』を読み出した。そして、「とうとう米国で調べて来たことを、小林さんに報告できずじまいになってしまったな」と思った。

歌枕 ― 松尾芭蕉と小林秀雄

1

昭和五十八年三月に小林秀雄が亡くなった時、その追悼の言葉のなかに「和歌を生きた西行、俳諧を生きた芭蕉、批評を生きた小林秀雄」と表現した人があった。誰であるかは忘れてしまったが、三人に貫道するものを見た見事な批評と感じた。

小林秀雄といえば、近代の文芸批評の祖ということになっている。批評というものを詩や小説に付随したもの、詩や小説があってこそそれらを批評できるのであるから、詩や小説のしもべのごときものであった批評を、詩や小説と同様の創作の域にまで高めた人が、日本では、小林秀雄がはじまりなのである。

2

俳諧の本来の意味は、たわむれ、おどけ、ということである。連歌のための、言葉に慣れ親しむための遊びで俳諧はあった。芭蕉は、この駄洒落のような低俗なものであった俳諧を、独力で、のちに自ら〝風雅〟とよんだ志高きものに深めた。それは、昭和になって、詩や小説の引き立て役のようなものであった批評をそれらに勝るとも劣らぬものに高めた小林秀雄の業績と併称される偉業である。何しろ、二人の苦闘とともに、文学の世界に新しい沃野が開けたのであるから。

芭蕉の風雅の道は先人の歩いたあと、つまり歌枕を訪ねることで深まった。元禄二年（一六八九）の〝奥の細道〟の旅は「東海道の一筋知らぬ人、風雅におぼつかなし」と喝破した芭蕉が自らの詩魂を絶えざる蘇生の中におくために、あたらしい「東海道」を求めての渾身の旅であった。「昨日の自分にあくべし」と語っていた芭蕉自身の詩魂の、切実な要求に応えんとする命を懸けての旅であった。そういう芭蕉が歩いたあとが、あたらしく歌枕になったことは、僕らのよく知るところである。

3

貞享（じょうきょう）二年（一六八五）に、東海道の宿場町の水口（みなくち）に入った芭蕉に思いがけないことが起こった。前年に江戸を発った芭蕉は、その前の年に死んだ母の弔いに伊賀上野に帰省し、正月を迎えた。芭蕉が言葉の世界に生きることを決意して江戸に行ったのは、二十九歳の時とも三十二歳の時ともいうが、その間、一度の短い帰省はあるだけで、今回は実に久しぶりの伊賀であった。芭蕉は四十一歳になっていた。

江戸に戻るにあたって、芭蕉は奈良、京都、湖南を周遊して水口に入った。この旅程を、芭蕉は故郷の人々に告げて旅立っていた。芭蕉が伊賀上野を去ったあとにおさない頃に芭蕉に親しんだ服部土芳（はっとりとほう）が摂津から伊賀に帰った。土芳は槍術を以て伊賀上野の藤堂藩に仕えていた。二人が別れて二十年が経っている。芭蕉の名（当時は桃青（とうせい）といった。）はその道の人にはよく知られるほどになっていた。二十九歳の土芳は水口に急いで、芭蕉を待った。春であった。芭蕉と土芳の命を桜が結びつけた。――「命二つの中に生きたる桜かな」

三年後、土芳は武士を捨てて風雅の道に入った。

4

昭和五年の二学期の終わり頃、旧制高校の文芸部の学生二名が東京田端にある小林秀雄の家を訪ねた。講演を依頼するためであった。この年、二十八歳になる小林は『文藝春秋』に「アシルと亀の子」という奇抜な題の文芸時評を書いて文壇だけでなく広範囲の読者の関心を引いていた。

文芸部員のYは他の文芸部員を同道して小林を訪ねるつもりでいたが、その者が当日になって急用ができ、口下手のYが不安になって法学部在籍で文芸部員でもない同級の中村光夫を口説いて同道者とした。のちに小林秀雄から「優れた批評家」と讃辞を贈られる中村は昭和五年に永い文学の道を歩み始めたのである。この外交官志望者が文学にその志を替えたということは、服部土芳という、槍術を以て藩に仕えていた武士が致士して風雅の道にその身を投じたことと同じく、世俗の名誉を捨てて言葉の純化の道に進んだことを意味する。小林の〝批評〟は芭蕉の〝風雅〟と同様に、人の心に深く入り込みその人生観を劇的に変えさせるほどに烈しく魅力的なのである。

5

小林歿後に『小林秀雄の思ひ出』という本を出版した人に郡司勝義がいる。同書を読むと、二人は、旅行をともにし、酒を食事をともにした。小林と郡司の親密のさまが判ると思う。

昭和六十一年夏のことである、と郡司は書いている。ある雑誌の表紙に郡司は吸ひ込まれた。画家の安野光雅が大阪道頓堀の風景を描いていたのである。その風景は十年ほど前に、小林と二人でただぶらぶらと歩いた時に観た景色であった。郡司は本文をひらく。するとそこに、「小林秀雄『モオツアルト』」という題が目にとまった。

小林の読者にはよく知れた次の文をもとに安野は雑誌の表紙絵を描いたのである。

《もう二十年も昔の事を、どういふ風に思ひ出したらよいかわからないのであるが、僕の乱脈な放浪時代の或る冬の夜、大阪の道頓堀をうろついてゐた時、突然、このト短調シンフォニイの有名なテエマが頭の中で鳴つたのである。僕がその時、何を考へてゐたか忘れた。いづれ人生だとか文学だとか絶望だとか孤独だとか、さういふ自分でもよく意味のわからぬやくざな言葉で頭を一杯にして、犬の様にうろついてゐたのだらう。兎も角、それは、自分で想像してみたとはどうしても思へなかつた。街の雑踏の中を歩く、静まり返つた僕の頭の中で、誰かがはつきりと演奏した様に鳴つた。僕は、脳味噌に手術を受けた様に驚き、感動で慄へた。百貨店に馳け込み、レコオドを聞いたが、もはや感動は還つて来なかつた。》（『モオツアルト』）

郡司と道頓堀を歩く小林は、四十番シンフォニイのテエマが頭に鳴りひびいたのは、このあたりであった、とぽつりと語ったという。——小林の経験が記された『モオツアルト』を読んだ、郡司にも安野にも四十番シンフォニイは折にふれて鳴ったのである。無論、ほかの『モオツアルト』の読者にもというべきであろう。『モオツアルト』を読み、四十番シンフォニイの旋律を聞いた読者は機会を見つけて、道頓堀に身を置きたくなるであろう。つまり、『モオツアルト』の〝道頓堀〟は〝歌枕〟となっているのである。

「いづれ人生だとか文学だとか絶望だとか孤独だとか、さういふ自分でもよく意味のわからぬやくざな言葉で頭を一杯にして、犬の様にうろつい」たことのある者の体験が、この小林秀雄の告白に融け行ったのである。近代の批評家で歌枕を生んだ者は小林秀雄がはじめてであろう。

6

先に、芭蕉が貞享元年に江戸を発って伊賀上野に帰省したことにふれたが、この旅をするにあたって芭蕉は、一句を詠じている。――「野ざらしを心に風のしむ身哉」――道中に自らの屍（しかばね）をさらしても構わぬとの決意のもとにはじめられた、この旅は、功利的要求の一切を含まぬ、世俗の目的がないといっていい旅であった。後年、芭蕉は「俳諧の益は俗語を正す」ことにあると、その意義を語ったが、そのためには死の一歩手前まで己れを問いつめることが必要であった。翌年、先に書いたように諸方の歌枕をめぐり、大垣に入って、「死にもせぬ旅寝の果よ秋の暮」という句を詠んだが、芭蕉の肉体は精神の苛酷なる要求によく耐えた。この句には期したことを成し遂げた者の安堵のさまがうかがえる。

7

昭和三十九年の晩秋のある朝、小林秀雄は東京に出向く用事があって鎌倉の駅で電車を待っていた。うららかな日差しをあびていると、ふと松坂に行きたくなった。大船で電車を降りるとそのまま大阪行きの電車に乗ってしまった。――そういうことが『本居宣長』の第一章に書いてある。雑誌から連載の依頼をうけていたが、どこから手をつけたものか、小林は思案を重ねていた。「書は既に読まれ」とは小林が若き契沖について書いた言葉だが、「本居宣長」を書き始めるにあたって、小林の批評は「書は既に読まれ」といふことであったろう。

『本居宣長』の第一章に「私が、ここで試みるのは、相も変らず、やつてみなくては成功するかしないか見当のつき兼ねる企てである。」とあるが、ここで小林は、いつ終るとも知れぬ大胆な試みに挑戦しようとして武者震いしているのである。「野ざらし……」と詠んだ芭蕉の心境をどこか思はせるものがある。この年、小林は六十三歳であった。

大阪行きの電車に乗った小林は名古屋に一泊し、翌朝松坂に入り、妙楽寺の宣長の墓に詣でた。小林は松坂駅前でタクシーに乗ったが、松坂生まれの運転手は宣長の墓を知らなかった。——こういう風に、『本居宣長』は墓をめぐる宣長の遺書からはじまっている。

小林の十二年余におよぶ宣長との対話が完成すると、多くの人が妙楽寺を訪ねるようになった。そういう人は僕の周りにも少なからずいる。僕もその一人である。妙楽寺は小林の『本居宣長』によつて、歌枕の地ならぬ、僕らの学問への一念を正す場となったのである。

小林秀雄「歴史の魂」と「無常といふ事」

1

昭和の学生は小林秀雄を翹望していた。今日、専門を越えて、この人にはどうしても会いたいという憧憬と慕情と畏敬と崇拝の念のこもった情意を若者に惹き起す人はいるであろうか、とつくづく思う。明治には夏目漱石がいた。昭和には小林秀雄がいたのである。

国民文化研究会（以下国文研）という学術思想団体は、第一回の昭和三十一年からこの五十九年間、全国学生青年合宿教室（以下合宿教室）を主催して来たが、その柱の一つが当代一流の学者、思想家、作家を招ぶことであった。合宿教室に登壇された方を挙げると、竹山道雄、岡潔、林房雄、福田恆存、佐伯彰一、村松剛、黛敏郎、江藤淳などである。

こういう人たちとともに小林秀雄がいて、昭和三十六年から五十三年まで五回の出講があったわけであるが、実は、国文研には前史があって、そこでも小林との関りがある。前史は昭和四年に東京の第一高等学校につくられた「一高昭信会」に遡る。この昭信会メンバーであった、田所廣泰が昭和十三年に東大の学内公認団体として東大精神科学研究会を、また学外団体として東大文化科学研究会を設立した。二年後の十五年に近衛文麿を顧問として、日本学生協会を創設し東大文化科学研究会は発展的に解消した。田所たちは物的なものに重きを置く学界、政界、経済界に対して、人間精神の擁護のために立ち上がったのである。（『憂

国の光と影―田所廣泰　遺稿集』小田村寅二郎編・国文研刊　昭和四十五年）

田所は昭和十六年二月に精神科学研究所を立ち上げ、十月に「第一回日本世界観大学講座」を開催した。翌年の第二回に小林が講師の一人として招かれたのである。このときの講演「歴史の魂」が精神科学研究所の機関誌である「新指導者」七月号に掲載された。「編輯後記」に「講演速記に同氏（小林）の加筆補正を得た」旨が記されている。

2

「歴史の魂」はドイツの軍人ヨハネス・フォン・ゼークト（一八六六〜一九三六）が一九二三年に書いた『一軍人の思想』の話から始まっている。第一次世界大戦に敗れたドイツは国防軍を十万人に制限された。この十万国防軍という哀れな兵隊で軍隊を組織する仕事を引き受けたのがゼークトであった。小林によれば、ゼークトが第一次世界大戦に見たものは一般兵役義務制度の破綻（はたん）であった。将来、戦争は必ず精兵主義になるとゼークトは見た。小林は「（ゼークトは）輿論（よろん）だとか、スローガンだとか、批評だとかいふものに少しも惑はされないで、自分の見た現在といふやうなものから明瞭に判断を下しただけなのです。さうして明瞭な判断から直接に飛出した結論が精兵主義といふものであつたに過ぎない。一流思想家はみなさういふ事をやる。さういふ一流思想に見られる強い態度に僕は感心をしたのです。」と語る。何しろ、時は日米戦争が始まって半年経つた時であった。「今度の日本海軍の真珠湾攻撃もやはり僕は精兵主義の現れだと思ひます。精兵主義といふ理論を海軍で以て初めて実地にやつたのは日本の海軍だらうと僕は思つてをります」という小林の発言は戦時を生きる、詩魂をもった一流思想家のものであろう。

「歴史の魂」はゼークトのいう「人間の精神の最大の敵は三つある」という指摘にうつる。三つとは「馬鹿」と「官僚」と「スローガン」である。ここに小林は「スローガン」を論じて「自分で物を見、考へられない人がゐる、さういふ人は何を考へて何を仕出（しだ）すか判らないから、さういふ人にはスローガンを与へる」とスローガンの効用を語るのだが、この「歴史上の転換期（と小林はこの時を見ていた）」に遭遇して、理想が説かれ出すと、理想がスローガンに堕してしまう。理想が一番スローガンに堕しやすくもあるからだ小林は言う。小林はジャーナリズムの中にいて、「スローガンの遊戯が始つてゐる」と感じていたのである。

ここに「歴史の魂」は本題に入る。「スローガンといふものを離れて歴史が見られるやうになることは容易でない」と小林は説くのである。ここでいうスローガンとは「歴史の新しい解釈だとか、新しい歴史の見方だとか、新しい歴史の構想」といったものを指す。小林自身も「さういふやうな言葉に惑はされてゐたといふことが、この頃非常によく判つて来た」と痛切な述懐をする。――これは、「無常といふ事」の「歴史の新しい見方とか新しい解釈とかいふ思想からはつきり逃れるのが、以前には大変難かしく思へたものだ」と全く同じ告白内容である。

「無常といふ事」は「歴史の魂」と同じ昭和十七年に、「文学界」六月号に載ったものである。文末に「（五月十二日）」とある。どちらの稿が早く成ったか。「歴史の魂」と「無常といふ事」の二つを読んでいると、発表順とは逆になるが、「無常といふ事」は「歴史の魂」推敲の中で生まれて来たもののやうに思はれて来る。

「歴史の魂」の冒頭のゼークトの話が削られて、その代りに、吉田兼好の愛読書であったと小林のいう『一言芳談抄（いちごんほうだんしょう）』が入り、歴史は思い出であるということの小林の痛切な体験――比叡山の山王権現で青葉やら石垣やらを眺めていたときに、『一言芳談抄』の「なま女房」の勤行の文が突如胸中に浮かび上がるという、小林の読者ならよく知っている体験が語られたあとに、先に引いた「歴史の新しい見方とか……」という文が続くのである。そして、「歴史の魂」で語られた、森鷗外と本居宣長が〝歴史の魂〟に推参した稀有な事件が小林の魂を戦慄させた、その体験が語られるのである。小林が味わった鷗外の史伝『伊澤蘭軒』と宣長の『古事記伝』の読書体験は、『一言芳談抄』の文が突如あざやかに浮かび出た体験に匹敵する事件であった。「無常といふ事」に書かれた二人の先人の著作との出会いは「歴史の魂」の当該記述の十分の一に凝縮された。凝縮されて詩となった文は意味より調べを語る楽譜のようなものになった。『無常といふ事』に続いて書き始められた「モーツァルト」が、モーツァルトの音楽が小林の魂に映じた姿を出来るだけそのままに言葉に表そうとして書かれたように。

3

世阿弥の詩魂を描いた「当麻」、「平家物語」、「徒然草」、「西行」、「実朝」も収めた『無常といふ事』は小林がわが国の豊饒な、西洋化の中に生きる日本人にはほとんど手つかずの古典の世界に初めて踏み入って成ったといわれている。それはさうに違いないとしても、深刻化する戦況に背を向けた姿勢で執筆されたわけではないことは、「歴史の魂」がよく示している。

『無常といふ事』は、小林自身が「歴史上の転換期」と呼んだ時代の底にあるものをよく見究めようとして、やはり「歴史上の転換期」であった、わが国の中世を生きた人たちの言葉を味読しようとしたのである。「歴史の魂」は「スローガンの遊戯」を始めたジャーナリズムには背を向けているが、祖国が未曾有の大戦を戦わざるを得ない歴史の必然をよく見つめた人の手になった貴重な作品である。

昭和五十二年秋の満開

1

大学生のときに（昭和五十二年）、小林秀雄が雑誌「新潮」に十一年半にわたって連載した「本居宣長」が一年の推敲を終えて出版された。函に入った布張りの分厚い本が忘れられない。本は秋十月の末に出たが、見返しには奥村土牛（とぎゅう）の山櫻が満開であった。宣長が遺書に、わが奥津城（おくつき）には山櫻を植えるようにと指示した、その山櫻を、小林は宣長に手向（たむ）けたに相違ない。

『本居宣長』は刊行当初、四千円といふ高価な値段でありながら、よく売れたそうである。僕は刊行後すぐに購（あがな）った。なにしろ四百字詰原稿用紙千枚の大作であるから、しばらくはあちこちを拾い読みしていたように覚えている。読み始めたのがいつだったかは忘れてしまったが、刊行からそう経っていなかったように思う。

2

十月の半ば、江藤淳は『本居宣長』の校正刷りを通読して、小林との対談「『本居宣長』をめぐって」に臨んだ。江藤が『本居宣長』に中江藤樹、伊藤仁斎、荻生徂徠などというわが国近世の学問の雄たちが取りあげられていることに触れて、「あの時期にきわまっていたのではないかという気がして来ました。あれに匹敵するようなまねびというか、学問探求の楽しみや喜びを、明治以来百何年間果してわれわれは経験し得たのか」という感慨を発すると、小林が「宣長にとって学問をする喜びとは、形而上なるものが、わが物になる喜びだったに違いない」と語り、「(現代の)学問が調べることになっちまった」と深い歎きを語るのである。

『本居宣長』は現代の学問への挑戦なのだが、それはわが国の伝統的学問からの挑戦でもある。小林はこうも江藤に語っている。「訓詁（くんこ）ということが昔の言葉にあるけれども、いまの学問は訓詁から全然遠ざかって、こちら側からの新解釈を求めるのに急になった。それから見ると私のは、宣長の文章の訓詁の仕事なんですよ」

作者が自らいう「訓詁」の上になされた『本居宣長』に僕は不思議な印象を覚えた。往時、読み進む僕に、これは僕のために書かれた、という感触を与え続けたのである。このことは誰にも話さなかった。不遜の言とみなされるのが必至だと思ったからである。

ところが、面白いことが起こった。昭和五十五年の暮れに福田恆存（つねあり）が「小林秀雄の『本居宣長』」という文を発表したのである。僕は早速読んだ。

《私は全文を実に楽しく読んだ。筆が滑（すべ）るといふ言葉があるが、私は読み滑る事を絶えず警戒した。良薬は口に苦い筈（はず）だ、全文がかうも抵抗無く流れるやうに胸に落ち入るといふのは、何処（どこ）かに読み誤りがあるのではないか、我が田に水を引く類（たぐ）ひの過ちを犯してはゐはしないか、さう自戒しながらも、一方では、この本をこれだけ読み熟（こな）せるのは私だけではないかといふ、これは自惚（うぬぼ）れとは全く異（ことな）る、一種の喜びに絶えず浸っ

てゐた。自惚れは他者との比較を前提とする、が、私の頭には他人は存在しない、私の前にゐるのは著者だけである。》

そうなのだ。『本居宣長』を読み進みながら、他との比較を絶して、実によく解るという感触が「僕のために書かれた」という言葉になったのだ。それを福田は「この本をこれだけ読み熟せるのは私だけではないか」と表現したのだ。作家の安岡章太郎が、「本居宣長」の連載が終わりつつあるころ、小林との対談「人間と文学」（昭和五十一年十月）の中で、「ちゃんと続いてきちっと読んでいるわけではない」と断った上で、「拝見しますと、非常に言葉が澄んでいますね」と感想を語っているが、この「非常に言葉が澄んでいます」も福田や僕の感触と同趣旨のことを語っているのであろうと思う。文は、澄むと、鏡となり、見る人の心をそのままに映すのだ。

3

『本居宣長』には、昭和三十年代の中ほどから「本居宣長」の連載がはじまる前年の三十九年まで「文藝春秋」に連載された、わが国近世の学者たちについての哲学的エッセイともいうべき「考へるヒント」にも取りあげられた人たちがあらためて考えられているが、『本居宣長』の文体と『考へるヒント』の文体は違うのである。書く対象は同じながら、『考へるヒント』には、「これは僕のために書かれた」という感触を覚えないのである。これはどこから来るのか。――『本居宣長』を贈呈された遠藤周作は同書に〝信仰的認識〟を読み取っている。小林は、宣長の『古事記伝』を読んだとき、キリスト教は解らないが、「これならわかる」と語っている（『小林秀雄　学生との対話』）。『本居宣長』は小林の祈りなのである。祈りとは、日本人の、特に若き人たちの、学問へ回帰を願っての祈りであろう。

鏡としての歴史

昭和五十八年三月に満八十歳で亡くなった小林秀雄は、若い時から晩年にいたるまで〝歴史とは何か〟と問い続けた人である。明治大学の講師となったとき、初年は文学概論を講じたが、次にはドストエフスキイ研究となり、さらにその次には日本歴史となった。この年、小林は三十四歳である。そして、昭和五十四年になされた、交友が六十年におよ河上徹太郎との最後の対談は「歴史について」であった。

昭和四十九年、小林は霧島での講演後、学生とのやりとりのなかで、歴史について次のように語っている。約めると、——たしかに今、歴史は流行っているが、悪い点が二つある。一つは大衆小説的歴史観である。テレビで役者が演じるものはいただけない。史料をよく読めば、たとえば、秀吉という人は俳優が演じられるような男ではない。今一つ、考古学的歴史観もよくない。例をあげると、神武天皇はいなかったという歴史観だ。いなかったというのは現代の人の歴史である。歴史とは、昔の人が信じたとおりに信じなければ、昔の人が経験したとおりに経験できなければ、歴史など読まなければいいのだ。(『小林秀雄　学生との対話』)

昭和十六年に小林が発表した文章「歴史と文学」に、「昔の人が経験したとおりに経験」した事件が語られている。——ある日、小林は『大日本史』の列伝を読んでいた。「何故、こんな単純極まる叙述から、様々な人々の群れが、こんなに生き生きと跳り出すのであろうか。何故、遠い昔の彼等の言うこと為す事が、僕にこんなによく合点出来るのであろう。何んと、彼等は、それぞれいかにも彼等らしく明瞭に振舞い、いかにも彼等らしい必要な事だけをはっきり言い、はっきりと死んでいるか。それに引きかえ、現代の小説に月々新しく登場する何十人何百人の人間は、一体何処(どこ)に行って了(しま)うのだろうか。作家等は、腕に縒(よ)りをかけて、心理描写とか性格描写とかをやっているわけだ。而(しか)も、描き出される人達は、僕と同じ時代に生き、同じ時代の空気を吸っている人達なのだ。それが、どうして僕にあんなに解りにくいのか」——人を描くには歴史という天才の大手腕が要ると小林は言うのである。

小林は先の学生とのやりとりの中で、昔は歴史を鏡と言った。鏡に読む人が映るのだ、自己を発見できない歴史はつまらぬ。どんな歴史でもみんな現代史である、ということは、現代のわれわれが歴史をもう一度生きてみること、それが歴史は鏡であるという意味である、と話している。

芭蕉が奥州平泉にやって来て、夏草や兵(つわもの)どもが夢のあと、と詠んだとき、五百年前の義経主従が「生き生きと跳り出」した筈である。歴史とは詩魂をもった人の別名かも知れぬ。

憂うべきは、今の若者が、いや世相が、〝歴史〟に無関心であることだ。それは、己を映す鏡をもたないことである。外しか見ぬ眼は何を見るか。自然であろう。自然は人に内省を求めぬ。内省を知らぬ人はいよいよ人から遠ざかるであろう。殆(あや)ういかな。

歌碑と独立樹 ―― 斎藤茂吉と小林秀雄

1

歌人斎藤茂吉(さいとうもきち)の歌碑は現在全国各地に建っているが、生前に茂吉が建立を許した歌碑はただ一基のみである。

事の起こりは、茂吉のふるさと山形の地元青年団と茂吉の実弟で上山(かみのやま)に山城屋という旅館を営む高橋四郎兵衛とが図ったもののようである。

昭和九年――この年茂吉は五二歳になる――六月二十日付四郎兵衛宛ての茂吉書簡に、「歌碑建立の件は、最初から余り賛成でなかつたのであるが、いよいよ建てると決心した以上は飽くまで、徹底的にやる」とある。

その九日前の同じく四郎兵衛宛ての書簡には、

《歌碑は秘密にするぐらゐにして仕事を進めること大切也(なり)さにあらずばこまるべし一、広告にしたり、利用したり、お祭騒ぎ等一切いかぬ、これが実行出来なければはじめよりやめる一、高湯青年団はどういふ気持で好意を持つてくれるのだか、（中略）一、黙つて建て、黙つて置くやうにして、建てたいのである。一体四郎兵衛の気持にこの覚悟ありや否や、若しこの覚悟があるのなら、「高橋四郎兵衛建之」と彫つてもいゝ。一、登山者が、計らず見付けるやうならばよろしからむ》

と記されている。

茂吉の同年六月四日の日記に、「月曜、晴、午前中部屋掃除ヲナス　午睡、午后ヨリ夜ニカケテ、蔵王山ノ歌碑、犬飼氏墓表、牛尾氏墓ノ歌ヲカク。ヘトヘトニツカル。夕方、世田谷ニ往診ス」とある。茂吉の歌碑は山形、宮城両県の境に立つ蔵王連峰の山上に建てることになっていた。先に引いた六月十一日付の四郎兵衛宛ての書簡に「御中越どほり四尺五寸（一三六、四センチ）に二尺六寸（七八、八センチ）にしてかいた」とある。

茂吉が歌碑のために詠んだ歌は、「六月四日、舎弟高橋四郎兵衛が企てのままに蔵王山上歌碑の一首を作りて送る」という詞書のある次のものである。

陸奥をふたわけざまに聳えたまふ蔵王の山の雲の中に立つ

なお、六月四日の日記に「夕方、世田谷ニ往診ス」とあるのは、茂吉が東大医学部卒業の精神科医であることによる。

茂吉が蔵王山上に建った歌碑を見るのは建碑から五年後の昭和十四年七月八日のことである。「歌碑行」という詞書のある連作十一首の冒頭に

いただきに寂しくたてる歌碑見むと蔵王の山を息あへぎのぼる

とある。

そして、いよいよ歌碑の前に立った歌が来る。「七月八日歌碑を見むとて蔵王山に登る。同行岡本信二郎、河野與一、河野多麻、結城哀草果、高橋四郎兵衛の諸氏」という詞書のある連作十一首である。五首を引く。

歌碑のまへにわれは来りて時のまは言(こと)ぞ絶えたるあはれ高山(たかやま)や
わが歌碑のたてる蔵王につひにのぼりけふの一日(ひとひ)をながく思はむ
一冬(ひとふゆ)を雪にうもるる吾が歌碑が春の光に会(あ)へらくおもほゆ
この山に寂しくたてるわが歌碑よ月あかき夜(よ)をわれはおもはむ
みちのくの蔵王の山に消(け)のこれる雪を食ひたり沁みとほるまで

七月八日は、蔵王山頂から鳥海山がのぞまれるほど晴れていた。日記に、「歌碑ノ前ニテ食事ス。歌碑ハ大キク且ツ孤独ニテ大(おおい)ニヨイ。残雪ヲ食タ。風強イ。午後四時高湯着」とある。

蔵王山上歌碑建立の話が持ち上がって動いていたころ、茂吉年少の歌友中村憲吉が五月五日に死んだ。憲吉歌碑のことで、憲吉の治療に尽力した医師高亀良樹宛書簡で茂吉は、「どつしりしたもので、あまり奇でなくひよろひよろせぬものがよろしかるべきか」と意見を述べているが、蔵王山上の歌碑も「大キ」かった。碑身の高さと幅は一九五センチと一一七センチで、台座を含めた全体の高さは三四二センチである。門弟の柴生田稔(しぼうたみのる)には、「哥碑(かひ)は立派に御座候(ござそうろう)」と報告している。

歌碑建立は茂吉本人が建碑五年後に歌碑に見参しているのだから、「黙つて建て、黙つて置くやうにして、建て」られたことになる。「お祭騒ぎ等一切」なかった。茂吉はそれを「孤独ニテ大ニヨイ」と表現した。

歌碑建立は所期のとおり運んだのである。

今年（平成二十九年）五月に上山市にある斎藤茂吉記念館を訪ねる機会をもった。豊富な展示物に充実した時間があった。茂吉の長男、次男が生前に父茂吉について語っている映像に見入ったが、その最後に、蔵王山上の歌碑が映し出された。「一冬を雪にうもるる吾が歌碑」はどういう姿をしているのかを眼前に見ることになった。雪が凍りついて樹氷の状態となっていた。歌碑は風雪に真向かうからこそ、自己の充足を表現している。息をのむ思いであった。唐突だが、僕は小林秀雄のことを思ったのである。

2

小林秀雄歿後二十年の平成十五年に、『小林秀雄の思ひ出』の著者郡司勝義は「桜と小林秀雄」を発表した。郡司は著書の中で、小林の「近くにゐて終始接してゐる者」と自ら述べている人である。「桜と小林秀雄」の冒頭に、

《「さくら」と言ふと、小林秀雄の名に結びつけて語られる慣（ならわ）はしとなつたのは、ここ四十年来のことである。》

と書いている。郡司のいう「四十年」前頃に、小林は「花見」という文を発表している。「花見」は、昭和三十九年五月初旬に東北地方（酒田、弘前）を講演旅行したときに覚えた「さくら」をめぐる歴史随想といっ

た趣きのものである。

《弘前城の花は、見事な満開であつた。背景には、岩木山が、頂の雪を雲に隠して、雄大な山裾を見せ、落花の下で、人々は飲み食ひ、狂ほしいやうに踊つてゐた。（中略）

その夜も亦、新築の立派な市民会館で、「今日は、結構なお花見をさせて戴きまして」と言つて、文化講演とやらには全くそぐはない気持ちになつて了つた。外に出ると、たゞ、呆（あき）れるばかりの夜桜である。千朶万朶（せんだまんだ）枝を圧して低し、といふやうな月並な文句が、忽ち息を吹返して来るのが面白い。》

郡司によると、弘前城の桜を見た昭和三十九年に、小林は岐阜の山奥に樹齢千年を超えて生命を保ち続けている桜があることを知った。小林は興奮し、眼はぎらぎらと輝いた。翌年の四月上旬に、小林はこの飛騨根尾谷の淡墨（うすずみ）桜を見に出掛けた。

《この名高い彼岸桜の開花を見た時、非常に強い印象を受けた。樹齢千年を越えると伝へられる老木の幹は巨巌の如く、そこから枝は四方に延び、細分して、網の目のやうに空を覆ふところで、いかにも老木らしい小粒な、淡い花が、満開であつた。それは、梢の黒い細線を、一面に透かし、まさに淡墨を流した風情に見えたのに驚いた事がある。》（「土牛素描」・傍点引用者）

郡司は、小林のいう「非常に強い印象を受けた」とは何か、を語る、

《昭和四十年の淡墨桜見学行は、小林の思索を一段と充実させた。ここ数年、氏を領してゐた「独」といふ思想――「天地の間に己れひとり生きてありと思ふべし」といふ思想と、この名桜がおのづと絡み合ひ、また、逆にそこから再びさくらへ反映させる。「この年頃になると、桜を見て、花に見られてゐる感が深い」と前年に書いたのが、さらに今度は生命力と「独」との不可思議な結合へと導くこととなる。これがさくらの群生樹から独立樹へと、小林を向はせる切掛けとなつた。》（「桜と小林秀雄」）

昭和三十九年に小林が弘前城に見た桜は「群生樹」であろう。弘前城にある弘前公園には八十種二千五百本を超える桜があるという。

3

桜といえば、西行、本居宣長が浮かぶ。

六九歳の西行は、文治二年奥州に旅した。平泉に着いて、次の歌を詠んでいる。（以下、西行の歌は『山家集』から引く）

聞きもせずたはしね山の桜ばな吉野の外にかかるべしとは

平泉の束稲（たわしね）山の桜を見て、西行は親しい吉野の桜を思い起こしたのであるが、詞書に「たはしねと申す山の侍（はべ）るに、こと木は少なきやうに、桜のかぎり見えて、花の咲きたるを見てよめる」とある。西行が平泉に見た桜は、「群生樹」で、吉野と同じであるというのだ。
　ほかの西行の桜の歌を見てみよう。

　　よしの山雲をはかりに尋ね入りて心にかけし花を見るかな

この歌にある「心にかけし花」が「独立樹」とも取れそうであるが、ほかの歌を見てみよう。

すそ野やく烟(けむり)ぞ春は吉野山花をへだつるかすみなりける
空に出でていづくともなく尋ねれば雪とは花の見ゆるなりけり
おしなべて花の盛りに成(なり)にけり山の端(は)ごとにかかる白雲
ねがはくは花の下にて春死なんそのきさらぎのもち月の頃

続いて宣長である。（以下、『鈴屋(すずのや)歌集』、『枕の山』から引く）

咲(さき)つゞくさくらの中に花ならぬ松めづらしきみよし野の山
世にあれば今年の春の花も見つうれしきものは命なりけり
雪ふらぬ春もさくらの盛には木毎に花のみよし野の山
見わたせば花より外の色もなし桜にうづむみよし野の山
あかず見る心のおくははてもなしよしのの花も分(わけ)つくしても

待ち侘(わ)ぶる花は咲きぬやいかならぬ覚つかなくもかすむ山の端(は)
山遠く見に来し我を桜花待ちつけ顔ににほふ嬉しさ
しろたへに松の緑をこき交ぜて尾上の桜咲きにけるかな

こう並べて読んで見ると、西行も宣長も「群生樹」も「独立樹」もそうことさらに区別していないようである。

4

だが、小林秀雄の『本居宣長』は違うと郡司はいうのである。

郡司が作成した「小林秀雄略年譜」によれば、小林が伊勢松坂の本居宣長の墓に詣でたのは、昭和四十年の一月のことで、続いて、「本居宣長」を執筆し始める、とある。そして同年四月上旬に根尾谷の「薄墨桜」を見に出掛けて満開に出会った。「本居宣長」の「新潮」連載開始は同年六月からである。「桜と小林秀雄」のなかで、「ここ数年、氏を領してゐた『独』といふ思想」とあるから、「本居宣長」執筆に先立って小林は「独」の思想に領されていた、と身近にいた郡司には見えていた。そこに、根尾谷の淡墨桜が出現した。小林は興奮し、眼はぎらぎらと輝いたのである。ここに、郡司のいう、「独」の思想をめぐる、桜と日本の思想との烈しい、充実した相互交流が始まったのである。

小林の『本居宣長』を読む者には、宣長に先行する近世の学者たちに通底する思念として、小林がいう「独」の記述は注意を引く。

「独」は、まず、契沖（一六四〇～一七〇一）を述べるところに出て来る。元禄八年（一六九五）、大坂の円珠庵にあった契沖は、仕事のため、万葉講義に参加できぬと断って来た泉州の後輩に手紙を書いた。――わたくしの万葉解釈は発明といえるもので、用事は他の人に任せて講義は是非ともお聴きください。一度でも出席ができないことになれば、卓識をもつことはできません。あなたにわたくしの考えを伝えて置くならば泉州は「歌学不絶地」となるかも知れません。人は所詮、「弥独り生れて、独死候身ニ同じかるべき」ものなのです。ですから、万葉講義は辞退してはならないと存じます。

人はそれぞれ専門とするところがあり、それは人によって異なるのだが、独り生まれ、独り死ぬという、この事実は変わらぬのであり、このことを究める学問こそが誰にとっても人生最大の大事となるのである。契沖はそう言っているのである。

小林は契沖を遡って中江藤樹（一六〇八～一六四八）に行く。

《彼（藤樹）にとつて、学問の独立とは、単に儒学を、僧侶、或は博士家の手から開放するといふだけの意味ではなかつた。何故学問は、天下第一等の仕事であるか、何故人間第一主義を主意とするか、それは自力で、彼が屢々使つてゐる「自反」といふものの力で、咬出さねばならぬ。「君子ノ学ハ己レノ為ニス、人ノ為ニセズ」と「論語」の語を借りて言ひ、「師友百人御座候ても、独学ならでは進不申候」とも言ふ。（中略）「我ニ在リ、自己一人ノ知ル所ニシテ、人ノ知ラザル所、故ニ之ヲ独ト謂フ」、これは当り前な事だが、この事実に注目し、これを尊重するなら、「卓然独立シテ、倚ル所無シ」といふ覚悟は出来るだらう。さうすれば、「貧富、貴賤、禍福、利害、毀誉、得喪、之ニ処スルコト一ナリ、故ニ之ヲ独ト謂フ」、さういふ「独」の意味合も開けて来るだらう。更に自反を重ねれば、「聖凡一体、生死息マズ、故ニ之ヲ独ト謂フ」といふ高次

の意味合にも通ずる事が出来るだらう。》

藤樹のいう「卓然独立シテ、倚ル所無シ」という学問の土台は「天地の間に己一人生て在りと思ふべし」といった弟子の熊沢蕃山（一六一九〜一六九一）にも受け継がれていると小林は指摘している。この「独」の学脈の中に小林は荻生徂徠（一六六六〜一七二八）も置いている。青年徂徠は伊藤仁斎（一六二七〜一七〇五）の「語孟字義」を読み、感動し、手紙を書く。

《嗚虖、茫々タル海内、豪杰幾何ゾ、一ニ心ニ当ルナシ。而シテ独リ先生ニ郷フ》

仁斎宛の徂徠書簡について小林は語る、

《ここで使はれてゐる豪傑といふ言葉は、無論、戦国時代から持ち越した意味合を踏まえて、「卓然独立シテ、倚ル所無キ」学者を言ふのであり、彼が仁斎の「語孟字義」を読み、心に当るものを得たのは、さういふ人間の心法だつたに違ひない。言ひ代へれば、他人は知らず、自分は「語孟」をかう読んだ、といふ責任ある個人的証言に基いて、仁斎の学問が築かれてゐるところに、豪傑を見たに違ひない。読者は、私の言はうとするところを、既に推察してゐると思ふが、徂徠が、「独リ先生ニ郷フ」と言ふ時、彼の心が触れてゐたものは、藤樹によつて開かれた、「独」の「学脈」に他ならなかつた。》

先に引いた、契沖が後学に宛てた書簡について小林は、「宛名は宣長でも差し支へないやうに思はれて来る」と述べているから、「藤樹によって開かれた、『独』の『学脈』」に本居宣長（一七三〇～一八〇一）も入ると小林は考えていたとみて差し支えないであろう。

5

斎藤茂吉記念館で見た蔵王山上の、その風向きも風の強さも明かす雪氷に覆われた歌碑は、茂吉のいう「孤独」を表しているのだが、また、その「独」ゆえの充実のさまは、妙（たえ）なるかなと思われて、小林永年の思索によってなった「独立樹」としての『本居宣長』を連想させたのである。

言葉と歴史と検閲――江藤淳の批評について

一

昭和六十一年二月、少（おさな）きときより大変世話になった伯父（父の次兄）が亡くなった。東京の勤務先に福岡の母から電話があった。葬儀には久しく逢わずにいた親戚のものや逢った記憶のかすかな、遠い血筋の者もいた。わたしは末席から、八十歳を超えたもの、古希を過ぎたもの、そういう年寄たちの話を聴いた。話は故旧から現在に及び、伯父を亡くした伯母や従姉たちのこれからのことになった。

葬儀に集まった少なからぬ、いや、すべてと云っていい親族のものたちが世の有為転変を体験していた。ある者は父親が遺したかなりの遺産を蕩尽（とうじん）した。ある人は息子が行方知れずになり、ある親類は妻に去られ、あるものは妻を去らしめた。そして戦争があり、敗戦があった。――集まった伯叔父（おじ）や伯叔母（おば）そして従兄弟従姉妹（いとこ）たちは何十年も前の悲惨と、生きているから味わう苦労とを忘れたように笑い、元気であった。わたしは〝一族再会〟だと思った。江藤淳の同名の本は数年前に読んでいたが、中身は多く忘れていた。ただ「一族再会」というタイトルだけが、親類の語らいの傍らにあって、記憶の底から浮かんで来た。

わたしは祖先の生のあとを訪ねたいと思った。わたしはどこからやって来たかを知りたいと思った。この世の悲苦の源とでもいい得るものがあるならば、それを知りたいと思った。二年後、わたしは退職し、東京を引き払って、妻子とともに、福岡に戻った。それからしばらく祖先探索の日々が続いた。わたしの祖先は筑後の産である。

わたしは明治三十二、三年に曾祖父と祖父が住んだ家の跡地に立ち、二人がそこに立ったであろう神社の境内にも行った。小高い丘の頂に立ち、多くの木々に囲まれてほの暗い、その神社には曾祖父の妹が嫁いだ家の者が建てた、古い石碑もあった。祖父が日露戦争の前に住んでいた柳川のある家の前にも立った。家系は天保年間まで遡った。しかし、何かこころに打ち解けないものがあるように思われた。何かが欠けていたのであった。――〝言葉〟が欠落していたのである。「言葉」がなければ、家の跡地も、古い神社の境内も、昔のままの古い家も、単なる物体に過ぎない。人間の精神の刻印があって初めて物体は歴史的な何かになるのであった。戦争に敗れて、昭和二十年八月十五日に朝鮮の平壌にあった祖父や多くの親類も、すべてを失って日本に帰って来た。――明治十四年生まれの祖父は病と老いが足に来ていた。共倒れを危惧した祖父は一族を二手に分けて日本への引揚げ船が来るという仁川に徒歩で向かった。元々貧しかった祖父が日本に持ち帰ったものは頭陀袋一つであった。――祖父も他の親族も、そして平壌でソ連軍に拉致抑留された伯父（父の長兄）も父も「言葉」を失った。

二

江藤の『一族再会』の第一章は「母」と題されている。その中に、

《私の言葉は、それはどこから沸いて来るのだろう？　それがほかならぬ私の言葉だという所以がどこにあるというのだろう。十数年前に私は、たとえば「個人」とか「社会」、あるいは「自然」とか「芸術」とい

う言葉を、さほどのためらいもなくつかい、それらが生きていると感じることができた。これらの言葉はいまでもその頃自分が書いた文章のなかでそれなりに生きている。しかし、それから十数年たった現在、同じ言葉を同じようにつかおうとすると、少しも生きないのはなぜだろう？　それは自分の文章についてだけではなく、他人の文章についても同様である。以前書かれた文章のなかでは生きている言葉が、現在つかおうとすると死んでしまうのはなぜだろう？　そしてそのことにあまり人が気づいていないように見えるのはどうしてだろう。》（傍点引用者）

これは昭和四十二年に発表されたものである。発表誌は江藤みずからが編輯同人である『季刊藝術』であった。江藤は創刊号に「母」を掲載した。

『一族再会』（昭和四十八年刊）の「あとがき」に「人は、ある家族は、実はどのように生きているものだろうか？　私は、いつもこの問いを繰り返しながら、『一族再会』を書きつづけて来たような気がする。」と書き、つづけて、

《この「実は」に、既存の文学諸ジャンルに対する私の疑問と、もしそういってよければひそかな悪意とがこめられていることは、いうまでもない。私は、ジャーナリズムの要請によってこの作品を書いたのではない。自分の生涯のひとつの危機を乗り切ろうとして、内から自分を衝き動かすある必然的な力を信じながら、いわば祈るようにこの作品を書きはじめたのである。》

と述べている。「ジャーナリズムの要請」によってではなく、みずからの、「内から自分を衝き動かすある

必然的な」要請によってのみ文を書こうとする人にとって、既成の発表誌からの注文は、江藤の「私の言葉は、それはどこから沸いて来るのだろう」という内的問いの外にあった。以前（昭和四十年）に江藤は『文学界』に「文学史に関するノート」を連載したことがあった。前年の三十九年、二年にわたるアメリカ留学から帰国した江藤に、ある「衝迫」があり、しきりに内部から書くように促されていた。それは明治以前の文学史に関するものであったが、「文壇ジャーナリズムが、三十代になったばかりの現場の批評家に要求しているのがこの種の仕事でないこと」に、江藤はすぐに気付いた。江藤は十二回連載して、この評論を打ち切った。

「小説とも、エッセイとも、評論とも、どのジャンルの枠にも、そのままではおさまりがたい性質のもの」であると作者が断ずる『一族再会』は、「文壇ジャーナリズムの要請」によってではなく、作者の内的衝迫によって、江藤淳あるいは本名の江頭淳夫（えがしらあつお）という「私」の言葉で書かれている。それは確かに「私的な一家族のとぎれとぎれの歴史である」が、その家族が生きた時代を抜きにしては語れないものである。それは私家版のように、一族だけに面白いというものではない。江藤は文学としてこれを書こうとしているからである。これは平淡俗語で書かれていて、ジャーナリズムで通りのいい既成の言語も論壇の概念的政治的言辞もありはしない。平淡俗語を以て一個の「作品」に仕上げられているから、つまり「言葉」が生きているから、読者には、全く未知の一家族の歴史叙述が、「人は、ある家族は、実はどのように生きているものだろうか」という読者の内奥からの切実な問いに反響し、多くの読者を獲得したのである。

三

江藤の同時代の知識人に対する疑惑は随分前からあった。昭和三十五年、いわゆる六十年安保闘争後に書かれた「〝戦後〟知識人の破産」（『文藝春秋』十月号）もその一つである。このエッセイは昭和五十五年に『一九四六年憲法――その拘束』が上梓される際、合わせて収められ、さらに昭和六十三年に、同じく『一九四六年憲法――その拘束』が、昭和五十六年に出版された『落葉の掃き寄せ』と合本されるとき、再度上記二論考と一緒に収録された。江藤は少なくとも昭和三十五年から昭和六十三年までの二十八年間、一貫して一つのことを問い続けて来たといえる。

「〝戦後〟知識人の破産」によれば、六十年安保闘争は敗北に終わったのであり、その原因は知識人の知的破産に由来する、という。ここに「安保闘争」とは、『広辞苑』には「日米安全保障条約改定反対の闘争。一九五九～一九六〇年全国的規模で展開された、近代日本史上最大の大衆運動。とりわけ六〇年の五～六月は連日数万人がデモ行進し国会を包囲したが、結局条約は改定された。（後略）」とある。因みに、昭和三十五年五月十九日、清瀬衆議院議長が警察官五百人を国会に入れ、社会党の阻止態勢を実力で排除した上で、自民党主流派は安保新条約を単独可決した。（正式には五月二十日午前零時を過ぎていた。）翌二十日全日本学生自治会総連合（全学連）主流派約七千人が参議院側道路付近に集まり、国会構内侵入をはかり、強行突破が無理と知るや首相官邸へ向かい、約三百人が官邸北側より邸内に流れ込んだ。そこで警官と流血の乱闘となった。（『朝日新聞』昭和三十五年五月二十一日（土）朝刊）

さて「〝戦後〟知識人の破産」とは何か。「破産」したものは、戦後の日本のインテリゲンチアが信奉して来た規範であり、思考の型である、と江藤はいう。昭和二十年八月十五日を出発点とする、「〝戦後〟知識人」の「思考の型」である。「安保闘争」のリーダーの一人であった丸山真男が「安保闘争」のさなかの昭和三十五年六月十二日に行なった「復初の説」（同年『世界』八月号掲載）という講演を江藤は「〝戦後〟知識人の破産」に引用している。「復性復初」という言葉について、江藤は丸山真男の説明を引く。――この言葉は朱子学の言葉で「ものの本性、つまり本質に立ちかえるということ、（中略）事柄の本源にいつも立ちかえる」ことだという。

丸山は語る、

《初めにかえるということは、さしあたり具体的に申し上げますならば五月二十日にかえれ、五月二十日を忘れるなということであります。（中略）五月二十日の意味をこういうふうに考えますと、さらにそれは八月十五日にさかのぼると私は思うのであります。初めにかえれということは、敗戦の直後のあの時点にさかのぼれ、八月十五日にさかのぼれということであります。（拍手）私たちが廃墟の中から、新しい日本の建設というものを決意した、あの時点の気持というものを、いつも生かして思い直せということ、それは私たちのみならず、ここに私は、そのことを特に言論機関に心から希望する次第であります。》（傍点引用者）

このように言う丸山に向かって江藤は書く、

《つまり、「ものの本性、事柄の本源」は八月十五日にあった、というのである。これがあの思考の型の根本にあるひとつの仮構である。なぜ、八月十五日で、そのほかではないかといえば、戦争に負けたおかげで憲法が変ったからだというにちがいない。つまりここでいう「本性」、「本源」とは主として政治的なもの、正確には政治の仕掛けに属している。「戦後」という観念がこのように八月十五日を絶対化する考えかたから生れていることはいうまでもないが、そこにはまた政治の仕掛けが新しくなったから当然一切が新しくなったはずだ、あるいは、なるべきだ、という期待もかくされているであろう。》（傍点引用者）

丸山が「忘れるな」と言った、日米安全保障条約改定反対行動があつた「五月二十日」は、三十九年後に編まれた『新詳説日本史改訂版』（山川出版）には、「五月」とだけあるように、今の私たちには特別な日ではない。丸山たち「〝戦後〟知識人」の「政治の仕掛け」は「安保闘争」と同じく失敗した。

一方、現在の諸々の物事の始まりが昭和二十年八月十五日にあるとは、この丸山の文が書かれてから四十一年を向える今でもやはりいわれ、耳にすることである。しかし、ここにも、「本性」「本源」という言葉に「政治の仕掛け」があるように、「政治の仕掛け」はやはり存在していないであろうか、と江藤はいう。「新しい日本の建設というものを決意した」、そういうことの始まりの「時点」という「政治の仕掛け」が。

丸山の講演筆記「復初の説」は内容の乏しい雑文である。この丸山の文は、四百字詰原稿用紙十五枚に八回の「（拍手）」と四度の「（笑声）」があることに象徴される、丸山のいう「のんびりした」お話の速記録である。五月二十日の強行採決直後に比して、「軟化」の調子のみえる「言論機関」に「思い直」しを求めた、あまりに政治的な談話に過ぎない。それ以外はただ「復性復初」という、なくてもいい言葉が一見荘重に見えるだけである。それよりも江藤が「〝戦後〟知識人」に感じた「戦争に負けたおかげで」という政治的感想の方が重大である。

わたしの父は朝鮮の平壌でソ連軍に拉致され一年ほど——ここに一年ほど、と「ほど」が付いているのはソ連軍が、拉致した日本人を移動させる際、窓のない貨車の中に閉じ込めて、日時を行く先や移動中の風景とともに封印したからである。——その一年ほどの、日本人を殺すことがその唯一の目的であったであろう抑留生活の後、かろうじて生き残った父は毛沢東の八路軍に加わった。ただ生きて日本の土を踏むためである。そして七年後の昭和二十八年八月十五日に、上海から引き揚げて来た。そういう父が、戦争に負けてよかったのだ、とわたしに話したことがある。その父に、八路軍にいた時、洗脳はなかったかと尋ねたことがあった。そりゃ、あったさ、と言下にはっきりと父は答えた。わたしは聞きはしなかったが、父は洗脳の内容を言おうとはしなかった。話せば父は精神の平衡を失ったであろう、と思われる。

四

江藤は「〝戦後〟知識人の破産」に次のような丸山真男の言葉を引用している。――十五年前に、日本の知識人の前には「廃墟」と「新しい日本を建設しようという決意」と理想主義があった、と。しかし、江藤は同じ昭和二十年八月十五日に、丸山とは全然別のものを見ていた。江藤はいう、「敗戦という――悲惨があった」と。

《何故か知識人は自らの肉体の悲惨をあまりにも冷やかに無視しようとした。ここに最初の行きちがいがある。米軍が日本にやって来たのは占領地を征服するためで、それ以外のなんのためでもないことを直観していたのは政治家という実際家たちで、知識人ではなかった。理想主義は占領下という温室で咲いた花であって、ガラスの外には刻々と変化する国際間の力の葛藤がうずまいていることを洞察していたのも、知識人ではなく、政治家であったろう。政治家や大小の実際家たちの時計は動いていたが、理想家の時計だけが八月十五日正午で停っていた。》

江藤は昭和三十七年に、ロックフェラー財団の招きでアメリカに留学した。一年の約束を、自活してさらに一年、江藤は都合二年間アメリカで生活した。帰国して二年後、『一族再会』の長い前書きのようなエッセイを発表した。「戦後と私」である。帰国後、江藤は「おびただしい額の借金をし、分譲アパートを買った」。「原稿を買ってくれる」ところはあったし、「享受するに足る内容のある生活が」、「戻って来つつある」と江藤には思われた。江藤は「空襲で焼けた」大久保百人町の実家の跡を訪ねた。自分の「故郷」は「大久保百人町でなければならな」かったからである。「昭和四十年のある日」であった。――江藤は「茫然」とした。

《もともと大久保百人町は山手線の新大久保駅と中央線の大久保駅を中心とする地域である。新宿寄りの一、二丁目には商店が多く、大久保通りから戸山ケ原寄りの三丁目は二流どころの住宅地であった。祖母は祖父の死後、青山高樹町の屋敷をある法律家に譲り、旧東京の郊外でまだ江戸時代以来のつつじの名所のおもむきをとどめていたこのあたりに移り住んだのである。私の幼年時代には近所はおおむね学者の家と退役軍人の家で占められ、大久保駅よりにはドイツ人村があって大使館員が住んでいた。そこの子供で、いつもドイツ製の大きな自転車を軽々と乗りまわしていたカール君という金髪の男の子と私はときどき遊んだ。》

しかし、昭和四十年には、「学者の家」も「退役軍人の家」も姿を消していた。そこに江藤が見たものは「温泉マークの連れ込み宿と、色つきの下着を窓に干した女給アパートがぎっしり立ち並んだ猥雑(わいざつ)な風景であった。」――「私は顔から血がひくのを感じて眼をそむけた。」

《私の家は四つ角に面した角屋敷だったが、よく見るとこのあたりは道路まで少し昔と変っていた。兵隊ごっこをするたびに私を「殿下」に仕立てて「官軍」と称し、形勢不利になると私を置き去りにして逃げた山縣(やまがた)

有朋（ありとも）の孫の学習院生兄弟の家も消え失せていた。鹿の子しぼりの風呂敷包みをかかえて長唄のお稽古に通っていた同級生の女の子の家の跡には、「バス・トイレ・テレビ付御休息二時間××円」という看板のかかった洋風の温泉マークが建っていた。空襲で丸焼けになった場所だから、昔の家がないのに不思議はない。私がショックをうけたのは土地柄が一変し、ある品格をそなえていた住宅地が猥雑な盛り場の延長に変り果てていたからである。これが私にとっての「戦後」であった。》（傍点引用者）

昭和二十年八月十五日、丸山の前にも、江藤の前にも、本土のすべての日本人の眼前にあると同様に「廃墟」があった。しかし、その「廃墟」とともにあったものが違っていた。丸山たち「知識人」の胸中には「新日本を建設しようという決意」と理想主義があった。だが、江藤には別なものがあった。それを「〝戦後〟知識人の破産」の中では、江藤は「敗戦という悲惨」だと書いたことは先に述べた。それから二十年、「悲惨」は「猥雑」に変った。江藤は「品格」が「消え失せ」たというのである。そこに江藤のいう「戦後」があった。そしてそれは江藤家（江頭家）だけの「戦後」ではない。明治、大正の政治家で公爵の山縣有朋の孫の「戦後」であり、「鹿の子しぼりの風呂敷包みをかかえて長唄のお稽古に通っていた同級生の女の子の家」の「戦後」であり、日本人一般の「戦後」であった。

《私は昔がよかったから昔にかえれといっているのではない。むしろ昔にかえれるはずがないという喪失感を語っているのである。しかも私の悲しみは階層の没落からだけ生れていはしない。ただ私はそれをくだくだしく語る必要を認めないだけである。しかしいずれにせよ私は、戦後「正義」を語って来た人々のつくりあげた文化が、いまだにひとりの鷗外、ひとりの漱石を生み得る品位を得ていないということを直視するようにすすめたい。「平和」で「民主」的な「文化国家」に暮し、敗戦によってなにものも失わずにすべてを獲得したと信じ、その満足感がおびやかされることを「悪」の接近と考えている人たちに、戦時中ファナティシズムを嫌悪しながら一国民としての義務を果し、戦後物質的満足によっても道徳的称讃によっても報われず、すべてを失いつづけながら被害者だといってわめき立てもせず、一種形而上的な加害者の責任をとりながら悲しみによって人間的な義務を放棄しようとは決してせず、黙って他人の迷惑にならぬように生きている人間もいるということを知ってもよいだろうというのである。》(傍点引用者)

今傍点を付した、「戦時中ファナティシズムを嫌悪しながら一国民としての義務を果し、……黙って他人の迷惑にならぬように生きている人間もいる」という箇所は、「戦後と私」では直接には江藤の父隆を指しているであろうが、また尋常一様の日本人のことだといっても差し支えなかろう。ここには、昭和二十一年一月『近代文学』(昭和二十年創刊の文芸誌。創刊当初の同人は平野謙、本多秋五、埴谷雄高他七名である。)掲載の座談会「小林秀雄を囲んで」での小林秀雄の、感情を圧し殺そうとしているのだが、その圧し殺そうという力から反作用として生まれた感情の爆発が感じられる発言――「僕は政治的には無智な一国民として事変に処した。黙って処した。それについて今は何の後悔もしていない。(中略)この大戦争は一部の人達の無智と野心とから起ったか、それさえなければ、起らなかったか。どうも僕にはそんなお目出度い歴史観は持てないよ。僕は歴史の必然性というものをもっと恐しいものと考えている。僕は無智だから反省なぞしない。利巧な奴はたんと反省してみるがいいじゃないか。」に通底する心情が感じられる。江藤は自らの感情に抑制はかけていないのだが、そこにはそれまでの二十年を越える抑制があった。江藤は先に引いた文に続けて書いている――「戦後二十一年間、そういう私情によって生きて来たことを私は今は隠そうとは思わな

い。」（傍点引用者）

五

江藤は、平成元年に出版された『全文芸時評』の「あとがき」に「昭和三十三年から昭和五十三年までの二十年間、海外にいたり一休みしていたりした何年かを除いて、私は大抵どこかで文芸時評を書いていた。」と述べている。その、文芸時評を書いた最後の年である昭和五十三年の一月二十四日の文芸時評（毎日新聞）で、江藤は、「〝戦後〟はいまやいたるところで破産を露呈しはじめ、〝文学〟という戦後現象ももとよりその例外ではない」と書いた。

《ここで私は、かならずしも文壇的党派としての狭義の〝戦後文学〟の破産のみを指摘しているのではない。一般に文学そのものが、昭和二十年八月十五日以降の日本においては、もっぱら戦後現象の一つとして存在して来たが、それがいまや破産に逢着しているという事実を指摘しているのである。

そうとでも考えなければ、昨今の小説や批評の気の抜けたビールのような味気なさは、到底説明することができない。近頃人気の落ちたものといえば、社会党と共産党と小説家とでもいえそうなしらけ方が充満し、水位は加速度的に低下するばかりで、一向に上昇の気配を示さない。（中略）

もし日本社会党、日本共産党と大多数の戦後の文学現象とのあいだに共通点があるとすれば、それはほかでもない、〝戦後〟を食い物にして商売をし、そのことによって生き伸びて来たという点であろう。いや、日本のジャーナリズムそのものが、〝戦後〟を食い物にしつつ今日にいたり、〝戦後〟が俄（にわ）かに消滅しつつあることに周章狼狽している。このときにあたって、どこに今日の遠因があったかを検討してみるのは、無意味な試みではないにちがいない。》（傍点引用者）

「〝戦後文学〟の破産」の「遠因」を江藤がどこに見ているかに触れる前に、少し遠回りをしてみたい。

昭和五十六年九月に刊行された『落葉の掃き寄せ』の「あとがき」によれば、江藤は、昭和五十四年九月から昭和五十五年七月まで国際交流基金の派遣研究員としてアメリカ・ワシントンのウィルソン国際学術研究所に赴任していた。昭和二十年九月三日から昭和二十七年四月二十八日まで占領軍当局が日本で行なつた検閲の実態を一次資料に即して明らかにするためである。『落葉の掃き寄せ』は占領軍による検閲の一端を明らかにしたものなのである。

『落葉の掃き寄せ』に収録された論考の一つ――〈『氏神と氏子』の原型―占領軍の検閲と柳田國男―〉――によれば、江藤は国立公文書館分室にもメリーランド大学附属マッケルディン図書館の三階に設けられているプランゲ文庫にも通った。国立公文書館分室には、「GHQ（マッカーサー総司令部）関係の資料が多く収められているのに対して、プランゲ文庫には、GHQ、G-2（参謀第二部）の一部局だったCCD（民間検閲支隊）の検閲を受けた日本側の新聞・雑誌・書籍等の資料が集められている。」という。

江藤は「プランゲ文庫のファイルのなかから、七ケ所にわたって削除を命じられている柳田の『氏神と氏子』の校正刷を発見」した。『氏神と氏子』の初版本は昭和二十二年十一月に刊行された。江藤は削除を命じられた初版本と『定本柳田國男集』（昭和三十八年刊）との異同のチェックも行なった。被削除箇所七ケ所すべてを江藤は取り上げて論じているが、今はその三番目を引く。尚、この箇所は柳田が敗戦間もない昭和二十一年七月に靖国神社で行なった講演に基づいていて、文中の傍点は江藤が付したもので、CCDによって削除を命ぜられたところを示している。（漢字は新字体に改めた。）

《初版〈実際は心の奥底に、即ち所謂(いわゆる)意識層の下に、古い日本人の感じ方を持伝へて居る者がまだ多く、それにも濃淡の差等があると共に、一方には又すべての古いものを疑ひ又は軽しめ、ひたすら是から離脱しようとする者があつて彼等と対立する。明治以来の我々の経験によると、この古風な考へ方をもつ者の数と力とは、いつでも新らし過ぎる者よりも大きいのである。封建思想の残留などといふ言葉を、恥かしげも無く人はなほ使用するが、それを無くする為の公教育を、もう七十年以上も続けたのでは無いか。それでもまだ消えずに居るものがありとすれば、それには又それだけの理由が無くてはならぬ。何(いず)れにしても二つの相対する感じ方又は考へ方の、有ることだけはいつの世にも免れ難く、しかもこの所謂反動・反反動の振幅は、単なる歴史の無知の為ばかりに、不必要に非常に大きくなり、又その争ひがとげとげしくなるのである。民族統一の未来の為に、憂慮せずには居られない問題である。〉》

この部分が定本ではどのようになっているか。次の引用文の傍点は、削除部分を埋めることによって生じたヴァリエントを示す、と江藤は書いている。

《定本〈実際は心の奥底に、即ち所謂(いわゆる)意識層の下に、古い日本人の感じ方を持伝へて居る者がまだ多く、それにも濃淡の差等があると共に、一方には又すべての古いものを疑ひ又は軽しめ、ひたすら是から離脱しようとする者があつて彼等と対立する。我邦の普通教育は初期以来、いつも宗教の外に立たうと努めて来た為に、この次々と変遷するものに対して、正しい概念を捉へ得なかつた憾みがある。二代三代を重ねてなほ昔を守る者、時としては更に旧い形に復帰する者があつても、それを導いて新しい世情に、調和させるやうな力が何処にも無く、信仰は日を逐うて複雑を加へて来たかと思はれる。何れにしても二つの相対する感じ方又は考へ方の、有ることだけはいつの世にも免れ難く、……（下略）》

　江藤は柳田が被削除箇所七ケ所すべてを「ほぼ同じ字数の全く異ったテクスト」で訂正したと書いている。柳田にしてみれば、「同じ字数」で相手の要求に合わせて文章を書く苦痛は、今敗戦という未曾有の危機に当たって「古い日本人の感じ方」の持続を念願する者に削除が断然命じられたという艱苦に較べれば何ほどのこともなかったであろう。

　今この三番目の削除箇所の文に、江藤は、柳田の、「新らし過ぎる者」への激しい憤りが込められている、と観じ、これに対し定本のテクストについては、「傍観者風に韜晦した柳田の横顔が、はるかに弱く投影しているに過ぎない」と評した。確かに初版本の柳田の文には、古来からの日本人の魂のありようと一つである「古い日本人」の、物事に対する感じ方に「無知」である「新らし過ぎる」人間に向かっての「激しい憤り」があふれている。そして．定本の文には、はげしくたしなめられ、削除を命じられた柳田の、どこにも、どのような形にも、自らの思いを表わしようのない、抑え付けられた人の諦念が感じられるのである。

六

『落葉の掃き寄せ』には、同じくCCDによって削除を命じられた川路柳虹の詩が取り上げられている。川路は明治の生まれで、敗戦時には五十七歳である。

《 かへる

汽車はいつものやうに
小さな村の駅に人を吐き出し、
そつけなく煤と煙をのこして、
山の向ふへ走り去つた。

降り立つた五六人のひとびとは
白い布で包んだ木の箱を先頭に、
みんな低く頭を垂れて
無言で野路へと歩き出す。

青い田と田のあひだに
大空をうつす小川
永遠の足どりのやうに
水の面に消えまた現れる緩い雲

この自然のふところでは

すべてが、あまりに一やうで
歓びと悲しみも、さては昨日も今日も
時の羽搏(はばた)きすら聴えぬ間に生きてゐる。

おまへを生み育てた村の家に、
戦ひのない、この自然と人の静かさの中に。》

この詩は『現代日本詩集』に収録される予定の作品であった。奥付(おくづけ)には、昭和二十二年十一月二十五日、と印刷されているとのことである。この「かへる」という詩に敗戦直後のものと覚しきものはない。強いていえば、第二連の、「白い布で包んだ木の箱」であり、第五連の「戦ひのない」であろう。しかし、死は戦時平時を問わずいつもやって来るものだから、「白い布で包んだ木の箱」は戦時とは限らぬであろう。「戦ひのない」も、人生が「戦ひ」なのであり、激しくもあるからそこから逃れたいと思うのも自然の情であると考えれば特に戦争を意味しない。つまり、この詩は、日本人全体がその民族生命を賭けて戦った大東亜戦争の痕跡を奪われた、詩ならぬ詩なのである。江藤によって「不具な詩」と呼ばれた、この詩はＣＣＤの検閲を受けた詩なのである。そもそもこの詩の原詩は七連構成であった。柳田の文章と同じく、江藤はＣＣＤによって削除を指示された箇所に傍点を付した。次に示すのがそれである。

《　かへる霊、
汽車はいつものやうに

小さな村の駅に人を吐き出し、
そつけなく煤と煙をのこして
山の向ふへ走り去つた。

降り立つた五六人のひとびとは
白い布で包んだ木の箱を先頭に、
みんな低く頭を垂れて
無言で野路へと歩き出す。

かつての日の光栄は
かつての日の尊敬すべき英雄は
いま骨となつて故里へ還つたが、
祝福する人もなく、罪人のやうに
わづかな家族に護られて野路をゆく。

青い田と田のあひだに
大空をうつす小川
永遠の足どりのやうに
水の面に消えまた現れる緩い雲

この自然のふところでは
すべてが、あまりに一やうで
歓びと悲しみも、さては昨日も今日も、
時の羽搏きすら聴えぬ間に生きてゐる。

無言の人々に護られた英霊は、
燃える太陽の光りのなかで、
白い蛾のやうな幻となつて
眩しくかゞやき動いてゐる。

かへるその霊の宿はどこか
贖はれる罪とは何か？
安らかに眠れよ、たゞ安らかに
おまへを生み育てた村の家に、
戦ひのない、この自然と人の静かさの中に。》

プランゲ文庫のファイルの中に、「かへる霊」の校正刷を見つけた江藤はその生々しさを語るのだが、ここに注意しておきたいのは、川路の詩「かへる霊」が占領軍の検閲によっていかに詩から遠ざけられたかを論じた、江藤の論考「『かへる霊』と拒まれた霊」が、「三月が獅子のようなら、仔羊のような春が来る。もし三月が仔羊のようであれば、春は獅子のように荒々しい。／こういう言伝えがあることを、私は、ウィルソン・センターで私のために働いてくれたリサーチ・アシスタントの、デイヴィッド・ペイレンから教えてもらった。」という書出しで始まっていることである。江藤は季節の移ろいの中で人は生きていることを確認したかったのである。戦後の激しい政治的季節を生きて来た日本人に、「春逝き／夏は去り／今は秋　その秋の／はやく半ばを過ぎたるかな」（三好達治）といふ季節の移り変りと共に古来日本人は生きて来たことを思い出して欲しかったのである。それがどれほど深く日本人の生活感情に根を下ろしていることか。江藤自身がそういう時の過ぎ行くなかで仕事をしているのである。日本人ほど政治的季節から遠く離れて生きて来た国民は少ないのではないか。

《この『かへる霊』の校正別に加えられた削除指定について、数言を加えると、まず題名の『かへる霊』の「霊」が青鉛筆で塗りつぶされ、さらに丸で囲まれて、その丸のなかに〝delete（削除）〟、「不可」と、日英両文の指示が並べて記入されている。さらに第三節の、「かつての日の光栄は」以下「わづかな家族に護られて野路をゆく」までの削除を命じられた五行は、やはり各行が青鉛筆で抹消された上、四隅を鉤括弧（かぎかっこ）で囲まれ、その下の余白には、〝delete〟の指示があり、上の余白には前掲の検閲官の所感が、手書きで〝May disturb public tranquility〟と書き込まれている。

同様に、第六節の「無言の人々に護られた英霊は」以下、第七節三行目の「安らかに眠れよ、たゞ安らかに」までの七行にわたる箇所も、各行が抹消され、四隅が鉤括弧で囲まれて、下の余白に、〝delete〟の指示がある。》（傍点江藤）

この「『かへる霊』と拒まれた霊」は『氏神と氏子』の原型」の三カ月後に発表された。江藤は、「この奇妙な〝詩〟が〝表現〟している言語空間は、文字通りそこから完全に『霊』が抹殺され、拒否された空間である」と書いた。「『氏神と氏子』の原型」の中で江藤は占領軍の「検閲指針」を項目のみを掲げて、次のように書いている。——「これらのうちいずれかの一項目または数項目に該当すると判定された記事、作品、論文等は、その一部の削除もしくは全体の発行禁止を命じられ、違反者は日本の法の及ばない米軍の軍事法廷で訴追された。」——次に示すのが占領軍の「検閲指針」である。

《(1) 連合国最高司令官（最高司令部）に対する批判
(2) 極東国際軍事裁判に対する批判
(3) 連合国最高司令官（最高司令部）が日本の憲法を起草したことに対する批判
(4) 検閲の存在に関する言及
(5) アメリカ合衆国に対する批判
(6) ソ連に対する批判
(7) 英国に対する批判
(8) 朝鮮人に対する批判
(9) 中国に対する批判
(10) 他の連合国に対する批判
(11) 連合国一般に対する批判

(12) 満州における日本人取扱についての批判
(13) 連合国の戦前の政策に対する批判
(14) 第三次世界大戦への言及
(15) ソ連対西側諸国の（冷戦）に関する言及
(16) 戦争擁護の宣伝
(17) 神国日本の宣伝
(18) 軍国主義の宣伝
(19) ナショナリズムの宣伝
(20) 大東亜共栄圏の宣伝
(21) その他の宣伝
(22) 戦争犯罪人の正当化または擁護
(23) 日本人との親睦
(24) 闇市の状況
(25) 占領軍に対する批判
(26) 飢餓の誇張
(27) 暴力と不穏の行動の煽動
(28) 虚偽の報道
(29) 連合国最高司令官（最高司令部）またはその指揮下にある部局に対する不適切な言及
(30) 解禁されていない報道の公表》

これは、連合国を「批判」することの全面的禁止と日本及び日本人の「宣伝」、言い換えれば、日本人が本来持っている日本への帰一感を表白することの一切の禁止である。他国は「批判」してはならず、自国日本は「宣伝」してはならぬのである。つまり他国は称えねばならず、自国日本は蔑視せよ、ということであろう。ここに〝public〟とは〝勝者にとっての謂いである。日本人は〝public tranquility（公共の安寧）〟を〝disturb（かき乱す）〟した「罪人」なのである。「罪人」に「かつての日の光栄」も「かつての日の尊敬すべき英雄」も「讃められた英霊」も要らないし、あってはならないのである。祖国日本のために戦い死んだ「英霊」は、「燃える太陽の光りのなかで／白い蛾のやうな幻となつて／眩しくかゞやき動いてゐる」から、あるいは、そういうものが日本人には見えるから、日本人は戦争を起こしたのである。そういうものは日本人の中から抹殺されるがよい。日本人には、「光栄」なる日は要らない。「日本」という呼称を無くした単なる「人」になり、「戦ひのない」、「自然と人の静かさの中」にじっとしておればよい。――私たち日本人はそうなるように「検閲」を受け続けた。そして「検閲」があったことを後世の日本人に知られてはならなかったのである。なぜなら「検閲」があったという事実の向かうに「日本」が見えて来るからである。

七

こういう苛烈な検閲を受け続けていた被占領期が日本人にとって生きにくい時代でなかった筈はないと想われるのだが、そうでなかった人たちがいる。また、被占領後に生まれた者にもGHQによる「検閲」が深く関わっているのが察せられる。被占領後に生まれた者が出会ったおとなたちの、意識的と無意識的とを問わず、彼らが造ったり表現したりしたものには「検閲」が継続しているからだ。

先にわたしが後述するとした、「〝戦後文学〟の破産」の「遠因」を江藤がどこに見ているかということに戻りたい。それは、日本は、昭和二十年八月十五日に、ポツダム宣言を受諾して降伏したのだが、その降伏が、提示された条件を受け入れての降伏なのか、無条件の降伏なのかという問題である。

昭和五十三年二月の「文芸時評」(毎日新聞)で、ある文芸誌掲載の、批評家数名による「座談会戦後文学史」に触発されて、昭和三十四年に発刊された『現代文学史』を江藤は取り上げた。同書の「昭和」篇「第四章昭和二十年代」の前半の「第一節　占領下の文学」、後半の「第二節　マス・コミュニケーション下の文学」の記述について、江藤は論じている。作者は文芸評論家の平野謙であった。今江藤が引いた、平野の文章は以下の通りである。引用文の冒頭の数字は江藤が便宜上付けたものである。

《(1)日本が無条件降伏の結果、ポツダム宣言の規定によって、連合軍の占領下におかれることになったのは、昭和二十年（一九四五）九月のことである。(中略)日本の占領統治の目標は、戦争放棄を条文にうたった新憲法のなかに端的に要約されている、ともいえるわけだが、これを大別すれば非軍事化と民主化のふたつに分けられる。》(上掲書「昭和」第四章第一節「占領下の文学」)

《(2)占領軍による新しい検閲制度は、かつての内務省のそれのように、伏字や削除の痕跡を残さない、より巧妙なものとわかり、この新制度に編集者はまずためらい、ひるんだ形跡があった。》(「同上」)

《(3)しかし、朝鮮戦争の勃発は、国全体としてみれば、いわゆる特需景気として日本の脆弱な経済界全体を潤したのである。いわゆる相対的安定期が媾和(こうわ)条約調印後の「逆コース」とかさなりながら、ここにはじまる。》(「同上」同篇同章第二節「マス・コミュニケーション下の文学」)

こういう平野の記述に対して、まず江藤は昭和二十年代の文学を端的に「占領下の文学」と呼んだことに「卓抜な規定」と讃めた。しかし、(1)の冒頭は「重大な事実誤認」を犯しているとして、

《それは、日本の降伏の態様に関する問題である。もし日本が「ポツダム宣言の規定」によって降伏したのなら、この降伏は決して「無条件」ではあり得ない。ポツダム宣言が第六項から第十二項までに明示している「条件」を受諾した上での降伏であって、「……無条件降伏の結果、ポツダム宣言の規定によって……」という文章は、この点で明白に自己矛盾しているといわざるを得ない。》

ポツダム宣言を読むと、日本が同宣言に明示された「条件」を受諾した上で降伏したことは明白である。同宣言第五項に「吾等ノ条件左ノゴトシ」として以下十二項まで、江藤のいうように、その「条件」が続くのである。ただ、最後の第十三項にいう「全日本国軍隊ノ無条件降伏」もポツダム宣言のいう「条件」の一つと思われるのであるが。

江藤の指摘はつづく。江藤は平野の(1)と(2)の文章の「自己矛盾」を突く。即ち(1)で「日本の占領統治の目標」は、「非軍事化と民主化」と書きながら、(2)では「非軍事化と民主化」の実行者である者が戦前戦中のいわゆる軍国時代の内務省の「検閲」より「より巧妙な」「検閲」をしていることを平野は指摘しているからである。被占領中の昭和二十一年十一月三日に公布され、翌二十二年五月五日に施行された日本国憲法—江藤はこれを一九四六年憲法と呼んだが—は第二十一条で「検閲は、これをしてはならない」としているのであり、「検閲」を「民主化」というものはあるまい。

《つまり、現行憲法はたしかに占領下に制定され、「占領統治の目標」を反映してもいたが、占領下においては憲法が占領政策の優位に立つことは決してなかった。当時憲法は、少なくとも「集会、結社、表現の自由」に関するかぎり、占領軍当局によって機能を停止されていたのである。その機能が回復され、日本人がはじめて「集会、結社、表現の自由」を獲得したのは、平野氏が(3)で「媾和条約調印後の『逆コース』」と呼んでいる時代になってからで、決してそれ以前ではあり得なかった。

戦後を食い物にするとは、とりも直さず、連合国が明示した条件による降伏を「無条件降伏」と置き換え、内務省の検閲のかわりに占領軍当局の「より巧妙」な検閲の存在した時代を絶対化し、日本人がようやく自由を得た時代を「逆コース」呼ばわりするような論法にとぐろを巻き、そこから一歩も出ようとせず、周囲の状況の変化をつねに否定して能事足れりとする精神の怠惰をいうのである。その帰結が、今日の文学の水位低下に歴然とあらわれている。》（傍点引用者）

八

平野の文章に「重大な事実誤認」があるという江藤の指摘を「難詰」ととらえ、疑義を唱えた人がいた。本多秋五であった。本多と平野の付き合いは古く第八高等学校の十八、十九歳の頃にはじまるという。二人はまた『近代文学』の創刊同人七人のメンバーであった。本多は同年の『文藝』の九月号に発表した「『無条件降伏』の意味」で江藤の平野「難詰」に「異議あり」との声をあげた。

江藤が昭和五十三年一月二十四日に書いた毎日新聞の「文芸時評」と本多が『文藝』九月号に書いた文章

との間には、平野の死があった。本多は書いている。

《平野謙が亡くなって、平野について書かれた文章を読む機会が多かった。それらのうちには、いくら何でもあんまりだ、と思う文章がちょいちょいあったが、それらにいちいち拘泥していては際限がないので、見流し聞き流すことにしていた。》（「『無条件降伏』の意味」）

江藤も平野の訃報に接して毎日新聞の「文芸時評」（昭和五十三年四月二十六日）で平野を悼んだ。

平野は十三年八ケ月にわたって文芸時評を書き続けた。同じく江藤も、この昭和五十三年十二月に文芸時評の筆を擱くことになるのだが、先に書いたように、ほぼ二十年間、文芸時評の筆を執り続けていた。それは約三千枚に達し、批評家としての江藤の仕事の、ほとんど半ばを占めるという。ここに、江藤は平野が多年にわたって文芸時評の筆を執り続けたことの難事を思って、「先輩の長年の労苦に対する敬意とねぎらい」を述べる。

《「今日の小説」と題されていた平野氏の文芸時評は、本紙のこの欄に十三年八ケ月間書きつづけられたというが、只の〝小説好き〟や〝文学精神〟だけでこういう仕事がつづけられると思うのは、よほど楽天的なお人好しだけに違いない。どこかで重い荷を双肩に背負い、遠い道を一人行くのが人生だと観念しているところがなければ、できるはずがないのがこの種の労働だからである。》

これは情理ある、追悼の誠を尽くした文といっていい。そして、この追悼文には次のような「痛憤」が書かれている。

《昨年の春、平野氏が芸術院恩賜賞を受賞したとき、病のために痛々しく面変わりした平野氏の姿がテレビに映ったことがあって、私はなんということをするのだろうと、心ないテレビ局を激しく憎んだ。新聞のなかにも、病みやつれた平野氏の〝近影〟を掲げたものがあり、私はその鈍感さを嫌悪せざるを得なかった。

なぜなら、それらはどれひとつとして平野氏ではなかったからである。なんであるかといえば、少なくともその肉体と声に関するかぎり、それは平野氏の抜けがらというにすぎなかった。平野氏は端正な風貌の、堂々たる体格の人であった。それが氏の平生の姿であるなら、慶事を寿ぐのになぜ平生の姿を掲げないかと、私はひとり痛憤した。》（傍点引用者）

平野謙が「芸術院恩賜賞を受賞した」という「慶事」を慶事と思わぬ人たちがいた。ここに「恩賜」とは『広辞苑』によれば「天皇・主君から賜ること」とある。平野死去の翌年五月、「平野謙を偲ぶ会」が催されたとき、平野より十九歳年少の作家井上光晴が「誰かがいわねばならぬことをいう」と言って「爆弾発言」をした話を本多が書いている。――「平野さんは芸術院恩賜賞を受けるべきではなかった。そのことで埴谷（雄高）さんに電話して二時間も議論したが、意見が一致しなかった。『近代文学』同人は平野さんをぶん殴ってもあれを返させるべきだった。」――本多は「きき流すことのできない発言」と思い、すぐ登壇して自身の態度を述べた。この時の発言は不十分なものであったので、その時の話をもとに本多は一文を草した。それが「芸術院恩賜賞のこと」（『文学界』昭和五十四年八月号）である。本多は「芸術院賞も芸術院会員の資格も、誰もくれる気遣いはない」だろうが、自分は辞退すると断りながら、平野については次のように書いている。――「私は、平野受賞のニュースをきいたあと、平野から電話のあったことを話し、『平野は病んでいる。平野を泣かせることはできない。よくても悪くても、私は平野を支持する。これが私の立場です。』」と話したと説明している。そう説明しながら、「両頬の肉がげっそりと落ち、頭髪が真白に変って、声帯を切られたためカサカサ声で話す平野の姿が眼前に浮かんで」来たという。

本多は、「平野謙を偲ぶ会」での井上の意見を聞きながら、「前にどこかで聞いたことがある」と思った。後になって、一年前電話で井上本人から聞いたことを思い出した。その時、井上は「女子高校生を強姦しても許せる場合がある。平野さんの受賞は許せない」(「同上」)と言ったという。

九

本多の「『無条件降伏』の意味」に戻る。本多は平野が亡くなって平野について書かれた文の中には「いくら何でもあんまりだ」という文章があったが、「際限がないので、見流し聞き流すことにしていた」とは先に引いた。しかし、

《時がたっても忘れられず、足の裏に刺さった棘(とげ)かなんぞのように気になるのがある。見流し聞き流しにすることによって、それらが暗黙に承認されたことになるのはよくない、と思えるものがある。いきり立って抗議するというほどのことではない。ただ「異議あり」という声を、どこかの片隅にでも活字にして残しておきたいのである。》

ここに本多のいう、「時がたっても忘れられず、足の裏に刺さった棘かなんぞのように気になる」文章が、江藤が昭和五十三年一月二十四日付け毎日新聞の文芸時評に書いたものであった。先に述べた平野の文章に「重大な事実誤認」があるとした江藤の文章について本多は「異議あり」との声をあげずにはおれなかった。本多はいう、

《われわれが、日本は「ポツダム宣言」を受諾して「無条件降伏」したという場合、日本は「ポツダム宣言」を受諾するに際して、最少限の希望条件さえまともにとり上げてもらえず、どんな希望条件について折衝する余地もなかったという厳然たる事実をさしている。この文章を読んだとき、江藤淳は何を力んでいるのだろう、と奇異に感じた。》

続いて本多は、江藤が『週刊読書人』に書いた「〝戦後歴史〟の袋小路の打開」（昭和五十三年五月一日）を取り上げた。本多が江藤の文章から引用した文は以下の通りである。

《これ（ポツダム宣言受諾の結果「無条件降伏」したのは、「全日本国軍隊」であつて日本国ではないこと）は決して私の恣意的な解釈ではない。宣言発出当時、米国務省はすでに「ポツダム宣言は降伏条件を提示した文書であり、受諾されれば国際法の一般規範によって解釈される国際協定をなすものとなる」という見解を下している。換言すれば、それが一種の「国際協定」である以上、ポツダム宣言は日本のみならず連合国をも拘束する性格をそなえているはずであり、また事実そうだったのである。

これこそが、日本の〝戦後〟の出発点でなければならなかった。しかし、なぜかこの出発点は密教化され

て今日に及び、顕教として流布されているのは、「日本はポツダム宣言を受諾して無条件降伏した」というような誤謬に充ちた虚説のみである。どうしてこういう奇怪な現象が起ったのか、その根源をつきとめておかなければ、おそらく〝戦後〟の文学が陥っている袋小路を打開することも覚束ない。》

本多は右の文を引用するに先立ち、「少し長いけれども省略なしに引用する。正確な客観認識と、局部事実の全般化と、論理を飛躍した大胆な主張とがひと息につながっていて、なかなかの見ものである。と書いた。ここに本多のいう「正確な客観認識」とは、日本国がポツダム宣言の降伏条件の提示を受けて降伏したことを指す。それは右の江藤の引用に続けて本多が、

《たしかに「ポツダム宣言」のなかで「無条件降伏」なる言葉の使用されているのが、「全日本国軍隊の無条件降伏」と記した一箇所のみであることは、事実である。》

と書き、少し後の方で、

《ドイツの敗戦が純粋の、完全な意味における「無条件降伏」であったのに較べれば、日本の敗戦は「無条件降伏」ではなかったといえる。》

と書いているのでわかる。では「局部事実の全般化」とはどこを指していっているのか。本多は、今わたしが引いた「ドイツの敗戦が……」の文に続けて、「しかし、それにもかかわらず、そこに——連合国側にお

いても」――『無条件降伏』の思想が底流していたのである。」(傍点引用者) と書いた。本多は、江藤が解説を書いた外務省編『終戦史録』から引用しながら、次のように述べた。

《「天皇ノ統治者トシテノ大権ヲ変更セントスル要求ヲ包含シ居ラサルコトノ了解ノ下ニ」という留保条件つきの、日本の「ポツダム宣言」受諾のニュースがトルーマン大統領のもとに届いたとき、トルーマンはバーンズ国務長官、スチムソン陸軍長官、リー元帥(大統領の最高顧問)とただちに協議に入ったが、バーンズ長官は、「いま、……日本側が持ち出して来た条件を受諾する形はとりたくないとの肝から、もし何らかの条件を付する必要があるなら、それは連合国側から提出すべきであると主張した。」とある。

やはり同書に引用されているところによると、バーンズ国務長官は、その会議の席上で彼が主張したところを、

「われわれが、何故無条件降伏の要求から後退しなければならないのかわからない。われわれの要求は、(原子)爆弾を使わない前に、またソ連も参戦しない前に日本に提出したものである。〔今になって〕もし何等かの条件を、受諾しなければならないのならば、その条件は、日本側からでなく、アメリカの方から提出するようにしたいものだ。」

と、彼自身の著書のなかに書いているという。》(傍点本多)

ここに本多は、「ポツダム宣言」の無条件受諾を当然のことと予想するところに、「日本国の無条件降伏」の思想が底流していることが、ありありと看取されるのである、と主張した。この「無条件降伏」の「思想」が「底流していた」ということが、本多のいう日本の「無条件降伏」説の根拠なのである。

《「カイロ宣言」の思想が、形を変えて「ポツダム宣言」に底流していたばかりではない。そこには一九四三年のカサブランカ会談のとき、ローズベルト大統領が、今次の大戦を枢軸国の「無条件降伏」によって終結させるという方針を声明した、その精神が底流していたのである。「カイロ宣言」は、対象を日本に特定して、カサブランカ声明の精神を具体化したものにすぎない。》（傍点引用者）

ルーズベルト米大統領とチャーチル英首相は昭和十八年一月十四日より二十三日にいたる十日間北アフリカのカサブランカで会談を行なった。朝日新聞によると――鬼畜の世界征服慾／馬脚露した米英会談、と見出しが付いている――共同会見の席上、ルーズベルトは、「余とチャーチルは必ず世界に平和を齎すこと、しかしてその平和は日独両国の戦力を完全に撃摧しなければもたらすことの出来ないことを堅く誓つた、今度の会議は将来『無条件降伏要求会議』として知られるであらう、我々は過去六年間日本と戦つてゐる支那に対して凡ゆる援助を与へ日本の東亜制覇を永久的に粉砕する決意を持つてゐる」（昭和十八年一月三十日〈朝刊〉・傍点引用者）と語っている。

同じく昭和十八年十一月二十七日、ルーズベルト米大統領、蔣介石中華民国国民政府主席及びチャーチル英首相は、カイロで声明を発表し、その末尾に「右三同盟国（米中英）ハ同盟国中日本国ト交戦中ナル諸国ト協調シ日本国ノ無条件降伏ヲ齎スニ必要ナル重大且長期ノ行動ヲ続行スベシ」（傍点引用者）と結んでいる。

では何故アメリカは昭和十八年十一月の時点で「無条件降伏」を唱えながら、昭和二十年八月には「全日本国軍隊の無条件降伏」に後退したか。バーンズ米国務長官のいうように原爆投下も行なわれずソ連の対日参戦のある前に日本に示した「無条件降伏」を、なぜ原爆を投下しソ連の参戦の決まった後に「全日本国軍隊の無条件降伏」に後退しなければならないのか。この政治的軍事的後退はなぜなのか。ここに本多も「大きな変化、大きな距り」があることを認めて、次のように書いている、

《その距り、その変化がもたらされたところには、四五年十一月一日から予定されていた日本本土への進攻作戦には一〇〇万人をこす犠牲者が予想され、その犠牲者を少くするために日本人の抵抗意識を弱めることが考えられたこと、「無条件降伏」の方式は、相手国の国家と民族の破滅をも予想させ、日本人を死にもの狂いの戦闘に駆り立てるおそれがあると考えられたこと、などもあった。

そこには、たしかに大きな変化、大きな距りがあったが、それにもかかわらず、カサブランカ声明の精神が生きて底流していたことに変りがない。》（傍点引用者）

そして、続けて本多はいう、

《そこには、いわば大括弧でくくられる「無条件降伏」の思想と、小括弧でくくられる「有条件降伏」の方式とが同時に存在する。》

《ドイツが強いられたものこそ、言葉の本来の意味における「無条件降伏」であった、という一点に固執すれば、「日本は無条件降伏した」も、「ポツダム宣言を受諾して無条件降伏した」も、まちがいであるにちがいない。しかし、日本人の常識は、小括弧内のいわば文書上の事実の識別には眼が霞んでも、大括弧内の事態はひと目で洞察したのである。江藤淳は、理路整然として小括弧内の事実に終始し、より根本的な大括弧内の事態

を見落としているのである。》

つまり、「無条件降伏」の思想はカサブランカ会談以来、「日本人の死にもの狂いの戦闘」にもかかわらず、敵国にも「日本人の常識」にも「底流」している、と本多はいうのである。本多は、江藤が「小括弧内のいわば文書上」の「局部事実」を「全般化」し、「より根本的な大括弧内の事態を見落としている」と主張するのである。

続いて本多は江藤のどこに「論理を飛躍した大胆な主張」を見ているか。本多は語る、

《江藤淳は、「無条件降伏」したのは「全日本国軍隊」であって、日本国そのものではなかったと断じたあと、「ポツダム宣言」は、受諾されれば「国際協定をなすもの」であったと述べ、「これこそが、日本の〝戦後〟の出発点でなければならなかった。しかし、なぜかこの出発点は密教化されて今日に及び、顕教として流布されているのは、『日本はポツダム宣言を受諾して無条件降伏した』というような誤謬に充ちた虚説のみである。どうしてこういう奇怪な現象が起ったのか、その根源をつきとめておかなければ、おそらく〝戦後〟の文学が陥っている袋小路を打開することも覚束ない。」と息巻いた。

最後のところは、例の音吐朗々の、八艘とび流の論理で、「無条件降伏」の理解仕方と「〝戦後〟の文学が陥っている袋小路」と、一体どんな関係があるのか誰にもわからないが、この意気揚々たる姿勢には、どこか人をハラハラさせるものがある。》

この本多の「『無条件降伏』の意味」という四百字詰にして二十枚ほどの文に、江藤は異例にも九月の「文

芸時評」まるまる二日分を使って答えた。――「日本が無条件降伏した」、ということについては、「しばしば書きもし語りもして来たが、なおざりにできぬことなので今一度繰り返しておきたいと思う」、と。

十

江藤は九月の文芸時評の第一日目に、本多のいう「局部事実の全般化」について反論する、

《「ハラハラ」するのは本多氏の勝手だが、氏の論法ははなはだ初歩的なものといわざるを得ない。つまり「思想」「精神」「日本人の常識」「事態」などという重々しい言葉を、「方式」「文書」「事実」等々という言葉と対置させて、自分は「大括弧」で深遠だが相手は「小括弧」で軽薄だと居直ってみせただけのことだからである。これは一見荘重であるが、デマゴーグの論法であることに少しの変わりも認められない。》

なぜ本多が「重々しい言葉」を使って一見「荘重」「深遠」でありながら、その「論法」は「デマゴーグ」のそれであるかといえば、

《国家というものが、「底流してい」る「思想」や「精神」などという雲をつかむようなものに降伏したなどというためしは、いまだかつて存在しないからである。

もし国際間の出来事に「思想」や「精神」があるとすれば、それは必ず「方式」や「文書」に「事実」として歴然と反映されていなければならない。逆にいえば「方式」や「文書」が歴然と変化したとき、本多氏

のいわゆる「思想」や「精神」もまた必然的に変化したのである。》

先に引いた「〝戦後〟知識人の破産」の言葉をかりていえば、ここには「知識人」ではなく「実際家」江藤がいる。江藤歿後、平川祐弘氏は、日本の名誉のために、文学外の「公」の問題をも北米で論じた江藤を描いている。(『諸君!』平成十一年十一月号「江藤淳氏とアメリカ――いかに日本を外国人に外国語を用いて説明するか――」)平川氏によれば、江藤が北米で日米関係を論じる際は会場には溢れるほどの聴衆が集まったといい、江藤の英語講演は抜群であったと書いている。

さて、江藤はポツダム宣言の内容がカサブランカ声明やカイロ宣言で言及された「無条件降伏」の「思想」から大きく「後退」した要因として、⑴ルーズベルトの病死、⑵日本軍の頑強な抵抗、⑶連合国間の利害関係の推移、を挙げている。⑵については、先に引いたように本多も言及していた。今一度わたしが傍点を付したまま引くと「……日本本土への進攻作戦には一〇〇万人をこす犠牲者が予想され、その犠牲者を少くするために日本人の抵抗意識を弱めることが考えられたこと、『無条件降伏』の方式は、相手国の国家と民族の破滅をも予想させ、日本人を死にもの狂いの戦闘に駆り立てるおそれがあると考えられたこと、なども、あった」――ここにある「などもあ」によつて、米側に「一〇〇万人をこす犠牲者」を「予想」させた、「日本人」の「死にもの狂いの戦闘」が何と軽々しいものになっていることか。

本多は「『無条件降伏』の意味」の中で、日本の「『ポツダム宣言』受諾劇」を次のように比喩を用いて書いている、

《モハメッド・アリのような大男と、江藤淳または本多秋五のような非力な男とが殴り合って、こちらが力

尽きて半死半生になったとき、勝ち誇った大男がこちらを壁際へぎゅっと押しつけておいて、一片の紙切れを差出し、「さあ、これにサインするかどうか。サインすればよし、しないなら攻撃を続行するぞ。」という。大男の差し出した紙切れには「条件」が書きこまれている。そのうちには、〈お前たちを民族として奴隷化せんとするものにあらず、また、国民として絶滅せしめんとするものにもあらず〉とか、〈基本的人権は尊重せらるべし〉とかいう「条件」もある。それらは大男の側をも拘束すべきものに相違ない。しかし、それが「条件」のうちの基幹的部分をなす懲罰的ないし報復的「条件」については一切有無をいわせない。いや、基幹的部分も付随的部分もない、全「条件」についてひとことも文句はいわせない。受諾は完全に「無条件」でなければならないとされる。これが日本の直面した「ポツダム宣言」受諾劇であった。》

本多は、昭和二十一年に創刊された『近代文学』の推進者として、その創刊号に巻頭論文「藝術　歴史　人間」を発表した。末尾に「(四五・一一・二三)」と記されている。その「藝術　歴史　人間」によれば本多は昭和二十年五月十五日に召集を受けた。——「郷里の村を出るとき、村社の社前で見送りの人たちに別れの挨拶を告げた時、思ひ出多い、赭土に小松の生へた故郷の山河を見るのもこれが見納めかと覚悟してゐた。しかし、日が経つにつれて、それがなほ観念的な覚悟にすぎなかつたことが解つてきた。」本多は、八月十一日に「山から竹を伐り、穂先を削つて火で焙り、竹槍を作つてゐた。続く数日、俵で作つた仮標に向つて突撃刺突の練習をしてゐた。近接兵器としては小銃も手榴弾も持たずゴボウ剣一本しか持たなかつた我々にとつては実際竹槍は最優秀兵器だつたのである。」ここに本多の自嘲を読んではならない。続いてアメリカ軍の携帯口糧、無電機など米軍航空兵の近代的装備に、それから「封を切ると白い粉が出、それで直径数メートルの海水を黄色く染め、機上からの発見を容易ならしめる薬品の入つた袋」に、「驚異の眼を瞠(みは)つてゐ」るとしても。

――本多の文は次のように進むのである。

《自分は決死行や自決を必ずしも悪いとは思つてゐない。トルストイは「ゲーム取りの手記」の中で、下らぬ人間は自殺の瞬間においてさへ、依然つまらぬ人間だといふことを書いてゐる。それも事実だらう。しかし、自分はその点日本主義者のやうだ。ゲーテは何処かで、ペトロニュウスか誰かローマの豪傑が、友人知己を招いて宴会を催し、愉快に談笑したのち自殺した例を挙げ、「男らしい」と評してゐたと記憶する。して見ると、日本主義にも何程かの普遍性があるといふものである。自殺の肯定は生命の蔑視ではない。生命を無限に貴重し、限りない生命の貴重さを思へばこそである。》

昭和二十年の時点では、戦中戦後を問わず、本多は一貫していた。本多は「竹槍」で敵国と戦う気でいたのであり、敗戦直後の十一月二十三日においても、「男らしい」「日本主義者」だったのである。ここに相手が「モハメッド・アリのような大男」であり、自分が「非力な男」であるということは、「大男」の米軍を見ていても浮かんでいないのである。しかし、昭和五十三年に書かれた「『無条件降伏』の意味」という文章は、かつて敵国であり占領軍であった、アメリカの論理と何と軌を一にしていることか。

江藤は昭和二十年八月末日の相模湾の光景を記憶している。

《私の脳裏には、昭和二十年（一九四五）八月の末日、相模湾を埋め尽すかと思われた巨大な艦隊の姿が甦って来る。日本の降伏調印を翌々日に控えて、敗者を威圧するために現われた米国太平洋艦隊の艨艟（もうどう）である。あれだけ沈めたはずなのに、まだこんなに多くの軍艦が残っていたのかという思いと、これだけの力を相手にして、今まで日本は戦って来たのかという思いが交錯して、しばしは頭が茫然とした。》（『南洲残影』）

本多のように、自分たちは「非力な男」でありアメリカ人は「モハメッド・アリのような大男」であるから「壁際へぎゅっと押しつけ」さえすれば日本人は何にでも「サインする」ようになってくれると、アメリカ軍は「一〇〇万人」の生命が助かるのである。これがアメリカの狙いであった。それを九月二日の「降伏調印」前にも相模湾の「艨艟」で示し続けた。だが、本多は「相模湾を埋め尽くすかと思われた巨大な艦隊の姿」が現われても昭和二十年十一月二十三日には「日本主義者」であったのだ。

「日本主義」は本多に限ったことではなかった。たとえば次の昭和二十年八月十五日の朝日新聞がそうであった。（文中の□は判読不能の箇所を示す。）

《生をこの神州に享けたものに取つて、これほど大いなる歴史的事実はない。事茲にいたつて、多くいふべきでない▼大詔を拝し奉りては、たゞ承詔必謹あるのみである▼国の生命は悠久である。その無窮の生命の進路に一張一弛あり、起伏隆替あるのは、またやむないところである▼中国の古い歴史は、呉越の戦ひに『臥薪嘗胆』の辛苦のあつたことを訓へてゐる▼日清役後の日本の為政者は、この言葉を□つてもつて、三国干渉後の雌伏□忍の標語とした▼戦ひは事志と違つた。何故事こゝに至つたか、いやしくも、責は何人が負ふべきか、などといふ勿れ。顧みて他をいふをやめよ▼各人、深く静かに思ひをひそめて、自ら反省すべきである。この深き反省に今後の□起が発程さるべきである▼国民の当面の心構へは、如何なる事態に直面するとも、毫末も取り乱さぬ意志の強さを持つことである。（中略）▼今日の日本国民が持つべき唯一の道義は、あくまで国の組織力を信ずることである。国の組織力は協心戮力の大和心にある▼一億同胞、骨肉相翼ける心にこそ、国の結合力が存する▼うちに、この情熱を潜めて国を樹てるとともに、そとには、冷厳そのものの如き眸を見開いて、中国戦国時代に見る合従連衡さながらの酷薄極まる国家群の動向を凝視し、国事の運営をなすことである▼この大戦で、独仏伊の三国がヨーロッパの大国たる地位から脱落し、純ヨーロッパ国でない英ソ両国と米国が相結んで、地球上の支配を完成せんとしてゐる▼この事実の前に、戦ひを喪つたわが国は、如何に生くべきか、戦ひにまさる苦難の山積がわれらの前途に横たはることはもとより十分覚悟の前であらねばならぬ。》(「神風賦」)

この文に、先に引いた江藤の「〝戦後〟知識人の破産」の「米軍が日本にやって来たのは占領地を征服するためで、それ以外のなんのためでもないことを直観していたのは政治家という実際家たちで、知識人ではなかった。理想主義は占領下という温室で咲いた花であって、ガラスの外には刻々と変化する国際間の力の葛藤がうずまいていることを洞察していたのも、知識人ではなく、政治家であったろう。」――という文章にある「実際家」の「冷厳そのものの如き眸」を感じる。この記事の作者は敗戦という未曾有の「歴史的事実」を眼前にして冷静であった。敗戦は「合従連衡」の故なのであり、それだからこそ、戦後の国際政治の中での「合従連衡」によって敗北を勝利に変えることもできる、そういうしたたかな眼を感じる。そしてその眼はやはり日本人のものであった。

十一

本多は「藝術　歴史　人間」に、次のようにも書いている。

《自分達は第一次世界大戦後のデモクラシーの時代に物心つき、左翼運動が全盛を謳はれたころ、もしくはその末期に考へることを学びはじめた。やがて昭和六年九月一八日にスタートする戦争時代に入り、世相と思想界の一切がいかに悉皆の転換、悉皆の変貌を遂げるかを両の眼に目撃した。さしも苛烈を極めた戦争も今年八月一五日をもつて終り、民主主義日本建設の日が始まつた。かくて――歴史が一巡したのである。

自分達が最初に経験したのは、欧米崇拝の時代であつた。最良の場合においては、自己批判のための自己嘲笑、そのための欧米崇拝であつたが、とにかく欧米崇拝の時代であつた。次に巡つて来たのは頭から鵜呑みの無批判的欧米崇拝の迷妄を破り、自国本来の美点を再認識せしめる副効果をもちつつも、その極は我武者羅の独りよがりにまで到つた唯我的自尊の時代であつた。今や新たに屈辱と自己卑下の外国崇拝時代が始まらうとしてゐる。歴史はその意味でも一巡したのである。》(傍点引用者)

《自分達は日本にあき足らず、鞭うつ思ひで何年かを過して来た。その後、われわれは日本の生んだ子であり、日本をはなれて存在の考へられない人間であることをも覚つた。アメリカの能率や実用主義をも学ばう。ソヴィエートの長所をも摂つて行きたい。同時に日本の美しいものをも失ひたくない。》

本多は自分の、この文章にも、カサブランカ声明やカイロ宣言に示された「無条件降伏」の「思想」が「底流」しているというであろうか。大正デモクラシーの時代を「自己批判のための自己嘲笑、そのための欧米崇拝」の時代であったと呼び、戦後を「今や新たに屈辱と自己卑下の外国崇拝時代が始まらうとしてゐる」と断じた本多はやはり「男らしい」「日本主義者」であったのである。

その本多の、ポツダム宣言に「無条件降伏」の「思想」が「底流」していて、「日本人の常識」はそれを「ひと目で洞察した」という意見は、日本人の「死にもの狂いの戦闘」――これこそ敵国の「無条件降伏」の「思想」を大きく「後退」させたものである――を無と化すことになるものではないか。なぜ、本多は考えを変えたのか。江藤の昭和五十三年九月の文芸時評の二日目は、この問いに答えたものといっていい。

江藤は、「〝戦後歴史〟の袋小路の打開」の中で元外務省情報局長西村熊雄の発言を引いていた。それは、

《あの（被占領下の）六年間の苦しさは、いまの四十代、三十代の人たちにはおわかりにならないと思います。言論の自由も思想の自由も結社の自由も、なんにもない。自由をすべて奪われているうえに、あれはああしろ、これはこうと指図を受ける。処罰はいつどこからくるかわからん、いいことでもやれといわれてやるのはうれしくない。政府も国民ひとりひとりも悩んだあの六年間の苦しみは、忘れられません。》

というものであったが、本多は、江藤の「〝戦後歴史〟の袋小路の打開」に触れながら、右の西村の発言を黙殺していた。江藤は思う、

《奇怪なのは、本多氏が、拙文のこの部分を故意に伏せて「無条件降伏」の理解如何と〝戦後文学〟の袋小路とのあいだに、「一体どんな関係があるのか誰にもわからない」などと、とぼけて見せているという事実である。

都合の悪いところを伏せて置きたいのは人情であるから、本多氏にとっては、占領管理下の日本人が言論・思想・結社等の自由を奪われていたという事実の指摘は、よほど都合の悪いものであったにちがいない。この一点に頬冠り（ほおかむ）して通り過ぎようという氏の態度から明らかなことは、少なくとも氏にとっては「あの六年

間」が、「苦しみ」の時代以外のなにものかであったという、もう一つの興味深い事実である。》（「文芸時評」昭和五十三年九月）

ここで、江藤は重大な指摘をする。それは、本多のいう「『無条件降伏』の『思想』が『底流していた』のが、ポツダム宣言にではなくて、むしろ占領政策実施の過程にであった」という指摘である。江藤は、ポツダム宣言第十項の「……日本国政府ハ日本国国民ノ間ニ於ケル民主主義的傾向ノ復活強化ニ対スル一切ノ障害ヲ除去スベシ言論、宗教及思想ノ自由並ニ基本的人権ノ尊重ハ確立セラルベシ」（傍点江藤）という文言、同じく第十二項の「……日本国国民ノ自由ニ表明セル意思ニ従ヒ平和的傾向ヲ有シ且責任アル政府カ樹立セラルルニ於テハ連合国ノ占領軍ハ直ニ日本国ヨリ撤収セラルヘシ」（同上）という文言を傍点を付して引用したあと、次のように論じる、

《この前者は、「民主主義的傾向ノ復活強化」の主語が「日本国政府」である以上、自主的改革を求めたものと解せざるを得ず、後者の「日本国国民ノ自由ニ表明セル意思」は、前者の「言論、宗教及思想ノ自由並ニ基本的人権ノ尊重ハ確立セラルヘシ」に照応するものと解するのが順当であろう。しかるに占領軍当局は、実際には「あれはああしろ、これはこうと指図」するかたちで一方的に改革を強制し、言論・思想等の自由に苛烈な統制を加えた上、「基本的人権」の無視さえも憚（はばか）ろうとしなかったのである。》（「文芸時評」昭和五十三年九月）

ここに、ポツダム宣言と占領政策の明白な「矛盾撞着が認められる」と江藤はいう。江藤は『終戦史録』（外

務省編）第六巻の月報において、元駐米、駐ソ大使の下田武三が言及している条約局長萩原徹の例をあげている。萩原は「ポツダム宣言による戦争終結は、無条件降伏でないと国会答弁で喝破して、条約局長を罷めさせられた」という。江藤は続ける、

《占領政策はしばしばポツダム宣言と背馳し、なかんずく言論・思想等の自由は、占領下の日本には存在し得なかった。これこそ勝者が敗者を一方的に支配するという「無条件降伏」の「思想」の、露骨な実践にほかならない。

軍事占領下に置かれた国民が、事実上この力に逆らい得なかったことは是非もない。しかし、そのことは逆らい得なかった国民の心に痛みと「苦しみ」が生じることを妨げず、いわんや占領政策の合法性に疑義を呈することを少しも妨げない。》（「同上」）

十二

本多は『近代文学』創刊号に載せた「藝術　歴史　人間」を昭和三十三年、『現代日本文学全集』（筑摩書房）の『現代文芸評論集⑵』に収めたが、それは加筆された文章であった。タイトルも「藝術・歴史・人間」に変っている。次の本多の文章に傍点を付したところは新しく加えられた箇所である。意味の変更を伴わない語句の異同には触れない。

《僕は決死行や自決を必ずしも悪いとは考へてゐない。トルストイは「ゲーム取りの手記」の中で、下らぬ

人間は自殺直前の瞬間においてさへ、依然つまらぬ人間だといふことを書いてゐた。それも事実だらう。だが、僕はその点では日本主義者であるらしい。いや、むしろ僕のいひたいのは、昨日までの日本に見られたものは一切合財悪だとする、今日の風潮ににはかに同意しがたいといふことだ。ゲーテは何処かで、ペトロニュウスが友人知己を招いて宴会を催し、愉快に談笑したのち自殺した例を挙げて、「男らしい」と評してゐたと記憶する。してみれば、日本主義にも何程かの普遍性があるといふものだ。

自殺の肯定は生命の蔑視ではない。生命を無限に尊重し、限りない生命の貴重さを思へばこそである。生命が死にも劣る状態に置かれるのを耐へがたく思へばこその自殺ではないか。》（「藝術・歴史・人間」）

傍点を付した最初のところは自派陣営への弁解のための加筆であろう。「にはかに同意しがたい」の「にはかに」が効いている。だが、後の傍点を付した部分の加筆は弁解のための加筆とは違っている。加筆した文章によって、本多は初出の文意を自ら否定しているのである。こういう、削除することによってではなく、文に新しく加筆して前文の文意を否定するやり方を、本多は「小林秀雄論」においても行なっている。その一例を挙げる。

「小林秀雄論」の初出は『近代文学』の第三号（昭和二十一年）に掲載された。末尾に「（四六・二・一九）」とある。被占領中の昭和二十四年に、本多は「小林秀雄論」に加筆して『小林秀雄論』として刊行した。分量は二倍を超えた。末尾に「（四八・四・訂正）」とある。なお、本多が「小林秀雄論」に引用している小林秀雄の「文学と自分」は昭和十五年『中央公論』十一月号に発表され、翌十六年に刊行された『歴史と文学』に収録された。

《昭和二十一年版〈「知識人のうちには、まさしく文明人がゐるが、覚悟の裡には、いくら文明が進んでも、依然として原始人が棲んでゐる。」（文学と自分）好きな言葉だ。〉》

《昭和二十三年版〈「知識人のうちには、まさしく文明人がゐるが、覚悟の裡には、いくら文明が進んでも、依然として原始人が棲んでゐる。」（文学と自分）――いい言葉だ。僕はこんな性根が好きだ。だが、この元気には、何か原子爆弾に竹槍といいふに似た原始主義があつて、土壇場になると正銘の野蛮人が躍り出しかねないのである。〉》（傍点は加筆された箇所を示す。）

本多は「元気」にだけ傍点を付している。本多は、こういう元気があぶないのだ、竹槍で近代兵器に立ち向かうようなものだ、いずれ先の戦争のときのように原子爆弾を落とされるのがおちだ、もう野蛮人の覚悟は真っ平御免である、命がいくつあつても足りはしない、無駄な事はせぬことだ、といっているようだ。これはアメリカの恫喝に屈した者の考え方である。戦時中、小林秀雄の「原始人」の「覚悟」に感動し、敗戦後の昭和二十一年二月十九日においても、その感動の中にいた本多は、被占領中に、日本人としての「原始人」の「覚悟」から欧米の「文明」へと思想の移動を行なった。「覚悟」を持った「原始人」は「野蛮人」に変貌し、蔑視されるに到ったのである。

十三

江藤は問うている。

《いったい本多氏の胸には、日本が敗れたとき一片の痛みも哀しみも浮かばなかったのだろうか？　氏はそのとき他人事のように「ざまあみろ、これでせいせいした」と快哉を叫んで、敗戦の原点を見据えようともせず、占領政策のお先棒をかついで走り出したというのだろうか。》（「文芸時評」昭和五十三年九月）

「日本が敗れたとき」に、本多が「一片の痛みも哀しみも浮かばなかった」か。初出の「藝術　歴史　人間」には、戸惑ひとともに、「痛み」とも「哀しみ」ともいえるものが感じられる。だが、続く江藤の問いには、本多はどう答えるのだろうか。

《本多氏とその友人たちは、マルクス主義からの転向がどれほどの「苦しみ」を伴うものであったかについては、繰り返して書いて来た。それなら敗戦時の再転向の際には、痛みもなく「苦しみ」もなくて、ただ〝解放〟の喜びだけがあったのだろうか。いったい氏とその友人たちは、いったん誓ったはずの日本国家への忠誠を、どこにどう処理して来たというのだろうか？》

被占領について、本多氏は当初「屈辱と自己卑下の外国崇拝時代」と呼んで抵抗の意志を示していた。そこにやって来たのが苛烈な検閲ではなかったのか。江藤が指摘するように、「『無条件降伏』の『思想』が『底流していた』のが、ポツダム宣言にではなくて、むしろ占領政策実施の過程にであった」のでないか。戦争終結時には本多に確かにあった「男らしい」「日本主義者」を否定する加筆を行なって行くのは被占領時であった。事前検閲が事後検閲へ、そして自己検閲へと移行して行ったことは、江藤が指摘したところである。本多の「藝術　歴史　人間」が初めて単行本に収められたのは、先に記したように昭和三十三年であった。被占領は昭和二十七年までであったから、本多は自著にみずから検閲を行なったのである。

十四

本多が引用した江藤の「〝戦後歴史〟の袋小路の打開」を今一度引用すると、

《これは決して私の恣意的な解釈ではない。宣言発出当時、米国務省はすでに「ポツダム宣言は降伏条件を提示した文書であり、受諾されれば国際法の一般規範によって解釈される国際協定をなすものとなる」という見解を下している。換言すれば、それが一種の「国際協定」である以上、ポツダム宣言は日本のみならず連合国をも拘束する性格をそなえているはずであり、また事実そうだったのである。

これこそが、日本の〝戦後〟の出発点でなければならなかった。しかし、なぜかこの出発点は密教化されて今日に及び、顕教として流布されているのは、「日本はポツダム宣言を受諾して無条件降伏した」というような誤謬に充ちた虚説のみである。どうしてこういう奇怪な現象が起ったのか、その根源をつきとめておかなければ、おそらく〝戦後〟の文学が陥っている袋小路を打開することも覚束(おぼつか)ない。》

この文を受けて本多は「音吐朗々の、八艘とび流の論理で、『無条件降伏』の理解仕方と『〝戦後〟の文学が陥っている袋小路』と、一体どんな関係があるのか誰にもわからない」とうそぶいているが、「無条件降伏」の理解仕方と戦後文学の関係について、本多自身の著作に見てきた。本多は身を以て「どんな関係」があるかを承知していたのである。

今一度、「無条件降伏」の理解仕方と戦後文学の関係を江藤が提出した永井荷風において考えたい。

先にも引いた「『氏神と氏子』の原型」において、江藤は永井荷風の「問はずがたり」に言及している。昭和二十五年九月刊六興出版社版の小説集『浮沈』に収集された「問はずがたり」のテクストは占領軍によって削除された初版本（昭和二十一年刊・扶桑書房版）のテクストをそのまま踏襲している、という。しかし、被占領終了後の昭和三十一年十月刊の東都書房版『永井荷風選集第五巻』では、「いくつかのヴァリアントをともないながら削除された部分が復元され」（傍点引用者）、昭和三十九年四月刊の岩波書店版『荷風全集』にも、東都書房版で「復元されたテクスト」が採用されている、という。

江藤は、検閲によって全文が削除された箇所が二箇所あることを指摘して引用しているが、今は最初のものだけを引く。（漢字は新字体に改めた。）

《春山はせめての心やりに、それとなく当てこすりを言ふつもりらしく、丸の内へ通勤する女事務員の中には進駐軍の兵卒と日比谷公園で出会ふものも少くない。銀座に再興したカフヱーの女給やダンサーは日本人の客には見向きもしないやうになつた事を語り、「然し無理もありません。米兵のお相手になつてゐれば、お金ばかりぢやありません。煙草でもチョコレートでも欲しいものに不自由はしませんから……。」》（初版本「問はずがたり」で検閲の結果、削除された箇所・傍点引用者）

これに対し、東都書房版や岩波書店版では以下のようになっている、と江藤は書いている。文中の傍点は初版本とのヴァリアントを示す。

《春山はせめての心やりに、それとなく当てこすりの厭味を言ふつもりらしく、丸の内へ通勤する女事務員の中には彼の人達と日比谷公園で出会ふものも少くない。銀座に再興したカフヱーの女給やダンサアは日本人のお客には見向きもしないやうになつた実例を語り、「然し無理もありません。彼の人達の近付きになれば、お金ばかりぢやありません。煙草でもチョコレートでも欲しいものに不自由はしませんからな。……。」》（傍点引用者）

江藤は「こうして現行版がおおむね初版のテクストに近いかたちに復元・改稿されているのは、東都書房刊の解説（引用者注――『永井荷風選集第五巻』の巻末の「余話」）で相磯凌霜が指摘している通り、荷風の手許に原稿が保存されていた」（傍点引用者）からだ、という。しかし、この「復元」は、江藤が「改稿」という文字を添えているように、純然たる「復元」ではない。他のヴァリアントは今は触れない。なぜ「進駐軍の兵卒」や「米兵」が「彼の人達」に変更されたのか。江藤はこの変更を「改竄」の語をもって論じた。そして江藤はいう、

《ＣＣＤの検閲は、（中略）真のリアリズムをも日本の文学者から奪った。蓋し、「彼の人達」は、いくらそれを暗示しているとしても、絶対に「進駐軍の兵卒」と同一ではあり得ないからである。》（傍点引用者）

荷風であれ――荷風の死は昭和三十四年である――東都書房の出版人であれ、昭和三十一年は被占領終了後四年を経ていたのであり、この「改稿」が何を考慮してなされたのか訝しい。ここには、事後検閲ある

いは自己検閲が、惰性か怠慢か、何らかの形で生き続けていたことを物語っている。あるいは、政治的意図をもつて検閲の継続を望むものの仕事かも知れない。

江藤は、このようになされた「検閲」が「日本の文学者」から「真のリアリズム」を「奪」いつづけた、と考えるのである。そして、江藤は「日本の文学者」が「奪」われつづけた対象の最たるものが、敗戦時の「痛み」と「苦しみ」と、そして日本人としてのアイデンティティだと思惟した。

十五

江藤は著書『忘れたことと忘れさせられたこと』に、昭和二十年八月十六日の朝日新聞の「一記者謹記」とだけ記された二面トップの記事を引用している。「二重橋前に赤子の群／立上る日本民族／苦難突破の民草の声」という見出しがついている記事の後半からの引用である。

《(前略)静かなやうでありながら、そこには嵐があつた。国民の激しい感情の嵐であつた。広場の柵をつかまへ泣き叫んでゐる少女があつた。日本人である。みんな日本人である。この日正午その耳に拝した玉音が深く胸に刻まれてゐるのである。あゝけふこの日、このやうな天皇陛下の御言葉を聴かうとは誰が想像してゐたであらう。戦争は勝てる。国民の一人一人があらん限りの力を出し尽せば、大東亜戦争は必ず勝てる。さう思ひ、さう信じて、この人達はきのふまで空襲も怖れずに戦つて来たのである。それがこんなことになつた。あれだけ長い間苦しみを苦しみとせず耐へ抜いて来た戦ひであつた。

泣けるのは当然である。群衆の中から歌声が流れはじめた。「海ゆかば」の歌である。一人が歌ひはじめると、すべての者が泣きじやくりながら唱和した。「大君の辺にこそ死なめかへりみはせじ」この歌もまた大内山へと流れて行つた。またちがつた歌声が右の方から起つた。「君が代」である。歌はまたみんなに唱和された。あゝ、天皇陛下の御耳に届き参らせたであらうか。

天皇陛下、お許し下さい。

天皇陛下！　悲痛な叫びがあちこちから聞えた。一人の青年が起ち上つて、「天皇陛下万歳」とあらん限りの声をふりしぼつて奉唱した。群衆の後の方でまた「天皇陛下万歳」の声が起つた。将校と学生であつた。

土下座の群衆は立ち去らうともしなかつた。歌つては泣き泣いてはまた歌つた。通勤時間に、この群衆は二重橋前を埋め尽してゐた。けふもあすもこの国民の声は続くであらう。あすもあさつても「海ゆかば……」は歌ひつゞけられるであらう。民草の声である。大御心を奉戴し、苦難の生活に突進せんとする民草の声である。日本民族は敗れはしなかつた。》（傍点引用者）

江藤はいう、

《すべてはここからはじまったのであり、もし昭和二十年八月十五日が〝戦後〟の原点だったとするなら、そこにはこのような光景が隠されていたのである。》（傍点引用者）

「隠され」たとは「忘れさせられた」ことなのである。先に「『氏神と氏子』の原型」に江藤が引いていた占領軍の「検閲指針」に照らせば、この朝日新聞の記事は、「⒄神国日本の宣伝」、「⒅軍国主義の宣伝」、「⒆ナショナリズムの宣伝」、「⒇大東亜共栄圏の宣伝」、「㉑その他の宣伝」に当たるであろう。これは「隠さ」

れなければならなかった。戦後生まれの日本人の何人が、この、昭和二十年八月十五日の「二重橋前」の光景を教えられたであろうか。

「戦争は勝てる。国民の一人一人があらん限りの力を出し尽せば、大東亜戦争は必ず勝てる。さう思ひ、さう信じて」、「戦つ」た戦争が敗れたのである。その失意落胆は未曾有であろう。その未曾有の「悲痛」なる体験を「解放」の体験であると、言葉を置き換えてしまうことは、「進駐軍の兵卒」を「彼の人達」に変更する「改竄」を国民の体験全体に及ぼしてしまうことを意味するであろう。敗戦時の自国民の、抜き差しならぬ体験を知ったこころを、深く掘り下げ、国民の、言葉にならぬ体験と同化して、言葉を与えることが、真の文学者の仕事であるはずである。それを忘れて或いは放棄して、「解放」の体験であるという虚偽を国民に強いることは、民族全体に人体実験を行なう以上の暴挙といっても差し支えないことなのである。民族全体の消滅をも生じかねないものだからだ。この憂えは被占領中より、占領政策で育った戦後生まれが人口の過半を占め始めた平成の今の方が深刻なのである。

日本一国が数年にわたって米英と戦ったことは、江藤の相模湾の「艨艟」を眺めた際の感慨にあった、「これだけの力を相手にして、今まで日本は戦って来たのか」という、実に深い思いにつながることである。日本は「原子爆弾」の投下にもソ連参戦にもかかわらず、敵の「無条件降伏」の要求を撤回せしめ、日本の国体をともかくも護持し得たのである。ここに当時の日本人の深い切実な思いがあることは、昭和二十年八月十六日の朝日新聞の記者が「日本民族は敗れはしなかつた。」と書いた通りなのである。日本は、日本人の「死にもの狂いの戦闘」によって、「条件」を勝ち得て降伏したのであって、「無条件」に降伏したのではない。つまり、日本人は敗戦によっても日本人としてのアイデンティティを保持し得ていたのである。ここに深くこもった日本人の思いこそが「〝戦後〟の原点」なのである。

十六

江藤と本多の論争は、先の江藤の九月の「文芸時評」（『毎日新聞』八月二十八日、二十九日）に対して、本多が九日後に「江藤淳氏に答える」（『同上』九月七日、八日）で反論し、それをさらに江藤が「再び本多秋五氏へ」（『同上』九月十八日）で批判し、翌日本多が「再び江藤淳氏へ」（『同上』九月十九日）を書いて終った。

本多は、「戦争が終わったとき、私はホッとした。自国の敗北に解放を感じなければならぬとは苦々しいことだが、これが事実であった。江藤氏と私とでは、おなじものに対しても見方が食い違い、対立せねばならぬのも道理だろう。」（「江藤淳氏に答える」）と書いている。確かに「対立せねばならぬ」だろうが、江藤の文からは「ポンポンと景気のいい銃砲声らしいものが聞こえるが、有効弾は一つもとんで来ない。」（「再び江藤淳氏へ」）と本多が書くのは、正直な言とは言えまい。本多にしてみれば、江藤の反論は迷惑なものであったろう。先に引いた「『無条件降伏』の意味」のはじめの方に「ただ『異議あり』という声を、どこかの片隅にでも残しておきたいのである。」とあるように、本多の「『無条件降伏』の意味」の文は反論を拒む態のものだったのである。このことは、「江藤淳氏に答える」でも「せめて『異議あり』という声がどこかの一隅にでも記録として残れぱと思った」と冒頭にあることでもわかる。本多は自分と意見を同じくするものに向かってのみ「『無条件降伏』の意味」を書いたのである。「片隅」や「一隅」はそれを意味している。本多は「再び江藤淳氏へ」を次のように終っている。

《正常の耳ある人にはハッキリと聞こえる鈴の音が、江藤氏には聞こえないのである。氏は強いて聞くまいとしているのである。何をかいわんや。》

「強いて聞くまいとしている」のは本多の方である。これは一連のやりとりを読んだ者の素直な感想である。

十七

江藤は友人が提供してくれた運転手つきの車で濃尾平野を走った。車は名古屋市の西郊の「庄内川と木曽川にはさまれた肥沃な」農村地帯に入った。あたりには「伝統的な農村風景」がひろがっていた。江藤は母方の祖父宮治民三郎の生地を訪ねようとしていた。「おそい刈入れ」の頃である。いつのことであったかを江藤は記していないが、「自筆年譜」を見ると、昭和四十四年か四十六年であったと思われる。

その祖父の本家は意外にはやく見つかった。

《それにしても調査の出発点にするはずだった美和町の役場で、宮治の本家の当主とばったり出逢うとは、なんという幸運だったろう。そしてその本家の屋敷が、少くとも百年以上の時に耐えた建物だということを確かめられたのは、どれほどの慰藉(いしゃ)だったろう。武士も商人も軍人も、日本の近代を浸蝕する時間の暴威には勝てなかった。しかしおそらく農民だけはそれに耐え、土地と家とを守って生き続けて来たのだ。

その農民の血が自分のなかにも流れていると思うと、なぜか心がやすらいだ。私はいま祖父が眺めたのと同じ庭をながめ、その石燈籠や、松や、サルスベリや、椿や、わけても黒々とした肥沃な土と交感している。なぜ祖父はここに戻って死ななかったのかと私は思い、そうしなかったところに彼の一生の意味があると思い直しながら、それにしても自分が本家の健在についてはなにも知らぬまま、この蜂須賀村まではるばるたずねて来たのはいったいどういうことだったのだろうと、あらためて考えはじめないわけにはいかなかった。》（『一族再会』「もう一人の祖父」）

『一族再会』の第一部は「もう一人の祖父」を最終章としている。宮治民三郎は明治九年農家の三男に生まれ、海軍に身を投じた。祖父の生まれ育った土地を訪ねた江藤は、そこで自問する、

《いったい私はなにを求めてこんなことをしているのだろう？　自分の言葉の源泉を求めて、と考えたこともあった。そうでないことはない。だがおそらく、もっと単純ないいかたをするなら、私は還りたいのだ。どこへというなら、もっと健全で簡素な場所――そこで生と死の循環が動かしがたいかたちで繰り返されているような場所へ。私は還って触れたい。なににというなら、そういう場所の土に。そしてその土に、自分の不毛さを身を打ちつけて詫びたい。その土が、この屋敷の庭の土だというのだろうか？》（「同上」）

「自分の不毛さ」と、江藤は言った。江藤にして、この言あるか。いや、江藤故に、この言あるか。ともあれ、「不毛さ」とは戦後の日本社会全体に言い得る言葉ではないのか。江藤は『落葉の掃き寄せ』に書いている。

――「私たちは来る日も来る日も、生の過剰に堪えなければならない。」

家族とその死 ― 江藤淳生涯の末二年の文業と永井龍男の文学

一

江藤淳に『妻と私』という作品がある。

冒頭に、

《五月二十二日の、午後六時半頃であった。平成十年のことである。大学から戻って、角の旧里見弴邸の前でタクシーを降りた私は、左の谷戸に通じる径を二、三歩行きかけて、眼の前に現われたわが家のたたずまいに、いつもとは違う異様なものを感じないわけにはいかなかった。》

と、ある。江藤は昭和五十七年四月に鎌倉市の西御門に家を建てた。また、勤務先は慶應義塾大学に勤めた後、平成九年から大正大学に移っていた。

《家にはまず、電燈が一つもついていなかった。車もなかったので、家内が留守であることはすぐわかった。家内がたまたまこの時間に不在であったところで、そのこと自体にはどうということもない。ただその場合には、門燈がついているとか、玄関に明かりがともっているというような、家が活きていることを示す証しがかならず認められるはずだ。だが、この家は何故か死んでいた。》（『妻と私』）

江藤は錠(かぎ)をあけて家に入って、玄関にも居間にも明かりをつけた。

《暗い中から走り出て来たコッカー・スパニエルのメイに、声を掛けてやる気持の余裕はなかった。そうして書斎にはいり、明かりをつけて鞄を置いた瞬間に、机の上の電話が鳴った。》（『同上』）

電話は「聴き覚えのない中年の男の声」であった。慶子夫人が事故を起こしたというのである。江藤は夫人とともに昭和三十七年から二年間アメリカで生活したが、その際、必要に迫られて車の免許を取った。江藤はいう、家内は私とはちがって、車の運転が水際(みずぎわ)立ってうまい。未亡人になったらタクシーの運転手になろうと冗談をいうほどの腕前だから、まさか人身事故を起こすはずがない。だが、ここにそう楽観していられない事情が伏在していた。三日後には、夫人は二回目の入院をすることになっていたのである。

少し時間を遡(さかのぼ)る。夫人が身体の不調を言い出したのは、平成九年十二月二十日のことである。この日は夫人の六十四回目の誕生日であった。夫人が頸元(くびもと)のところを幾重にも巻ける真珠のネックレスがほしいというので、銀座をまわった。夫人は、若いころに購(もと)めた、質素な真珠の首飾りしか持っていなかった。その事実に、江藤は一瞬、胸にうずきのようなものを感じた。夫人は二件目の和光で気に入ったものを見つけた。その晩、日比谷公園の松本楼で食事を摂(と)った。

帰りの電車の中で、夫人は右の頬にしびれを覚えた。それから翌年の二月十六日に横浜の済生会病院に検査に出かけるまで「放置」してしまったのは、産経新聞社の「正論大賞」を受賞したからである。贈呈式とパーティーは二月九日であり、夫人も出席を求められていた。

二月十六日に、夫人は午前中から済生会病院に出かけた。夫人からの連絡は日が暮れたころにあった。江藤は遅いと感じていた。

《「これから帰るところ。CTなんか撮らされたので、思わぬ時間がかかっちゃって。私も脳内出血なんですってよ。軽いのらしいけれど」

「脳内出血？　それは意外だな。詳しい話はあとで聴くけれど」

家内が「私も」といったのは、当時私自身が循環器系の障害に罹(かか)っていたためである。前の年一年間、公正取引委員会の会議に出席して、書籍と雑誌の再販制度維持のために毎回激論していたのが、決定的に身体を損っていた。年の暮には年賀状を書く気力もなくなって、正月早々専門の病院に入院して検査を受けるほどに弱っていたのである。》（『同上』）

午後六時過ぎに帰宅した夫人は、あなたの脳のＭＲＩを済生会の診断部で検討したいから、コピーがほしいといっていた、と言って、まるで病人は江藤であって、夫人ではないような口ぶりであった。江藤は、君の脳内出血のほうは、どうなっているの、と聞いた。院長に直接訊いて、といって院長室に電話した。夫人と院長は、高校生のときからの知り合いであった。Ｙ院長は江藤に向かって、そばにいる夫人に気づかれぬように、実は腫瘍の疑いがある、脳だけでなく肺にも問題がある。詳しくは夫人がいないところで、と言って電話は切れた。

夫人がメイを散歩に連れ出したのを確認して、江藤はY院長に電話をした。Y院長は

《「奥さんの御病気は、転移性の腫瘍です。それもかなり末期(ターミナル)な状態になっています。明後日には、御主人もいらっしゃいますね。そのとき詳しくCTやMRIの画像で御説明いたしますが、御本人にそのことを告知するかどうか、その点をよくお考えになって置いて下さい」

受話器を置いて、魂を抜かれたように茫然と空(くう)を見詰めている私のところへ、散歩から帰って来た犬が元気よく走り込んで来た。

「さあ、メイちゃん、御飯、御飯!」

という家内の明るい声が、台所のほうから聴えた。》(『同上』)

二月十八日から夫人は済生会病院に検査入院した。夫人と江藤が担当の医者から「脳内出血」の説明を受けた。それから二人は病室に向かった。

《若い看護婦がやって来て、型通りの問診をしているうちに、質問が「家族」のところへ来た。

「御家族の構成は?」

「主人と私だけよ。ほかに犬がいるけれども」

「別居しているお子さんはいないんですか?」

「子供はいません」

と、家内が答えた。

「それじゃあ、入院中患者さんの着替を持って来るとか、そういうお世話は誰がなさるんですか？」

「それは私がやります。もちろん手伝ってくれる人たちはいますが、私が只一人だけの家族ですから」

と、私がいった。

「本当ですか？」とはいわなかったけれども、いかにも信じ難いという表情で、看護婦はチラリと私を顧みた。若くもなく、家事や看護の経験があるとも思われないこの男に、病人の世話などできるのだろうか、という顔だった。》（『同上』）

「どうせ今日は検査入院だから、そういうことは心配しなくていいのよ」という夫人の言葉を聴いて、江藤はY院長に挨拶してから帰ると告げて院長室に向かった。

二

鎌倉には、戦前から文士が多く住んでいた。里見弴もそうであり、永井龍男もその一人である。江藤宅と永井の住まいは近く、永井は散歩の途中に江藤の家によく立ち寄った。ある夏の日、江藤一家が軽井沢の、江藤が「山小屋」と呼んでいた別荘に出かけようとしていたところに散歩の永井がぶつかった。

《永井さんは、

「ご家族は、これだけでしたっけ？」

といって、私と家内と犬とを順々にながめ渡された。

「はい、これだけです」
というと、永井さんは一瞬ちょっと厳粛な顔になって沈黙し、すぐまた笑顔になって、
「それじゃあ、どうも」
と、立ち去って行かれた。》(「散歩の途中」)

「御家族の構成は?」と訊ねて、「主人と私だけよ。ほかに犬がいるけれども」という返答を聞いた若い看護婦は「若くもなく、家事や看護の経験があるとも思われないこの男に、病人の世話などできるのだろうか」ということしか思い及ばないだろう。しかし、老いた永井には「はい、これだけです」という江藤の返答は「厳粛」にならざるを得ない。晩年の困難が見えていたからである。

「散歩の途中」という文章は、平成二年十月十二日に死んだ永井を追悼する一文なのだが、江藤は本通夜の夜も葬儀の日も仕事があったので、十四日の日曜日に夫人とともに永井邸にお悔やみに行った。弔問を終えて、永井邸の玄関を出ると、萩の花が目にとまった。

《そのとき、ふと
　　萩すすき主逝くもなお東門居
という一句が浮かんだ。
永井さん、あなたの御家族は、お孫さんもおられてお賑やかですね、その御家族の今日のたたずまいを、幾度となく脳裡に描きながら、随分永いことあなたは死に支度(じたく)をして来られたのですね、と、私は心のなかでつぶやいていた。》(「同上」)

永井龍男の追悼文を書いて八年後に江藤は夫人の重篤の病に一人直面した。

三

院長室には脳神経外科の専門医のＰ博士、慶子夫人の主治医となるＨ副院長（診療部長）とＹ院長が待っていた。ＭＲＩとＣＴの画像に加えてＸ線写真が机の上に置かれていた。腫瘍であることを示す病変は肺に十一箇所、脳に七箇所認められた。

《「まあ、末期（ターミナル）というほかないな……」

Ｙ院長が、呻くようにいった。

「……ここまで来てしまうとね。Ｐ君、今後の見通しについては、どうですか？」

「早くて三ヶ月、遅く見て半年、というところでしょうか」

「三ヶ月、といえば、五月じゃありませんか」

と、私ははじめて言葉を発した。

「……五月十三日は、私どもの結婚記念日なんです。それまで保ちませんか？」

Ｙ院長も、Ｐ医師も押し黙っていた。Ｈ主治医がいった。

「もう少し早く発見していれば、この延髄の上の病変をガンマ・メスを使って取り除くという方法も考えられたのですが、何分（なにぶん）ここまで来てしまうと時期が遅すぎます」

「逆にいえば、部位が呼吸中枢のすぐ上なので、サドン・デスの可能性も考えられます」

と、P医師が口を挟んだ。

突然の死（サドン・デス）……救急車で運ばれて行く道すがら、絶命する家内の姿が脳裡に浮んだ。

「早くて五月、……遅くても八月か……」

私は誰にいうともなく、つぶやいた。

「告知は、どうされますか？」

と、Y院長が質した。

「告知は、いたしません」

私は言下に答えた。その瞬間に、重苦しい沈黙が医師たちのあいだに流れた。

「……私には到底できませんので、告知はしないことにいたします。一万分の一でも治癒の可能性があれば、告知する意味もあるでしょうが、ガンマ・メスも使えない、すべて手遅れということになると、告知はそのまま死の宣告になります。それは家族として、……夫として、私にはできません」

Y院長が、かすかに肯いた。》（『妻と私』）

この二月の検査入院は十八日から二十三日までであった。それから五月中旬までは頬のしびれ以外にとくに自覚症状は出なかった。そこに起こったのが、この小文の冒頭に記した、車の衝突事故であった。

五月二十日前後になると、呼吸の変調があらわれた。これについてはH主治医が処方したステロイド剤が卓効を示して呼吸困難は収まり五月二十五日からの検査入院は六月中旬に終わった。退院に際して、夫人は車の運転はしないように言われ、犬の散歩も控えるように申し渡された。

江藤はこのころの日常を『妻と私』のなかで次のように振り返っている。

《大学で授業に没頭しているときや、研究室で調べものをしているときはよい。他の大学や研究機関の人々と、学外で研究会を開いているときもよかった。時間の経過を意識せずに済むからである。だが、乗り物に乗って移動をはじめるたびに、時間はにわかにその露わな姿を現わす。そして、その時間と自分が競争していることが、意識にのぼりはじめる。

一刻も早く、この時間から逃れたい。そして、日常的な時間のなかに戻りたい。その後一度も、旧里見弴邸の前でタクシーを降り、わが家の方に向っても、家の燈がついていないということはなかった。家内の寝息が急に乱れて、突然の死（サドン・デス）の兆候が現われ、救急車を呼ばなければならないという事態も起らずに済んでいた。

時間の露わな姿に自分を直面させているのは家内の病気なのに、その家内が保証しているものこそが日常的な時間そのものなのである。だからこそ、玄関のチャイムを鳴らして扉が開き、家内と犬が出て来るのを見ると、その瞬間に安堵（あんど）が胸にひろがり、私はたちまち日常的な時間に身を託すことができる。それがいかに一時の錯覚で、数ヶ月後には自分から奪われてしまうものだと自覚していても。》（『同上』）

しかし、この「身を託す」べき「日常的な時間」が「単なる錯覚」にすぎないという事実が「あり来たりの会話にも顔を覗かせる」ことがあった。退院五日後（六月十五日）のことである。

《夜分に研究会があって、午後十時過ぎに帰宅した私が、居間で寝酒のコニャックを飲んでいると、

「今日プールでね」

と、家内がいい出した。彼女は鎌倉のスウィミング・クラブの会員で、毎月曜日クラブのプールに通っていたのである。

「……クロールで五十メートルのダッシュをしたら、唇が紫色になってるってみんなにいわれちゃった。顔にも血の気がなくなっているって」

「そりゃあ無茶だよ」

と、私はいった。ほとんど心臓が停りかねないほど、私はショックを受けていた。

「……つい先週まで入院して、ステロイドの治療を受けていたばかりじゃないか。Sちゃん（Y院長のこと）もH先生も、プールに行くならポチャポチャやるだけって、あれほど何度も念を押していたのに」

「だってそれじゃ下手な人みたいで、つまらないんですもの」

「ここはとにかく慎重にやってもらいたいね。君の泳ぎが上手なことは、プールに来る人なら誰でも知っているんだから」

私は家内の病状について、彼女と議論しないことにしていた。議論しているうちに、感情に溺れてつい本当のことをいってしまうのを恐れていたためでもあるが、ここへ来ていさかいめいたことをしたくなかったからでもあった。私は、いつもできるだけ優しくしていたかった。》（『同上』）

夫人の異状はいろいろと出はじめた。夫人は油絵や水彩を描いていたが、線がまっすぐに引けなくなって来ていた。また、食器をしばしば壊すようになった。手がすべるというより、摑（つか）んだつもりの食器が、ちゃんと摑めていない、というのが江藤の観察である。

大学が夏休みに入ったので、江藤は夫人を病院につれて行った。右手に機能まひがあることが確認された。翌日から三度目の入院をすることになっている。予定の入院期間は二週間であった。

その日の夕方のことである。台所で食事の支度をしていた夫人が小さな叫び声をあげた。江藤がドアを開けてみると、ガスレンジの上に火の手が上がりかけていた。

《「どうした？」

「手許（てもと）が狂って油をこぼしたら、それが燃えただけ。もう大丈夫」

といいはしたけれども、家内は明らかに動揺していた。

「油を使う料理は、しばらく止めにしたほうがいいんじゃないかな」

とつぶやくと、家内が苛立（いらだ）った声で突然叫び出した。

「どうしてそんなに心配するの。少し異常じゃない？　そんなふうに心配するなら、もう入院なんか絶対しないから」

その声の激しい調子につられて、私は一瞬ほとんど真実を告げそうになり、辛くも思い止まって懇願した。

「そんなことをいわないで、ぼくを安心させるためだと思って入院してほしい。現に右手がしびれて、障害が起っているのは事実じゃないか。ぼくは君と違って、医学知識にも乏しいし、勉強する時間的余裕もない。愚かなことばかりいって、苛々するかも知れないけれど、それは許してくれないか」

家内の表情がふと緩んで、笑顔が浮んだ。そこへ姿を現わして身体をすりつけて来た犬のメイに、私はいった。

「お父さまがバカなんだ。そうだよね、メイ」

メイはその言葉を肯定するように、しきりに尻尾を振った。》(『同上』)

翌日の七月二十三日の早朝に、江藤は「ただならぬ物音に驚いて眼を覚した。」夫人が手洗いに立とうとして「身体の平衡」を失い、家具に頭を打ったのである。夫人は脳震盪を起こした。午前六時半ころである。「大丈夫か」との江藤の声かけに「大丈夫」としっかりした声で答えて、用を足して自分の寝床に戻った夫人は、横になって眼を閉じたまま、「寝呆けたのかしらね、急に方向感覚がおかしくなって」とつぶやいた。

江藤は思った。

《この日がひょっとすると、家内がこの家との別れになるのかも知れなかった。十六年前に建てて、東京の市ヶ谷から移って来た家。三年前の阪神大震災のあとで大改築して、やっと住み易くなったと喜んでいた家。その大改築の設計は、すべて家内自身が手掛けたのだった。》(『同上』)

慶子夫人の遺品の中に、宛名が書かれていない葉書サイズのスケッチブックがあった。病室から見える風景をパステルで描いてあった。そこに「きっと元気になります」と書かれていた。「七月末と覚しい」と江藤は書いているから、三回目の入院から一週間たってのものとなる。

「早くて三ヶ月、遅く見て半年」という医師の診断をうけてから満六ヶ月になろうとしている八月に、夫人の生命はまだ尽きていなかった。

八月四日と十日の二回、外出の許可をもらって夕食を外で摂った。それも編集者たちが見舞いに来て「介助する人手と車」があったからである。しかし、十日以後外出したいとは決していわなくなった。江藤は思った。――「当人にしかわからない何事かが、ひそかに起っていたのかも知れない」

盆明けのころになると、歩行器の助けを借りないと手洗いにも行けなくなった。その歩行器もまっすぐに進まない。

《うしろから腰を支えてやり、病室内の洗面所にたどり着いて、病人を便座に坐らせてやる。用を足しているあいだに、歩行器の向きを百八十度回転させ、病人に声を掛けてドアを開けると、身体をかかえて歩行器をつかまらせ、また腰を支えて、お茶を飲む場所かベッドかへ誘導する。

「あなたにこんなことをさせるなんて、夢にも思わなかったわ」

と、家内はいった。夫をドアの外に立たせて置いて用を足すなどということは、これまで四十一年間の結婚生活のうちに絶えてなかったからである。》（『同上』）

九月十七日にH主治医から折入って話があるという連絡があった。約束の時間に副院長室に行くと、近親者には本当の病状を知らせる時期が来たことを告げられた。

九月になると、江藤の病院通いは毎日になっていた。

四

夫人の入院以来、江藤は毎朝九時に定時の電話を夫人にかけていた。

十月二日のことである。江藤はいつものように電話をかけた。直通ではないので、まず交換手が出て、夫人につながる。ところが、この日は夫人が電話に出ない。異常を感じた江藤は電話を切ってナースステーションに電話をかけ直した。電話に出た婦長に、家内がどうなっているか見てくれるように頼んだ。頃合いを見て、夫人の病室につないでくれるように、もう一度、交換手に依頼した。

婦長が出て、

《「ちょっとお待ち下さい」

と受話器を家内に手渡す気配がした。

「どうした？　大丈夫か」

「大丈夫」

と、辛うじて発語した家内の声は、少しも大丈夫どころではなかった。

そこへ、婦長の声で、

「これからすぐ、病院にお出でいただくわけにはいきませんでしょうか？　今朝は奥様の御容態に、急変があったと思われますので……。はい、先生にはすぐ連絡して、必要な処置を取ります」

と、畳み掛けるようにいわれた。

「それでは大学に出る予定を変更して、できるだけ早く病院に向います。家内には、私が行くから安心しろとお伝え下さい」》（『同上』）

病院に到着し、夫人を見舞った江藤は次のように述べている。

《家内の意識は混濁しているというのではなかった。言葉が発語できないというのでもなかった。ただ、今まで彼女を支えて来た生命の柱が俄(にわか)に崩折(くずお)れたとでもいうように、全身が弱り、声に目立って力がなくなっていた。

「大学に、行かなくていいの?」

と、その声の下から家内がいった。

「さっき連絡して、断ったからいいんだ。このあいだも、うちの事情はよく説明して置いたから」》(『同上』)

江藤はこの日から、近くのホテルに泊まり込み、少しでも長く夫人のそばにいようと心に決めた。一度家に戻った江藤は、犬のメイを犬猫病院に預ける手配をした。

この日の晩、江藤以外に、夫人の真の病名を知っている、夫人の高校以来の親友のM夫人に、江藤は告知の問題で悩み続けていることを告白した。M夫人は言下に答えた。

《「告知しないのが正解でしたよ。七、八年前、あなたが腰を痛めて、腫瘍の疑いがあるっていわれたことがあったでしょ。御存知なかったでしょうけれど、あのとき彼女、ほとんどパニック状態になったんだもの。表面は冷静で強そうに見えても、すぐ壊れてしまいそうな繊細なものを彼女はかかえているの。あなたが一番よく知っていらっしゃるようにね」》(『同上』)

夫人の長兄もM夫人と同様のことを、これより先江藤に告げていた。

《「いや、それでよかったんだ。慶子は気丈なように見えるけれど、あれで案外脆(もろ)いところがある。告知にはとても堪えられなかったろう。いずれにせよ、あなた一人が頼りなんだからね、よろしくたのみますよ」》(『同上』)

十月二日にもどる。この夜、近くのホテルに泊まった江藤はM夫人の言葉に力を得て深夜十二時前に眠った。ところが熟睡して間もなく、電話が鳴った。病院からであった。「奥様の血圧が下がって、著しい徐脈になっていらっしゃいます。こちらにお出でいただけますか」という連絡であった。午前二時を過ぎていた。小雨の中を江藤は病院に向かった。

病院の手当のおかげで夫人の徐脈は正常に復しはじめていた。

それから数日の間は見舞客がおちこちからあって、「病室に多少の動きが生じ」ていた。

《私はといえば、最初の晩の深夜の電話のせいか、ホテルでベッドにはいっても、二時間置きに眼が覚めるようになっていた。それが病室のアーム・チェアに腰を下ろすと、二十分でも三十分でも昏々と深く眠ることができる。

「この人は病院に眠りに来ているのよ」

と、気分のよいとき家内は姪たちにいっていた。》(『同上』)

しかし、十月七日、九日と夫人の容態は好くなかった。九日には江藤はついに泊り込みを決意した。

《支度をして病院に行き、簡易ベッドをひろげて、私は家内にいった。

「今夜は久しぶりで一緒に休もうね」

その言葉を聴いた家内は、一瞬両の眼を輝かせ、こぼれるような笑みを浮べた。あの歓喜の表情を、私は決して忘れることができない。》（『同上』）

十月十三日の午後三時を過ぎたころである。前日から小康を得ていた夫人が、突然、「息が止りそう。もう駄目……」と力無い声で訴えた。


《「駄目ということはないだろう」

と、私は声を励まして耳許（みみもと）で呼び掛けた。

「……今までに辛いことは何度もあったけれども、二人で一緒に力を合わせて乗り切って来たじゃないか。駄目なんていわないで、今度も二人で乗り切ろう、ぼくがチャンと附いているんだから」

家内が微かに肯いたように見えたので、私は看護婦に連絡して主治医の診察を求めた。》（『同上』）

モルヒネの投与がはじまったのは、その日の夕刻からである。翌十四日未明の午前二時過ぎに病院から緊急の連絡があり、また顕著な徐脈が起こったという。

十月十五日の午後のことである。

《誰にいうともなく、家内は、

「もうなにもかも、みんな終ってしまった」
と、呟（つぶや）いた。
その寂寥に充ちた深い響きに対して、私は返す言葉がなかった。実は私もまた、どうすることもできぬまま「みんな終ってしまった」ことを、そのとき心の底から思い知らされていたからである。私は、しびれている右手を含めて、彼女の両手をじっと握りしめているだけだった。》（『同上』・傍点引用者）

この箇所をよむたびに、慶子夫人は本当に「もうなにもかも、みんな終ってしまった」と言ったのだろうかと考えてしまう。見事な言葉である。事敗れた戦士の最期の言葉の感がある。江藤の創作ではないのかと考えたこともある。

五

平成二年十月に死んだ永井龍男の追悼文を江藤は三つ書いた。一つは先にも引いた「散歩の途中」（「新潮」）であるが、他に「サラリーマンの時計」（「群像」）と「編集者魂」（「すばる」）がある。その「サラリーマンの時計」で江藤が取り上げた永井の作品は「一個」（昭和三十四年八月）と「青梅雨」（昭和四十年九月）である。

江藤は昭和三十三年から新聞の「文芸時評」を担当して来た。世評の高かった「一個」も「青梅雨」も江藤は「文芸時評」で取り上げている。

「一個」は、二ヶ月後の五十五回目の誕生日に「停年」を迎える佐伯という男が自死する話である。

佐伯はこの春から停年後の再就職先を求めて十数通の紹介状を空費した。断られ続けたのである。佐伯は妻の声から追いかけられている。「そうです、たった、二ヵ月。あとは、二ヵ月。どうします、たった、二ヵ月。たった……」――その妻は東京から二時間ほど離れている娘の嫁ぎ先に呼び寄せられているから家にはいない。娘は病気なのである。

その日も再就職の紹介状をもって出かけた先の夫人の対応に心を痛めた。「一個」には次のようにある。佐伯は帰りの電車の幻視幻聴の中にあった。

《「お目にかかって、ちょっとお願いしたいことがあって伺いましたが、また出直して参りましょう。夜分失礼いたしました。もうすぐ、私の乗り換えなければならない駅に着きます。お淋しそうですな。ひょっとすると、駅の人混みで御主人にお目にかかるかも知れません。そうしたら、早く帰られるようにお伝えします。失礼しました」》

佐伯が最寄りの駅に降りたのは、ずい分晩（おそ）かった。駅から十四、五分歩いて自宅に帰るのだが、「葬儀屋の前だけ、いつものように呼吸を止めて通り越」した。

外灯はついていたが、「佐伯の家は闇の中にあった。」（「一個」・傍点引用者）

《「……おい」

と、隣室の妻を呼んでいた。

いくらか、ウトウトしたのかも知れない。

枕もとのスタンドはついたままだった。

静か過ぎた。

闇が上から、この家を圧え続けている静けさだった。

妻の下駄の音が、近づいてくるように思われる。

「ゆうべは……」

と、睡眠不足に触れるとたんに、柱時計の振り子が冴えてきた。

「この家は、つぶされる、かも、知れません。しかし、つぶれる、までは、私が、こうして、支えて、います、この家は」

柱時計は、正確な調子でそういっていた。

呼吸にも、動悸にもぴったりテンポを合わせて、もう佐伯から離れはしなかった。》（「同上」）

柱時計は次の間の茶の間にかかっていたが、佐伯はすっかり忘れかけていた。が、昨夜から急に佐伯はその存在が気になり出した。

佐伯は帰って来る妻の下駄の音を聞こうとしたが、聞こえない。代りに、「たった、二ヵ月。たった、二ヶ月」という妻の声が追って来た。

そこに、「佐伯さん！　電報。佐伯さん、電報です」と戸をたたく声がした。

佐伯は、はね起きた。

電報には「サダコキトクスグコイ」とあった。佐伯は帰り道にある葬儀屋の親父が、バケツで水を撒いている音がきこえた。「彼奴に覚られてはならないと思った」

《今夜は妙に白い文字盤が、柱の上から佐伯を見下ろしていた。

「そうだ。あの振り子を止めればいいのだ」

と、思った。

しかし、それは恐ろしいことだった。自分の命を絶つのと同様な恐ろしさだった。佐伯は、振り子の蓋（ふた）を明けると、ゼンマイを巻く鍵と一しょに、そこに入っている物を知っていた。それは彼が、そこへ隠した物だからなのだ。

だが、柱時計は命じた。

「明けなさい、止めなさい、明けなさい、止めなさい」

人間の頭の中で、一番もろい処を、絶え間なく小突いてくる音であった。

彼は一度、具体的に停年の日を想像してみたことがあった。朝起きても、靴の置いてない玄関。彼の歩くことのない駅までの道。彼の加わることのない駅の雑沓（ざっとう）。彼のデスク、彼の椅子……。

その時に感じた恐怖が、いま佐伯を襲っていた。》（「同上」・傍点引用者）

佐伯は柱の下まで、食卓を押して、震える手で振り子を止めた。


《時鈴（じれい）用の針金の輪が、柱時計の腹の中で微かに震動して揺れた。

その余韻とともに、柱時計は死んでしまった。》（「同上」）

振り子を止めた佐伯の手には「催眠剤の紙箱が二つか三つ握られていた」。「ゼンマイを巻く鍵と一しょに、そこに入っている物」とは、「催眠剤」であった。

六

江藤の自筆年譜によれば、昭和二十三年、江藤が十六歳になる年に、義母が高熱を発し、肋膜炎と診断されたが、その後脊髄(せきずい)カリエスであることが判明し、病床を離れられなくなった。江藤は親にかわって弟妹の父兄会に出席したりした。

昭和二十六年、新学期の健康診断で肺浸潤が発見され、江藤は休学を余儀なくされた。

昭和二十八年、東京大学を受験するも不合格となり、慶応義塾大学文学部に進学する。高額の授業料のため、家庭教師を掛け持ちする。

昭和二十九年六月、江藤は喀血する。家に義母と二人が病床にいることになる。九月、父が高熱を発し病臥する。病臥するもの三人となる。後年、江藤はまだ往時の痛みをともなっていたであろう、次のように述懐した。

《病気というかたちで、肉親がお互いに相喰(あいは)んでいる、という想いが、隣室から聞えて来る父の呻吟(しんぎん)を嚙みしめている胸中を去来しつづけた。父を喰い荒しているのは、疑いもなく私の病気であった。義母の病気に耐えて来た父の心の糸が、その上に私の病気を背負い込んで震えながら切れかけていた。》(『なつかしい本の話』昭和五十三年刊)

当時は結核に罹患したものは就職が困難であった。江藤はいう、

《病者は社会に出ることすらできない。一年後には、就職に備えて学内の身体検査がおこなわれることになっているが、私がその段階で拒否されることはあまりにも明らかであった。》（『同上』・傍点江藤）

江藤は年譜にいう。「ひそかに父亡き後のことを考える。しかし安静度三度にて起つ能わず、切歯扼腕す」。翌年はサラリーマンの父が銀行を停年退職することになっていた。

「一個」の佐伯の妻の、「たった、二ヵ月」という声はまた、「たった一年」と置き換えれば、柱時計の「この家は、つぶされる、かも、知れません」という声とともに、昭和二十九年の江頭（えがしら）（江藤）家全員の悲痛な呪文のごときものであったろう。

七

佐伯が停年後の職をもとめて運動した最後の夜の十時近くに、帰宅の電車の中で不思議なものを見た。それは失意による錯乱が見せたものであった。

佐伯は車両の連結部近くの座席に坐っていたから隣の車両が見えた。そこには生後四、五ヵ月と覚しい嬰児（えいじ）が背広を着た若い男に抱かれていた。

《よく太った愛らしい顔立ちに、大黒さまのような白い帽子をのせ、両袖だけついた、後は足まですっぽり包んでしまうおくるみにくるまれて、父親の頭よりもやや高い位に抱かれていた。

だから、車内灯に照らされているのは嬰児の方だった。

十時近いというのに、パッチリあいた眼で、どこかを仰いでいる。それも、ただ上部の明るさに見とれているのではなく、一所懸命さを籠めた眼ざしである。

その一所懸命さが、佐伯を惹きつけた。》（「一個」）


嬰児を見つづけていると、佐伯は嬰児が静かに抱かれているのではないことに気づいた。


《おくるみの両袖が上を向き、くびれた手首がそこから宙に伸びた。

何かの花が、日光を求めて茎を伸ばしたように見えたのは、両手だけでなく、柔らかな全身ごと力を籠めて伸び上がったからに相違なかった。

その指先きは、ついそこにある乗客用の白い吊り手の一つを、つかもうとしているのだった。

発育がよく、相当な重さらしい。

その証拠には、嬰児の努力で、吊り手に手が届いたかと思う瞬間、父親の腕が嬰児を抱き直してしまう。

父親は、嬰児の欲望に気付いてはいないのだ。

しかし、嬰児の眼は白い吊り手から離れることはなかった。父親の腕の中で、自分の体が落着くと、それを求めてふたたびふくよかな手を伸ばす。

佐伯は飽かず眺めた。

嬰児が吊り手を取ることに、賭けているような気持だった。》（「同上」）

佐伯にある想念が湧きあがる瞬間がくる。

《何度目かに、大きく抱き直される瞬間だった。
両手を挙げたまま、嬰児が宙に浮かぶように見えた。
大きな瞳が、何等の不安なく、大胆に白い吊り手を見詰めていた。
「ああ、天使のようだ」
と、その時佐伯は連想した。
電車は駅に入って停った。》（「同上」）

昭和四十三年刊行の『日本文学全集68』「永井龍男・田宮虎彦集」の解説の中で、江藤は、この「嬰児のモチーフ」は、「追いすがり、つかもうとする、という動作が、作者にとって根源的ななにものかであることは疑う余地がない」と批評している。

佐伯は天使が白い吊り手をつかめなかったから死ぬ決心をしたわけではなかった。天使である嬰児が幾度も白い吊り手をつかめそうになりながら父親が態勢をかえるためにつかめそこなうが、「嬰児の眼が吊り手から離れることはなかった」からである。

暗い、一人きりの家の中で風呂にも入らず敷きっ放しのふとんのある部屋で寝巻きに着替えて、佐伯は妻を待った。妻が帰ってくることは娘が少なくとも小康を得たことになる。いないとわかっていても佐伯は隣室の妻に声をかける。「……おい」。返事があるはずもない。時計の音をききながら、妻の下駄の音を聞こうとする。そこに届いたのが娘「サダコ」の危篤の電報であった。佐伯は自宅に一人という「一個」の存在に耐えられなかったのだ。

江藤は「私が只一人だけの家族ですから」と若い看護婦に言ったように、夫人を失えば、「一個」の存在となるのである。「一個」の存在になるとは、「追いすがり、つかもうとする」対象を失う、ということである。

昭和五十六年から刊行された『永井龍男全集』の「あとがき」をまとめた『雑文集　縁さきの風』に、「一個という題名は、無数にあるものの中の一つ、名もない一つ、というような意味でつけた」とある。誰であれ、人は所詮「一個」の存在である。「名もない一つ」なのである。〝死〟はそのことをはっきりと告げ知らせる。

永井は、「新聞記事」という文章に、「前々から私は、新聞記事に取材することが多い」と述べて、「記事も、正面切った社会面のものより、地方版だけにのるような、それきり消え失せてしまう片々たる記事に面白さがある。私の毎日読むのは神奈川県版だが、旅先などでも、その土地の地方版に眼を通す」とあり、「一個」もその類であったと述べている。

八

「サラリーマンの時計」という永井龍男追悼文の中で、江藤は、「一個」と「青梅雨」の二つの短篇の感想をのべながら永井を追悼した。「一個」は永井が五十五歳のときの、「青梅雨」は六十一歳のときの、作だからである、と断って、次のように述べている。永井は一般に「定年」と表記されるところを、「停年」と書く。

江藤も永井に準じている。

《最近はいわゆる高齢化社会で、企業の停年も延長されているが、ついこの間までは五十五歳停年というのが普通の姿だった。六十一歳が還暦の次の年であることは、言うまでもない。『一個』と『青梅雨』という、永井文学の頂点を劃す二つの名短篇が、五十五歳と六十一歳のときに書かれているのは、永井さんがサラリーマンの人生に区切りをつけるこの年齢に、よほど敏感だったからにちがいない。つまり永井さんは、筆一本の作家になってからも、いわばサラリーマンの時計で生きつづけていたのである。》

永井は現在の千代田区神田猿楽町に、明治三十七年（一九〇四）に生まれた。この年に日露戦争が起こった。永井は四男一女の末っ子である。父親は印刷所に校正係として勤めていた。父親は健康体ではなかった。だから、長兄は十一、二歳の頃に小学校を中退して印刷工場に勤め、次兄は小学校卒業後に通信社に住み込み社員として働きだした。三男は早くに死んだ。

永井は日露戦争後の世相を、永井家を通して語っている。次の文は、日本経済新聞の「私の履歴書」欄に昭和五十九年に掲載されたものに加筆された原稿が永井歿後に見つかり、『東京の横丁』と題して出版されたものである。

《父の病中よく訪ねてきた年寄りの客に、「吉田の伯父さん」と、「根岸の宗さん」という二人があった。吉田の伯父は、いかにも貧乏御家人の成れの果てと云った、横柄な口の利きようをする老人で、別に案内も待たずづかづかと父の病間へ通り、働き盛りが臥ていてどうする、起きておれと一杯やれば癒ると、酒の相手をさせた。酒は父も好きで、病中気分のよい時は一合位はちびちびたのしむ方だったので、嫌やとは云えなかった。根岸の宗さんは、さらに年寄り染みた格好で、どこそこの帰りだと、夕暮れ時必ず孫を連れてやって来て永居をした。

この二人が訪ねてきた折りは、母は仏頂面を隠さなかった。「吉田の伯父さんは仕方がないとしても、根岸の宗さんは必ず孫連れで来て、御飯を食べないうちは帰らない、ああいうのを食い稼ぎと云うんだよ」と私を相手によく愚痴をこぼした。母にとっては、大きな失費であった。貧乏人の家に貧乏人が「食い稼ぎ」にくる末端の世相は、二年間の日露戦役で国費を使い果した国の現実を、如実に物語るものだと思う。私と云う少年は、否応なくそのような世情に流されつつ成長して行き、世智辛さを身に着けていった。》（傍点引用者）

永井の年譜をみると、父親を失った大正七年（一九一八）に、「この頃から文芸書に親しむようになり、『樋口一葉全集』を読んだ」とある。

二年後、ある文芸雑誌の懸賞小説に応募し、当選した。その短篇は「活版屋の話」という。原稿用紙六枚ほどのものである。永井は十六歳であった。選者は当時三十二歳の新進作家菊池寛で、その選評に「この題材なら、選者も一寸短篇に書いてみたいと思う位である。芥川（龍之介）久米（正雄）宇野（浩二）等に、この小説の内容を話すと彼等は、みな会心の微笑を洩らした」。

菊池が「この題材なら、選者も一寸短篇に書いてみたいと思」ったのも当然で、永井はその年の、ある新年号の文芸誌に発表された菊池の「勝負事」という十枚ほどの短篇小説を読み、感動し、その感動を伝えたくて「活版屋の話」を書いた。菊池も自作が真似られたことは解ったであろう。

「活版屋の話」の冒頭は、「ある場所で寄席の話が出た時に、煙草屋の主人のＴさんがこんな話をした」であるが、「勝負事」の書き出しは、「勝負事と云ふことが、話題になつた時に、私の友達の一人が、次のやうな話をしました」である。

「勝負事」は賭博に魅入られた男の物語である。――長く庄屋を務めた家に養子に入った祖父――この男の孫である「私の友達の一人」が「勝負事」の語り手である――は、三十前後に賭博の味を知って何もかもうっちゃって身も心も賭博に打ち込み、千石に近い田地も祖母の櫛も笄も、住んでいる祖先伝来の家屋敷まで売り払ってしまった。

夫のせいで水飲み百姓になってしまった祖母が死ぬ間際に、息子や嫁や孫のため、どうか賭博はやめてくれと、繰り返し繰り返し懇願した。

祖父の蕩尽のせいで小学生の孫は修学旅行に行けなかった。その旅費は一家の一ヶ月の生活費の半分に相当したからである。

六十歳を越して、祖父は昔の自分の土地で小作人として百姓仕事を始めたが、わずか二年で風邪がもとで死んだ。その死の三ヶ月くらい前の小春日和の午後に、嫁が田で働いている祖父にお茶を持って行った。稲刈りのすんだ田を鋤きなおしているはずの祖父の姿が見えない。藁を積んだところで日向ぼっこでもしているのだろうと思って嫁が足を向けると、「今度は、俺の勝だ」という祖父の声が高く聞こえた。嫁はハッと胸を打たれた。古い賭博打の仲間が祖父をそそのかして賭け事をしているにちがいない。ようやく落ち着いた生活をしている祖父をそそのかしたのは誰かと、嫁はそっと足をしのばせて近づいた。

《見ると、ぽかぽかと日の当つて居る藁積の蔭で、祖父とその五つになる孫とが、相対して蹲つて居たさうです。何をして居るのかと思つて、ぢつと見てゐると、祖父が積み重つて居る藁の中から、一本の藁を抜いたさうです。すると、孫が同じやうに、一本の藁を抜き出したさうです。二人はその長さを比べました。祖父が抜いた方が一寸（いっすん）ばかりも長かつたさうです。

「今度も、わしが勝ちやぞ。ハ、、、、。」と、祖父は前よりも、高々と笑ったさうです。

それを見て居た母は、祖父の道楽の為に受けた、いろいろの苦痛に対する恨みを忘れて、心から此時の祖父をいとしく思つたとの事です。》

永井が「活版屋の話」で得た賞金は「勝負事」に出て来る修学旅行の旅費の二倍であった。

九

永井の「活版屋の話」である。

印刷所に勤める若い男が五年間、一日も休まなかったことから、会社から、今でいうボーナスのようなものをもらった。一日も休まなかったのは、そうしないと食えなかったからである。妻も内職をやって家計を助けていた。何を楽しみに生きているのかわからないようなものであった。そこに予期せぬ多額の金が入ったから、幼い息子と三人で寄席に行った。高座に上がった何人目かの噺家（はなしか）が芝居の話を始めた。役者のまねがあって、次いで客になったつもりで、「音羽屋！、成駒屋！」と言った。すると、活版屋の息子が「活版屋！」と大きな声を発した。観客はどっと笑った。と、その場に居たたまれなくなった夫婦は急ぎ寄席を出た、という筋である。

永井は「勝負事」を読んで感動し、その感動を伝えたくて「活版屋の話」を書いた、と先に記した。確かに、人から聞いた話としてその形をまね、その日暮らしのため、活版屋は寄席に行けなかったし、「勝負事」の小学生は修学旅行にも行けなかった。二篇とも何を楽しみに生きているのか判らない生活をしている家族が描かれている。だが、「活版屋の話」には、「勝負事」の最後にある、天にも届かんばかりの哄笑がない。先祖伝来の財産を蕩尽した男は「勝つても、負けても、ニコニコ笑ひながら、勝負を争つて居た」と菊池は書いているが、生涯にわたって轟いた「わしが勝ちやぞ。ハヽヽヽ」という哄笑が、永井の作品にはない。十六歳には、この哄笑は解りがたいであろう。

永井の小学校六年の担任だった教師が記した「考査簿」を永井はのぞいたことがあった。そこに、「この児童は、人の幸せをうらやんだり、人の不幸を嘲けったりする性癖がある。作文などを好むので、長所を啓発することに努める」と書かれていた。永井は胸をつかれた。「自転車のハンドルのように、扱いようによってはどこへ曲るか分らない性癖だということを、子供ながら自ら知っていた」と『東京の横丁』にある。永井小学六年生の担任は中学生になった永井に新刊書を貸しあたえ、時に会って食事をおごり永井の「長所を啓発」しようとした。

「活版屋の話」を書いて三年後（大正十二年五月）に、永井は「黒い御飯」という「七、八枚の短篇」を書いて菊池寛を訪ねた。この短篇は創刊まもない「文藝春秋」に載った。『東京の横丁』の中で永井は「この作品は、私にとってはまことに不思議で、終戦後から今日に至る数十年来、中学の国語読本に毎年掲載されて」いる、という。

「黒い御飯」も「活版屋の話」と同様に貧しい家庭の話である。印刷所の校正係をつとめる父親の「吝嗇（りんしょく）」が子供にはたまらなく辛い。「明日の保証がちっとも」感じられない。小学校入学を明日にひかえた夜、食事が終わる頃、母親が子供が学校に着て行く普段着が、あまりに汚れていることを思い出した。次兄の古いかすりがあるが、それはあまりにひどいので、母親が縫い直そうと言い出した。

《父はその紺がすりを見た。それは大分色が落ちていた。父はそれを染めてやるという。母は危ぶんだ。紺がすりを丸染めにしては、変なものになってしまうからだ。しかし父は受け合った。

「子供の着るものなんか、さっぱりしていさいすればなんでも好いんだ。あした少し早く帰ってきて俺が釜で染めてやる」

父には、自分のやけた外套を染め直した経験があった。

狭い台所は、釜から登る湯気で白かった。たすきをかけた父が、湯気の中で動いている。引窓を見上げると星がもう光っている。

釜の下では薪がぼうぼう燃えている。釜の中には黒い布と黒い湯とがにえたぎっている。父の手首も黒い。そうして、髭が、湯気であろうか水鼻汁であろうか、ぬれて光っている。》（「黒い御飯」）

ここにもやはり哄笑はない。「黒い御飯」の先を読む前に、「黒い御飯」を発表早々に読んだ小林秀雄の話を聞こう。

昭和五十六年から『永井龍男全集』が刊行されるに際し、もとめられて小林が全集推薦の文を書いた。題して「永井龍男全集」という。

《永井君との付合ひは、関東大震災直後に始まつた。彼がその処女作「黒い御飯」を、十九歳で書いた頃である。今度読み返してみた。何しろ五十幾年振りで読み返すのだから、どんな印象を改めて受けるであらうかと思ひつゝ読んだのだが、驚いた事には、印象は少しも変らなかつた。昔読んだ時の感動がそのまゝ蘇つて来る思ひであつた。断つて置きたいが、表現は幼いが永井龍男といふ作家の姿は既に見られたなどと評家の月並を言ふのではない。作品は完成してゐた。》

関東大震災で焼け出された永井は中野にある義兄の家に間借りしていた。近くの荻窪に、やはり焼け出された小学校の同級生の、後に心理学者となる波多野完治がいると聞いて訪ねた。そこに、波多野家にある洋楽のレコードを聴きに小林が訪ねて来た。小林は永井より二歳年長である。大正十三年（一九二四）二月十七日のことだと、永井は自らの日記に確認した。数日後に、高円寺に住む小林を永井は、「黒い御飯」の切り抜きを持って訪ねた。それからさらに数日後に永井は小林を訪ね、読後の感想を聞いた。

小林の読後感を聴く前に、先に引いた「黒い御飯」の続きを引く。

《さて、翌日のことだ。綺麗好きの母が、あれほどよく洗った釜で炊いた、その御飯はうす黒かった。うす黒い御飯からも、暖かい湯気は上った。》

小林は、永井に、「だいたい好いが、一個所だけここのところの、『も』は気になった」と、読後感を語った。

永井は「仮名一字のことであったが、私は文章の急所を突かれた思いで、しばらく息を呑んだ」と、自身の全集の「あとがき」に書いている。

「黒い御飯」は昭和九年刊行の『絵本』に収録されたが、次のように変更されている。(『永井龍男全集』第一巻「解題」)

《さて、翌日のことだ。綺麗好きの母が、あれほどよく洗った釜で炊いた、その御飯はうす黒かった。うす黒い御飯から、もうもうと湯気が上った。》

永井は、小林の「も」の指摘以来六十年、「この人(小林)の感覚の鋭さに傾倒し、折りに触れてこの日の小林秀雄を想起してきた」と自身の全集の「あとがき」に述懐している。

十

永井は高等小学校を卒業した十四歳のとき、日本橋の米相場の仲買店に奉公に出るのだが、結核に冒されていることがわかり、三ヶ月で辞めた。父親から感染していたのである。永井は知らされなかったが、医師は「あの子は二十歳まで保つかどうか、保証出来かねる、とにかく気永に通ってくることだ」と次兄に告げた。以来、永井は働くことなく、長兄、次兄の援助で母とともに暮らした。その間に、「活版屋の話」、「黒い御飯」などを書いた。そして小林秀雄を知るにおよんで交際は拡がり、「青銅時代」、「山繭」という同人誌の同人となり、小説や戯曲を発表していった。

昭和二年二月に、永井は文藝春秋社に菊池寛を訪ねた。菊池は永井が小説を持ち込んだものと思った。永井は文藝春秋社への入社を懇願した。永井はなんとか自活したいと切実に思っていた。菊池に苦渋の色が浮かび、人は余っている、と答えた。

《当時同社の社員は、ほとんど縁故関係の入社ばかりで「人は余っている」と菊池氏が苦々しげに云ったのは、いつわりない事実であった。

その頃の文藝春秋編集長は、菅忠雄と云って、小説も書く人だった。同人雑誌をやっている関係で、二三度すでに逢っていたので、案内をたのんでその室へ寄った。凍った気持を何かでやわらげたかった。

菅氏は、来客と話していて、その人を紹介した。横光利一氏であった。

横光氏は和服の両膝の間にステッキを立て、それを両手で支えて、椅子にかけていた。私より四つか五つ年長のこの人達は、「文芸時代」という同人制の雑誌を持ち、前年そこに、私は「泉」という短篇小説を発表させてもらっていた。初対面の挨拶をすませると、

「今日は、なんで？」と横光氏に聞かれたので、菊池氏にこれこれと答えた。

「僕と、もう一度、菊池氏の室へ行ってみませんか」

横光氏は如何にも気軽に椅子を立った。

横光氏に逢えたことで、私の運は開けた。

菊池氏は、「僕のポケット・マネーから、月々三十円やる」と、至ってそっけなく呟いた。》（『東京の横丁』）

永井はサラリーマンになる道を選んだ。小林秀雄と出会い、文学に志す多くの人と交友を結ぶことになり、

自らの才能の未熟を思い知ったのだ。

「黒い御飯」は先にもふれたように永井が十九歳の時の作であるが、小林は二十歳の時に四百字詰原稿用紙にして四十枚ほどの小説を書いていた。「蛸の自殺」といい、小林の処女作である。同人誌（「跫音」）に発表された。一節を引く。小林は前年（大正十年）に父親を失っている。

《兎に角、父の死で一番参つたのは母である事は事実だつた。謙吉か妹の兎もすれば墜入り勝の甘い感傷に比べれば、母の悲しみはもつと深いものであつた。死といふ事実を目の前に見せつけられた事は同じであるが、其の感じ方は自から異つて居なければならなかつた。殊に病気になつてからは、死の黒い影から逃れよう、先の事は勉めて考へまい――と云ふ母の努力が傷ましく感ぜられて、よく妹が無神経に母の前で父の話をするのをハラハラし乍ら聞いては母の前で成可くさう云ふ話に触れまいと努める、謙吉も、時に依つて「死に度い」などと捨鉢な気持を露骨に表はす母に対しては、母がひそかに期待して居る月並な慰めの言葉も口に出す気になれず、唯、厭な気持でむつつりして居るより外仕方が無かつた。だんだん大きくなる二人の子供を頼もしく思ふ一方、自分と子供の間の罅隙の意識を如何する事も出来ぬ――斯う云ふ様な母の逃れられない孤独に、「雲つて一寸の間も同じ格好をして居ないものだね」とか「入相の鐘は幾つ鳴るか知つてゐるかい」とか、床の上にじつと坐つて居る母の思ひ掛けぬ言葉を聞く時今更の様に心を打たれるのだつた。》

少年の心理に終始している「黒い御飯」に対して、「蛸の自殺」は大人の目を獲得している。夫を失った母親の悲苦のそばに小林は逃げずに坐っている。永井にとって、先にふれた「も」の指摘と、「蛸の自殺」と、どちらの衝撃が大きかったか。

小林を通じて知った一人に中原中也がいる。永井より三歳年少の二十歳の中也は俗世間を無視した不敵な面構えをしていた。永井は中也について、「同人会常例の合評にも無遠慮に加わり、辛辣な批評というよりは揶揄をまじえた舌端でその作者をもてあそぶ。相手が気色ばんだりすれば、がらりと調子を変えて相槌を打ち、打ちながら頃合いを見て揶揄を重ねる。お前たちのような鈍感な連中には、こんな話術でちょうどよいのだといった、人を人と思わぬ態度が見えすいた」（「運と不運と－自伝抄」）。以下「運と不運と」と往時は驚愕したであろう実体験を書いている。

小林の学生時代の友人今日出海は学生時代の小林の風貌について、「床屋へは行ったことがないという。硬い髪は不動さまのように突っ立っていた。時に黒のお釜帽子の破れた穴から、数本毛髪がとび出していたこともあった」（「小林と私」）と回想している。

永井は書いている。――「学生生活の経験がない上、印刷工をしていた兄の家に寄宿して実に不自由不如意な生活をしていたので、世間のしきたりを無視した奔放な二人（小林と中原）の行動にもことごとに圧倒されたし、フランスの象徴詩を中心とした熱っぽい談論を聞くにつけ、自分の無知が身に染みる思いで、いつも後について歩いた。いじけ切った姿であった。」

『東京の横丁』に「同年輩の新進には素質豊かな人が多く、到底この人々に伍して才能を争う力はないと腹の底から思っていた」とある。

文藝春秋社入社七年後に永井は結婚した。三十歳である。永井は菊池から「君の意志次第で、これを機に作家の道を進むつもりならば、一本立ちが出来るまで月給は今まで通りのまま支給するから、出社の必要はない」と二十人ばかりの披露宴の席で励まされた。だが、永井は作家の道に進もうとはしなかった。

《結婚を決めるに就ても、現在の給与を念頭に、妻子にいたずらな不如意をかけぬことを第一に考えていた。妻子に実生活上の迷惑をかけても自分の道を貫くというのは、それだけの才能と自信ある人だけに許される道と思っていた。》（『東京の横丁』）

永井には、サラリーマンの道を捨てて作家の道に進むことは、菊池の「勝負事」の庄屋が財産を蕩尽した賭博の世界に足を踏み入れることとさしてかわらぬことに思われたであろう。永井は「勝負事」を読んで以来、この短篇を「菊池寛の短篇小説の代表作として、第一にこれを挙げ、この作家の根底をなす作品と信じて、新進作家当時、作者から生れるべき時に生れた一作と何度か記してきた」（『東京の横丁』）と書いているが、永井は人生の処世を教えられた作品でもあった。

十一

永井のサラリーマン生活の終焉は思わぬ形で訪れた。

永井は昭和十六年に文藝春秋社の取締役に、十九年には同社の専務取締役に就任している。そこに戦争が終わった。永井は書いている。

《終戦後内地の旧軍事基地から復員する社員が一人二人と数を増し、この位の仕事（昭和二十一年二月発行の「別冊・文藝春秋」）は出来るほどの力になったが、社長菊池寛の縁辺の人々が復員するにつけ、将来の社内の模様も考慮のうちに入れると、自分は身を退くべきだと考えるようになった。私は辞表を呈出した。》（「運と不運と」）

いずれもらう退職金を永井は当てにしていた。数日後に同じ鎌倉に住む小林秀雄が訪ねて来た。小林は永井が文藝春秋社退社の意思をもっていることは知らずに、「新夕刊」という新聞を一緒にやらないかと誘った。小林は永井が長く勤め人として働いたから経理は解るだろうと思ったのであろうと、永井は推察した。

昭和二十一年三月に文藝春秋社の役員会が招集され、菊池の主張通り解散と決定した。雑誌発行の紙がないからであった。菊池は闇の紙を買って経営をつづける気もないし、その才能もないといった。永井は菊池に従った。

米軍は占領下の日本において軍国主義者の権力と軍国主義の影響を一掃しようとして公職追放令を出した。昭和二十二年、文藝春秋社での経歴が公職追放令に該当するとされたので、永井は「新夕刊」新聞を退職した。

永井は書いている。「職場を追われてみると、売文よりほかに一家四人の糊口（ここう）をしのぐ術はない」と悟った。自分には才能がない、自分の書いたものが金になるとは思えない、妻子を苦しめながら文学の道に邁進するということは考えられない、とは言っていられないことになったのである。

後年、永井はいう、

《進駐軍による公職追放令に、私は深く感謝しなければならない。私に勤まる勤務先を法によって封鎖され、はじめて文筆生活の有り難さを知ったのである。》（「運と不運と」）

この発言は公職追放を受けてから二十九年後のものである。永井の文業のほとんどは公職追放の賜物といわなくてはならない。この発言と、井伏鱒二との対談「文学・閑話休題」(「文芸」昭和四十七年一月号)の中で、「だから関東大震災というのはね、それからの僕の歩く道を決めたようなところがあるんです」という発言とは、永井を文学の本道へと導いた出来事を示していて興味深い。

先の大戦が永井に残したものは、公職追放だけではない。江藤が永井追悼文の中で名作であると讃えた「一個」「青梅雨」にも深くその影を落とす事件というべきことがある。『永井龍男集　新潮日本文学18』(昭和四十七年刊)の年譜をみると、昭和二十年の項に、

《この頃、文藝春秋社員の応召が相次ぐ。疎開先がなく、鎌倉で一家四人生死をともにする決意をし、終戦直前には青酸カリを入手した。》

とある。『筑摩現代文学大系56　永井龍男集』(昭和五十二年刊)の年譜にも、文句にやや異同があるが、内容は同様である。先にも引いた「運と不運と」には、つぎのようにある。

《広島、長崎についで、この次ぎは横須賀という説が流布されていると新聞社の友人に聞いて、私は青酸加里を入手し、妻にも告げてあった。原爆の破壊力については、非常に強力な爆弾が投下されたというのみではなはだ漠然とした情報しか伝わって来なかったが、横須賀を中心とすれば鎌倉は被爆の半径に入るし、本

土決戦に突入するとすれば、妻子の置き場はどこにもない。私は四十二歳、人生の半ばをとうに過ぎていた。》

二人の娘は九歳と六歳であった。「一個」の佐伯が柱時計に隠していたのは「催眠剤」であったが、永井が命を断つために実際に用意したものは、殺傷力が強い「青酸加里」であった。

十二

小林秀雄が「永井龍男全集」という推薦文を書くために手に取った筑摩書房の『永井龍男集』は、昭和五十二年三月に出版された『筑摩現代文学大系56　永井龍男集』であろう。小林の文に、「この集には、『黒い御飯』に先立ち、『蜜柑』といふ作が載せられてゐる」とあるからである。

件の『永井龍男集』の目次を見ると、「蜜柑」（昭和三十三年三月発表）が巻頭にあって、次いで「黒い御飯」（大正十二年七月発表）があり、以下「泉」（大正十五年六月発表）から「一個」（昭和三十四年八月発表）まで十八篇の短篇が発表順に収められている。そして次に「青梅雨」（昭和四十年九月発表）が置かれてある。「青梅雨」の後には長篇が二つ収められている。永井の年譜をみれば、「一個」から「青梅雨」までの六年の間に永井はいくつもの短篇を発表しているのであるから、この六年の間に書かれた短篇を収めてないのは何故なのだろう、いや、「青梅雨」以降、昭和五十二年三月までの短篇は何故収められていないのか。いやいや、昭和三十三年発表の「蜜柑」を「黒い御飯」の前に置いて、「青梅雨」まで年代順に並べるとは。いったい、この筑摩の『永井龍男集』の大胆な、あえていえば辛辣な編集は誰がしたのか。

先に引いた、小林の「永井龍男全集」という文の続きに、次のようにある。小林は、「永井龍男全集」を執筆した頃、「文學界」に絶筆となる「正宗白鳥の作について」を断続的に発表していた。

《近頃、事情あつて正宗白鳥の作を読み返し、非常な興味を覚えてゐるのだが、彼が七十五歳の時に刊行された角川書店版の「正宗白鳥集」の巻頭には、次のやうな言葉が掲げられてゐる、――「文筆生活五十余年わが痛感した事は努力の効乏しくて偏へに天分次第である事である」と。白鳥の、特にその晩年の文章に親しんだ者は、吐露された感慨は全く率直なものであり、シニカルな調子など読み取るのは間違ひである事をよく知つてゐる。五十余年の文筆生活を顧みれば、まるで己れが持つて生れた性質に出会ふのに、人生を逆様に歩いて来たやうなものだと、彼はきつぱりと言ひ切るのである。だが、己れ自身に、常に忠実であらうと努力して来た人でなければ、このやうな発言は出来まいとも言へよう。五十余年の文筆生活を顧み、永井君ならどう言ふだらうかと、私はふと思つた。そして、彼も亦白鳥の率直な感慨を肯定するであらうと考へた。》

誤解してはいけなかろう。小林は正宗白鳥を読み返していたときに、永井龍男全集推薦の文を書くように依頼されたから、全集推薦文に白鳥のことが書かれたというのではなかろう。筑摩の『永井龍男集』の目次を見て、「持つて生れた性質に出会ふのに、人生を逆様に歩いて来た」と読み取った、編集者の永井文学への透徹した理解に愕き、白鳥の「努力の効乏しくて偏へに天分次第である」という言葉を想起したのであろう。では、その編集者とは誰か。――永井本人であるにちがいない。小林の、永井全集推薦文は、そう理解して書かれた文である。

永井の編集者としての非凡さは、小林秀雄の法事のときにもいかんなく発揮された。江藤は書いている。

《小林さんのお墓は北鎌倉の東慶寺にあって、法事が終るとひとしきり庫裡(くり)に集まり、酒肴が出て小林さんの想い出話にふけるのが例である。その宴の席上、上座を占めて、話の順番を指名するのは永井さんのお役目だった。

誰が決めたことか知らないが、それは、これ以上の適役はないという趣きであった。永井さんは、あたかも編集長が目次の順番を決めるように次々と指名され、その場にいる者はその声に応じてそれぞれの想い出を語って行く。そうして法事が終ってみると、そこにはいわば一冊の「小林秀雄追悼号」が出来上っているのである。まったく東慶寺での永井さんには、元編集者ではなく、現役の編集者の厳しさと重みがあった。》（「編集者魂」）

江藤は、永井が戦前に「文藝春秋」のカミソリ編集長といわれていたと伝えている。（「同上」）

十三

永井が昭和五十一年三月刊行の『永井龍男集』の短篇の掉尾(ちょうび)を飾らせた作品が「青梅雨」であることは先にもふれた。先に引いた「新聞記事」という文にもあったように、「青梅雨」は神奈川県版に載った新聞記事に拠っている。

永井が昭和四十四年に朝日新聞に発表した「私の小説から　青梅雨」という文によると、「青梅雨」はなかなか正しく読んでもらえなかったようで、「せいばいう」とか「おうめあめ」とか読まれたという。正しくは「あおつゆ」で、「青葉の色に染みつくした梅雨をいい、古くから俳句の季語に使われている」という。永井は、先に引いた江藤の永井追悼句「萩すすき主逝くもなお東門居」にあるように、東門居（とうもんきょ）という俳号をもつ俳人で、全集十二巻のうち、一巻は俳句の巻である。

永井は新聞記事を読んで興味を覚えると、切り抜いて、一、二年と寝かせると語っているが、「青梅雨」の基になった神奈川県版の記事がいつのものかは判らない。永井はその新聞記事をまず小説「青梅雨」の冒頭に置いた。

《十九日午後二時ごろ、神奈川県F市F八三八無職太田千三さん（七七）方で、太田と妻ひでさん（六七）養女の春枝さん（五一）ひでさんの実姉林ゆきさん（七二）の四人が、自宅六畳間のふとんの中で死んでいるのを、親類の同所一八四九雑貨商梅本貞吉さん（四七）がみつけ、F署に届けた。

同署で調べたところ、「東京都杉並区高円寺中通り六ノ一八堀江商店に五十万円の借金がある。事業をやろうとして失敗し、世の中がいやになった」と記した四人の十四日付の遺書が、太田さんのマクラの下からみつかった。

（死体の発見されたのは、十九日午後二時である）

マクラもとに、葬式料四万九千円と、四人の戸籍書類、遺体の後始末を頼む依頼状があったことなどから、同署は服毒して一家心中したものと断定した。

発見者の梅本さんの話では、ガスの集金人が玄関口に新聞がごっそりたまっているので、不審に思い、梅本さんに知らせたという。

調べでは、太田さんは以前会社員だったが、きちょうめんな性格で、昨年四月堀江商店から借りた五十万円の利息を、毎月二万二千五百円ずつきちんと支払っていた。その上自宅と宅地、家財道具などが借金の抵当に入っていて、生活はかなり苦しかったという。

（なお、別の新聞は、十四日付の遺書に「最後の仕事に失敗して」とあったほか、誠なきいまの浮世を暮すより四人ともども死出の旅路に、という辞世があり事業の失敗を苦にして、十四日夜一家で服毒心中したらしい。同家のポストには、五十万円の借金返済を迫る手紙が入っていた、とも報じている）》（「青梅雨」）

この新聞記事を、ねかせて、ああでもない、こうでもないと想像をはたらかせているうちに、切り抜いた新聞記事は変色して黄色くなる。そうしているうちに、「やがて一見陰惨な事件の中から」、「よく枯れ切った樫の木でも打ち合わせるような、からりとした響き」が、永井に聞えてきた、という。（「私の小説から青梅雨」）

作者によれば、「青梅雨」は「すべて私の想像によるもので、実地に調べるようなことは一つもなかった」という（「同上」）。新聞記事には、梅雨を思わせるものは一つもない。この無季の新聞記事に梅雨の長雨を降らせれば、小説の萌芽となる。

七月十四日夜九時すこし前に東京駅を出た電車が、今でいえばＪＲのＦ駅に着いた。二日前からの雨で、みな雨支度をしていた。七十七歳になる太田もその中にいた。太田は江ノ島電鉄線のＦ駅に行き、鎌倉行の電車を待った。売店が店じまいをしているから、そこに店があることに気づいて日本酒の二合ビンを買った。おつりの硬貨がうまくつかめない。

発車のベルが鳴った。

《ベルの鳴り渡る中で、千三はあわてずに、日本酒の瓶（ビン）を大事にカバンにしまって、しっかり錠（かぎ）もしめた。

「お早く」

そう車掌に云われても、歩調を乱すことはなかった。この電車を利用して、もう十年になる。今夜は座席に腰を下ろすにしても、いつもとはまったく違った感慨があった。

「お爺さん、あなたの傘じゃないかね」

昇降口から顔をのぞかせた駅長の眼が、千三を追っていた。》（「青梅雨」・傍点引用者）

太田は二つ目の駅で降りて細い道をいくつか曲がって家に着いた。

《闇と雨気を存分に吸い込んだ植込みの重さで、門の脇のくぐり戸まできしんでいるような住居だった。それに、もうずいぶん長く、植木屋も入っていない。

くぐり戸のねじ鍵を締めながら、千三は外灯を見上げて、しばらくぬか雨に顔を濡らした。今年伸びた竹の細枝が、千三の行く手を半分さえぎって垂れていた。》（「同上」・傍点引用者）

作者は家にたどり着くまでの太田に〝末期の眼〟を刻印した。

《「お帰りなさい」

玄関三畳の電灯（あかり）を点けて、春枝が機嫌よく迎えに出た。

「一電車、早かったか」

「いいえ、二電車。ね？」

と、春枝が振り向く。

太り肉な春枝のかげに、千三の妻の姉、腰の曲がった林ゆきも出迎えていて、

「うまい具合に、すぐ江ノ電に乗れてね」

と若い声で云い添えた。》（「同上」）


春枝は看護婦をした経験があった。このごろ心臓の持病があって、新しい売薬を買うのが趣味のようになっている。二人はその薬局からダンス・ショーの入場券を二枚もらったので出掛けていたのである。

奥の八畳から、太田の妻が「お帰りなさい」と声をかけた。ひでは病床にすわって髪を結んでいた。

千三は宝石を金に換えて来ていた。

風呂が沸いている。どんどん洩れるから早く入れという。ゆきは先に入っていた。

千三は風呂から上がった。


《「あっちこっち、今日はよく動いた」

兵児帯を締め締め、湯上がりの千三が茶の間へ戻ってきた。

「疲れたでしょうね」

と、床の上のひでが、夫を見上げた。

「それがね、それほどでないから不思議だ。ほう、もう十一時をまわったね」

「ゆうべ臥(ね)たのは、一時過ぎでしたよ。臥てから、青葉梟(あおばずく)が耳について」

「姉さんは、耳がいいからね」

千三は、それを聞き流しに縁側へ行き、

「少し、明けさせてもらおう」

と、庭へ向いたガラス戸を一枚引いた。

「ひでさんが、虫が入ってきて、いやだというもんだから。……降っていますか?」

「ぬかのようなやつがね。一日中、こうだった。こっちも、そうだろう」

「大おばあちゃん」

台所から春枝の声で、

「あたし、大急ぎでお風呂に入りますから、ちょっと手を貸して」

と、ゆきを呼んだ。》(「同上」)


春枝は気を利かしてゆきを呼んだのだろう。千三とひでの夫婦が末期の会話を始める。


《「なにもかも、みんなすんだ」

二人きりになると、千三はひでの床(とこ)の脇にあぐらをかいた。

「なにか、仕忘れていることはないかと、明るいうちは、一日中そわそわした気分だったが、帰りの電車に乗ると、すっかり落着いていてね。今夜ほど人の顔や、外の景色を、落着いて眺めたことはないよ」

なかば自分に云い聞かせているような、言葉遣いであった。

「仕忘れたこともあるだろう。あるだろうが、かんべんしてもらおうよ」

（中略）

「二人が出かけた後、一人だったんだね」

気をかえて、千三はひでの耳近くささやいた。

「ゆっくり、お仏壇の掃除をさせてもらいましたよ」

「なるほど、きれいになった。しかし、そんなことをして、くたびれたろう」

「人間は、気のもんですね。こうしていても、体はしゃんとしていますもの」

「ゆうべの約束通り、私はもうなにも云わないが、お前の方から、云っておきたいことはないかね？」

「永い間、ありがとうございました」

「それは、私の云うことだ。意気地のない男だったよ、ゆるしてくれ」

「もう、そんなことは、一切云わないというのが、ゆうべの約束でした。ごめんなさい」

「永い永いような、三月（みつき）か半年のような、まあそんなものなんだろう、人の一生というものは」

「すみませんがね、そのタンスの一番下に、新しい足袋（たび）が二足（にそく）、姉さんとあたしのが入っています。出しておいて下さいな」

千三は膝をすさらせて、タンスの引き出しを引いた。

風呂場の方で、春枝の声にまじって、ゆきの若い笑い声が起こった。

「大おばあちゃん、こっちだって云うのに」

「お前さんはそこで、そんなことを云うけどね」

そんなやりとりとともに、ゆきの笑い声は、妙に若々しく深夜の家ぬちに続いた。》（「同上」・傍点引用者）

死を見ること帰するがごとし、といっていい光景である。千三の発言――「なにもかも、みんなすんだ」――に、古武士の風貌が感じられると思うのは私だけであろうか。

死ぬ三週間前の慶子夫人の言葉、「もうなにもかも、みんな終ってしまった」について、「事敗れた戦士の最期の言葉の感がある」と述べたが、この千三の言葉も同様である。彫琢の文に作者の魂が映る。

「青梅雨」が発表されてほぼ一年が経ったころ、永井は作家の中山義秀と「人生凝視」という対談をした（「新潮」昭和四十一年八月発行）。そこで、中山は「青梅雨」を高く評価した。永井の作品について、「『一個』あたりから変ってきた」といい、「ことに『青梅雨』は傑作だと思う」と語っている。永井が拠った神奈川県版の新聞記事にあった、毎月借金の利息をきちんと返していたことにふれながら中山は、「そういうところに君の晩年にたいする一種の心構えが出ているのじゃないか。君も、人に迷惑をかけまい、飛ぶ鳥あとを濁さずという自分の人生の気持を持つているのじゃないか」と永井に語りかけている。永井は「そう言つてくれればありがたい」と応じた。

だが、「青梅雨」全体の色調について、二人は分かれた。

《中山　どうもこのごろ暗い作品が多いと思う。そしてすぐれた作品はどうしてか、たいてい悲しい世界ばかりだ。君の「青梅雨」にしてもだ。

永井　「青梅雨」はそれほど悲しいかね。

中山　悲しい小説だよ。

永井　そうかな。それじゃ僕は失敗したのだ。》

永井が「青梅雨」に着手したのは、先にも引いたが、「よく枯れ切った樫の木でも打ち合わせるような、からりとした響きが、やがて一見陰惨な事件の中から聞えてきた」からなのである。

「青梅雨」の続きである。

《弱い夜風が、かすかにガラス戸をゆすって去った。

「一口呑んでおくれ」

と、千三が二合瓶（にごうびん）を取った。

足の不自由な春枝にしては、珍しいことだった。三人が気づかぬ間に、そこにいた。

湯上がりのせいか、やや蒼白（あおじろ）んだ顔色だった。少しむくみもあるかも知れない。これも、洗いたての浴衣を着ていた。

四人とも、口をきかずに卓を囲んだ形になった。

「春枝、一口呑んでくれ」

千三が、手を伸べた。春枝は両手で猪口（ちょこ）をうけた。猪口が震えていた。

「おじいちゃん」

息を詰めて、春枝が云った。「ちいおばあちゃんも、大きいおばあちゃんも……」

「うん、どうした」

「二人とも、けさから、死ぬなんてこと、一口も口に出さないんです、あたし、あたし、えらいと思って」

それきりで、泣き声を抑えに抑え、卓に突き伏した。この姿と気勢は、今夜のこの家にとって、一番ふさわしくないものであった。》（「青梅雨」）

永井が春枝を泣かせ、「この姿と気勢は、今夜のこの家にとって、一番ふさわしくないものであった」と断ったのは、春枝が泣くまでの太田家四人の死に赴くあゆみは「からりとした響き」のものであったことを、たとえば中山のように「悲しい小説」と誤解させないための、手配りであり、工夫であった。

「青梅雨」を作者の意図の通りに読んだ人が少なくとも二人いた。小林秀雄と江藤淳である。小林は岡潔との対談「人間の建設」（「新潮」昭和四十年十月）の中で、

《ぼくの友だちの永井龍男という小説家が、このあいだ「青梅雨」という小説を書いたのです。これは一家心中のことを書いたものです。冒頭に、老夫婦、養女、義姉が一家心中したという新聞報道が出ておりまして、それからが彼のイマジネーションなんです。カルチモンを飲んで死ぬ、その晩の話を書いている。お湯にはいり、浴衣に着かえて、新しい足袋をはいて、親父は一杯つけて、普通の話をしている。最後に養女が、だけどお父さん、きょう死ぬということをお婆さんも姉さんも一言も言いませんでしたよ、あたしえらいと思ったわ、といってちょっと泣くのです。その泣いたところが、今夜のこの家でふさわしくないただ一つの情景であったと書いている。（中略）私はこの小説に感心したのですが、これはモウパッサンにもチェホフにもないものです。日本人だけが書ける小説なのです。心理描写もなければ、理屈も何も書いていない。しかし日本人にはわかるのです。》

とある。この小林の発言は、永井の意図を含みながらも、その意図を超えているだろう。

江藤は文芸時評（昭和四十年九月）の中で、

《窓外のぬか雨のあるかないかのたたずまいが心にしみ透って来るような出来栄えである。死を前にして、身を寄せあっている老人ばかりの家族の姿から、日本の家族というものの——この場合は、いかにも寄せ集めたという感じの変則的な家庭であるが、それだからなお——さびしさや悲しさが、そして、不思議なことに喜びもまた浮び上がって来る。》（傍点引用者）

二十八歳も年下の江藤淳という若い批評家を永井は信頼していた。昭和六十二年「三田文学」冬季号に載った対談「文学と歳月」は、永井が「主としてウィスキーを上がるんですか」と江藤に尋ねることから始まる。また対談中に、永井が「私は、小林秀雄というのは詩人だったと思うんですが、これは間違いでしょうか」と質問することもあった。永井がいかに江藤を信頼しているかがわかろうというものである。その信頼はどこから生まれたかと遡れば、自作に対する江藤の読みにはじまるように思われる。

十四

慶子夫人は安らかな昏睡を続けていた。しかし、意識が戻ると、末期癌特有の全身からの苦痛を覚えるのでモルヒネの量は増えていった。

七月に夫人が入院してから江藤が書いた原稿に、「新潮」に連載中の『漱石とその時代』（第五部）がある。七月に書いたのが、第十四回目で、八月に第十五回目を書いた。第十五回目を脱稿したのが、八月二十一日である。二十五日に著者校閲が終わった。

江藤のライフワークである『漱石とその時代』は昭和四十五年に始まった。その最終巻の第五部は、平成九年一月から連載が始まっていた。第十五回目を書いて「あと六、七回で終りそうだ」というところまで来たのだが、九月には江藤の病院通いは毎日になって、第十六回目を書くことができなかった。

夫人在世中に、九月以降江藤が書いた唯一のものが、産経新聞に連載中の「月に一度」である。九月に書き、十月に書いた。

十月下旬のことである。

《「あれだけは書いてしまうよ」

というと、家内は笑みを浮べて肯いた。

十一月二日の月曜日に掲載される分を、ホテルからファックスで送って、

「書けたよ」

と報告したら、何もいわずに満足そうに笑った。》（『妻と私』）

ここまではいい。だがそれに続く次の箇所はどうだろう。

《新聞だけではなく、私の仕事がよほど気になっているらしく、編集者が本の校正刷を持って病院に現われ

たときには、一瞬意識が戻り、やや鋭い声で、詰問するように、

「あの人、何しに来たの？」

と質ねた。

「今度出る本の、著者校を持って来てくれたんだ」

と説明すると安心したと見え、家内はまた静かな眠りのなかに沈んでいった。》（『同上』）

ここにある、「あの人、何しに来たの？」という詰問調の言葉は普通ではない。あえていえば異常である。先に引いたが（「三」）、最後の入院をする前日（七月二十二日）の夕方、夫人は台所で食事の支度をしていて手元が狂ってガスレンジに火の手が上がりかけた。江藤が油をつかう料理は止めた方がいい、とつぶやくと、夫人は「どうしてそんな心配をするの。少し異常じゃない？」と激しく口答えをした。――この箇所の「異常」という言葉は、説明は付く。江藤の叙述が読者に説明をしているといっていい。だが、先の引用箇所の、「あの人、何しに来たの？」という詰問について、江藤は読者に説明していない。夫人が納得したようには読者は納得しない。この「校正刷」を持って来た「編集者」は女性ではなかったか。

この夫人の詰問調の問いに対して江藤はどう始末をつけたか。江藤は夫人との「深い心の交流」を語る中で、夫人の、無言ではあるが感謝の語りを描いている。

「月に一度」の原稿をホテルのファックスで送ってから何日か昏睡状態を続けていた夫人の意識が戻った十月二十九日の朝に、江藤は自身の身に起こった小さな事件を語り始めた。夫人は元気なときのように微笑を浮かべて聴いているように見えた。

《慶子は、無言で語っていた。あらゆることにかかわらず、自分が幸せだったということを。告知せずにいたことを含めて、私のすべてを赦すということを、四十一年半に及ぼうとしている二人の結婚生活は、決して無意味ではなかった、いや、素晴しいものだった、ということを。》（『同上』・傍点引用者）

十五

十月の下旬に送った十一月の「月に一度」の原稿は「わが国の姿」という題であり、十月の「月に一度」の題は「ファースト・ネーム考」である。その「ファースト・ネーム考」の冒頭部分で三十五年前に夫人をともなったアメリカ留学を回想している。

今問題にしようとしている八月に書いた、九月掲載「月に一度」の題は「『破』の時代」であった。そこに、次のようにある。

《本年（平成十年）一月五日のこの欄で、私は今年、つまり戊寅（つちのえとら）の年は、「破」の年になるだろうと書いた。そして、この年の戊寅の原義からして、「矛」や「矢」の年でもあると述べた。》

では、平成十年一月の「月に一度」を見てみよう。題は「『破』の年」である。

《昨年は三洋証券にはじまって、北海道拓殖銀行、山一証券等の倒産が相次いだので、歳末のジャーナリズムはこれを「倒」の年と名付けていたが、今年は松の内からこれを敢（あ）えて「破（は）」の年といっておきたい。

『字通』によれば、「破」とは、「石砕くるなり、解離するなり」とあり、「石の表面が剥離し、割れることをいう」のだという。また「壊るるなり」とあり、すべて組織の破壊することをも意味するとある。》

九月の「月に一度」はいう、

《それから僅か八カ月経っただけの今日、私はこの予測が当り過ぎたことにいささか驚いている。去る七月十二日に行われた参議院議員選挙惨敗の結果、橋本内閣は崩壊し、替って小渕新内閣が登場した。

ところが、「経済再生内閣」の大看板を掲げ、宮沢元総理を大蔵大臣に起用したこの新内閣が発足して一カ月も経たない八月二十七日、ニューヨークの株式相場は史上二番目の下落幅を示し、前日比三五七ドル三六セント安の八一六五ドル九九セントに急落した。

そして、八月三十一日、ニューヨーク株は再び史上二番目の下げ幅で五一二ドル六一セントも下げ、ダウ平均の終値は七五三九ドル七セントになった。（中略）

これにつれて東証株価も当然落ち込み、八月二十八日には一万三千九百十五円六十三銭という、バブル崩壊以来十二年半ぶりの最安値を付けた。欧州・アジア・中南米の株価もまた安値を更新し、以後今日にいたるまで各地の証券市場は世界同時株安、いや世界恐慌の不安におののいている。

これが「破」の時代の到来でなくて何だろうか？》（傍点引用者）

年頭にあたり、今年は、「破」の年だと予測し、九月に「予測が当り過ぎたことにいささか驚いている」と江藤は書いたが、「矢」が江藤家に突き刺さり、「壊」ろうとは、「いささか」どころの「驚」きではなかったであろう。

江藤が『妻と私』の中で触れた「月に一度」は十月に書いた十一月に掲載の「わが国の姿」の文のことであって、九月の「『破』の時代」の文のことではない。この言及のなさこそが、今年は「破」の年になるだろうという、江藤の予測が当たったことの衝撃の深さを物語っているというべきだろう。

十六

江藤が夫人の病室に泊まり込んだ十月十一日のことである。

《「こんなに何にもせずにいるなんて、結婚してからはじめてでしょう」

と、家内がふと微笑を浮べていった。

「たまにはこういうのもいいさ。世間でも充電とか何とかいうじゃないか」

と、月並なことを口にしながら、私はそのとき突然あることに気が付いた。入院する前、家にいるときとは違って、このとき家内と私のあいだに流れているのは、日常的な時間ではなかった。それはいわば、生と死の時間とでもいうべきものであった。

日常的な時間のほうは、窓の外の遠くに見える首都高速道路を走る車の流れと一緒に流れている。しかし、生と死の時間のほうは、こうして家内のそばにいる限りは、果して流れているのかどうかもよくわからない。それはあるいは、なみなみと湛えられて停滞しているのかも知れない。だが、家内と一緒にこの流れているのか停っているのか定かでない時間のなかにいることが、何と甘美な経験であることか。》（『妻と私』・傍点

引用者）

　エピローグを入れて全十一章からなる『妻と私』に、「生と死の時間」という言葉があらわれるのは、この第七章である。だが、この箇所の「生と死の」に江藤は傍点を振ってはいない。同じ七章のわずか二ページ先に次のようにある。


《小鳥のような顔をした若い看護婦が（病室に）来て、

「江藤さんは、毎日御主人がいらしていいですね。ほんとにラブラブなのね」

と、感心してみせたことがあったらしい。

「……今だからそう見えるだけで、若いうちは毎日喧嘩ばかりしてたのよって、いってやったけれどね。あの子ヘマばかりして、落ち込んでは話に来ていたの」

と、家内は、血圧を測りに来て病室を出て行ったその若い看護婦の後姿を、眼で追いながらいった。しかし、その視力が、既にひどく衰えていることを私は知っていた。

「今の若い娘は、こういうのを〝ラブラブ〟っていうのかね。はじめて聞いたな」

と、応じながら、私は実はそのときひそかに愕然とした。

若い看護婦のいわゆる〝ラブラブ〟の時間のなかにいる自分を、私はそれまで生と死の時間に身を委ねているのだと思っていた。社会生活を送っている人々は、日常性と実務の時間に忙しく追われているのに、自分は世捨人（よすてびと）のようにその時間から降りて、家内と一緒にいるというもう一つの時間のみに浸っている。だからその味わいは甘美なのだと、私は軽率にも信じていた。

でいる私自身もまた、死に近づきつつあるのは当然ではないか？》（『同上』・傍点江藤）

だが、いわれてみればこの時間は、本当は生と死の時間ではなくて、単に死の時間というべき時間なのではないだろうか？　死の時間だからこそ、それは甘美で、日常性と実務の時空間があれほど遠く感じられるのではないだろうか。例えばそれは、ナイヤガラの瀑布が落下する一歩手前の水の上で、小舟を漕いでいるようなものだ。一緒にいる家内の時間が、時々刻々と死に近づいている以上、同じ時間のなかにはいり込んでいる私自身もまた、死に近づきつつあるのは当然ではないか？》（『同上』・傍点江藤）

ここにいたって、ようやく妻喪失という主題にともなう『妻と私』の、もう一つの主題——生者が死に行く人と時空間を共にするという危険を犯すこと——に到達したように思う。このテーマは『古事記』にもある。（以下、『古事記』からの引用は、倉野憲司校注の岩波文庫による）

『古事記』の冒頭は次の通りである。

《天地初めて發けし時、高天の原に成れる神の名は、天之御中主神。次に高御産巣日神。次に神産巣日神。この三柱の神は、みな独神と成りまして、身を隠したまひき。

次に国稚く浮きし脂の如くして、海月なす漂へる時、葦牙の如く萌え騰る物によりて成れる神の名は、宇摩志阿斯訶備比古遲神。次に天之常立神。この二柱の神もまた、独神と成りまして、身を隠したまひき。

　上の件の五柱の神は、別天つ神。》

続いて、次々に神々が現われ出て、それから男神の伊邪那岐神と女神の伊邪那美神が現われ出た。この男女の神は、別天つ神の「この漂へる国を修め理り固め成せ」という命をうけて、十四の島と三十五の神をお産みになった。

しかし、火の神を産んだときに火傷をして伊邪那美神は亡くなった。伊邪那岐神は亡骸の枕辺にはらばい、足元にはらばいて哭いた。亡骸は出雲の国と伯耆の国の境に葬られた。

男神は亡き妻に逢おうとして死者の国である黄泉の国まで追いかけて行った。女神は御殿の入り口で男神を出迎えた。男神は語りかける。

《「愛しき我が汝妹の命、吾と汝と作れる国、未だ作り竟へず。故、還るべし。」とのりたまひき。ここに伊邪那美命答へ白ししく、「悔しきかも、速く来ずて。吾は黄泉戸喫しつ（黄泉の国のかまどで煮炊きした物を食べること）。然れども愛しき我が汝夫の命、入り来ませる事恐し。故、還らむと欲ふを、且く黄泉神と相論はむ。我をな視たまひそ。」とまをしき。》

女神はなかなか出て来ない。それで男神は女神の忠告を無視して御殿の中を覗くと、蛆が湧いていて、ごろごろと鳴っていた。驚いた男神は逃げ帰ろうとした。女神は「吾に辱見せつ」と言って黄泉の国の者に命じて男神を追わせた。男神は身につけていた「十拳劔」を後方に振りながらどうにか逃げおおせた。

《ここをもちて伊邪那岐大神詔りたまひしく、「吾はいなしこめしこめき（いやな見る目も厭わしい）穢き国に到りてありけり。故、吾は御身の禊為む。」とのりたまひて、竺紫の日向の橘の小門の阿波岐原に到りまして、禊ぎ祓ひたまひき。》

この禊によって多くの神々が生まれたが、最後に左の目を洗ったときに生まれたのが天照大御神（あまてらすおおみかみ）、右の目を洗ったときに生まれたのが月読命（つくよみのみこと）、鼻を洗ったときに生まれたのが建速須佐之男命（たけはやすさのをのみこと）である。男神は「吾（あ）は子を生み生みて、生みの終（はて）に三はしらの貴き子を得つ。」と、大いに喜んだ。

男神は死の国に出向いて「吾（あれ）と汝（いまし）と作れる国、未だ作り竟（お）へず。故（かれ）、還るべし」と死んだ妻に生還を促した。女神は迎えに来るのが遅いと答えたが、江藤はほとんど夫人とともに死の国に行かんばかりであった。それを江藤は「ナイヤガラの瀑布が落下する一歩手前の水の上で、小舟を漕いでいるようなものだ。一緒にいる家内の時間が、時々刻々と死に近づいている以上、同じ時間のなかにはいり込んでいる私自身もまた、死に近づきつつあるのは当然ではないか」と表現したのだ。

江藤は伊邪那岐命（いざなぎのみこと）と同じ体験をしているのだ。死に行く人と共に、その死を体験するという稀有な体験をしようとしていたのである。この容易ならぬ体験が夫人の死後に江藤を苦しめる。

『妻と私』第八章に、先に引いた、編集者が著者校をもって夫人の病室に来たときに、慶子夫人が「あの人、何しに来たの？」と詰問した十月の末頃のこととして次のようにある。

《家内はこの頃、私をあの生と死の時間、いや死の時間から懸命に引き離そうとしていたのかも知れない。そんなに近くまで付いて来たら、あなたが戻れなくなってしまう、それでいいの？　といおうとしていたのかも知れない。

しかし、もしそうだったとしても、私はそのとき、家内の警告には全く気付いていなかった。ひょっとするとそれは、警告であると同時に誘いでもあり、彼女自身そのどちらとも決め兼ねていたからかも知れない。》

（『妻と私』・傍点江藤）

著者校を持って来た編集者が、私の推測通りに、〝女性〟だとしたならば、そういう叙述のあとに、「それは、警告であると同時に誘いでもあり、彼女自身そのどちらとも決め兼ねていたからかも知れない」という文は新たな意味合いが付与されることになる。

十七

十一月七日土曜日午前零時二十一分に慶子夫人は死んだ。これから四日間、八日に仮通夜、九日に密葬、十日に本通夜、十一日に告別式を行うことを江藤は決めた。ところが永く続いた看病生活が江藤の身体をむしばんでいた。

十月三十日の数日前に慶子夫人を見舞った姪のＮ子が、ともに見舞った慶子夫人の親友のＭ夫人に、「叔母様も可哀そうだけれど、こんなことをしていたら叔父様が死んでしまうわ、どうしたらいいでしょう」と取りついて泣いたという話が『妻と私』にある。

江藤の文を引く。

《恐らく家内の絶命とともに、死の時間そのものが変質したのである。それはいまや私だけの死の時間となって、現に生理的に私の身体まで脅（おびやか）しはじめている。そういうほとんど絶望的な自覚が、今まで一度も感じたことのないこの深い疲労感の底には潜んでいた。そして、尿はまた出なくなっていた。》（傍点江藤）

江藤は過労のために急性前立腺炎を発症していたのである。

『妻と私』を読んだ江藤の友人石原慎太郎氏は、「二人で共有した甘美なほどの生と死の時間の記録であり」、「喪失の痛酷を通りこして透明に結晶した愛の極致を描いていた」（「追悼　さらば、友よ、江藤よ！」）と感想を記している。吉本隆明氏は『妻と私』を前半と後半とに分け、前半は、「最後まで夫人を励まし、慰め、献身的に見取る江藤淳の姿は、緊密に夫人と結ばれていて感動的であ」ると述べ、「あまりの看護の疲労で前立腺炎に陥り、すぐさま排尿困難で入院し、手術をうけて退院するまでを記した手記の後半部は、わたしの経験から類推して、これは大変なことになったな、という重たい感じを与えられた」と述べている。おそらくこの当時の石原氏の身体は頑健であったのであろう。

江藤は、夫人を看病しながら、家内とはやがて別れなければならない、そのとき、つまり夫人が死んだときには自分は日常的な実務の時間に還るときだと思っていた。だが、死の時間に浸った夫人と永く時を同じゅうして夫人を喪った今、「死の時間と日常的な実務の時間とは、そう簡単に往復できるような構造にはできていないらしい」（『妻と私』・傍点江藤）と悟った。

夫人が死んですぐ江藤は即入院して加療するべく医者にすすめられたが、唯一の家族として、永年支えてくれた恩に報いるべく、江藤は仮通夜から告別式までの四日間はその場にいなくてはならぬと決めていた。仮通夜から告別式までの四日間の弔問者はのべ一千人に近かったと江藤は書いている。江藤は随想のみならずその批評文にも家族のことを書いて来た。読者は江藤の一族のことはよく知っている。あるいは知っていると思っている。そういう江藤の文業の表われが一千人の弔問者となったのだ。

出棺を前にして事件があった。

葬儀社の係りの者が型通りに、「ご親族を代表して江頭淳夫様よりご挨拶をいただきます」と江藤に言葉を向けた。江藤は気色ばんだ。「親族を代表してとは何事だ。後にも先にも慶子の身内は私一人だ」(「週刊朝日」平成十一年八月六日号)

告別式を終え即(そく)病院に急いだ江藤の、「排泄器官全体が異様にグロテスクに腫れ上り、大腿部の皮膚が真赤に熱をもっている」患部を診た医者は、「どうしてこんなになるまで、放って置いたんですか」と「なじるようにいった。」

江藤は敗血症をおこしていた。「ほとんど危篤に近い重態」であった。

《ついにここまで来てしまったよ、慶子、と脳裡に浮んだ家内の幻影に呼び掛けたのは、多分その頃だったに違いない。いつも一緒にいるということは、ここまで付いて来るということだったのだ。君が逝くまでは一緒にいる。逝ってしまったら日常性の時間に戻り、実務を取りしきる。そんなことが可能だと思っていた私は、何と愚かで、畏(おそ)れを知らず、生と死との厳粛な境界に対して不遜だったのだろう。》(『同上』)

ここにいう「生と死との厳粛な境界に対して不遜だった」という「不遜」は先に引いたように、伊邪那岐の神も犯していた。

江藤の呼びかけに夫人が応えた。

《それをやってしまうのが、あなたなのよ、と慶子の幻影がいったような気がした。誰もしようとしないことを、あなたは平気でやってしまうの。そこには、私をからかっているとき独特の、彼女の微笑があるように感じられた。でも、あなた自身が崩れない限り、外からの力ではあなたは決して倒れない。前にもいった通り、あなたは感染症では死なないわ。もう少しお仕事をなさい。》（『同上』）

死の世界から逃げかえる男神に、女神は毒々しい言葉をなげかけるのだが、慶子夫人は、江藤に「もう少しお仕事をなさい」と励ました。伊邪那岐と伊邪那美が「この漂へる国を修め理り固め成せ」と命じられるとともに国づくりに励んできたように、江藤も夫人の支えで戦後の文運を、そして国運を盛り立てようと仕事に打ち込んできた。先にも引いたように、夫人は江藤の「仕事がよほど気になってい」たのである。ライフワークである『漱石とその時代』も中断していることを夫人は知っていた。

仕事をするようにという夫人の励ましを聴いて江藤は少し安堵した。

《そうか、感染症では死なないか。もう少し仕事をするのか。しかし、その仕事の場は、あの日常性と実務の時間のなかにしかない。大学も、同僚たちも学生も、書斎もジャーナリズムも編集者も、みんなみんな、何と遠い所にいるのだろう。そこまでもう一度、一歩一歩にじり寄って、君のいる不可知な時空間から、脱け出さなければいけないのか。》（『同上』）

術後、大きな山は越えましたね、と医者から言われたが、病状が軽快していくという感覚が江藤に生じない。「埒が明かないと思った江藤は再手術を自ら決断した。「劇性の感染症のために、壊死しかけている脇腹の皮膚を断ち落すという手術が行われること」になった。十一月十七日のことである。

術後、意識が恢復すると、江藤を励まし支えた親身の人々が、優しくほほえんでいた。

《ベッドを取り囲んで、私が生き返ったことを、そして現に生きていることを、心の底から喜んでくれているのであった。

「やあ、ＰＴＡが集っている」

と、私はいった。》（『同上』）

十八

再手術を終えた江藤が退院したのは翌年（平成十一年）一月八日であった。退院後、江藤は「家政の処理」や「税金の申告の準備」に追われた。

《それが一段落してホッとした二月初旬のある晩、突然何の前触れもなしに一種異様な感覚に襲われた。自分が意味もなく只存在している、という認識である。このままでいると気が狂うに違いないと思い、とにかく書かなければ、と思った。》（『妻と私』「あとがき」）

江藤は、二月五日から書き始め、三月十四日に書き上げた。百三枚に上ったこの文章が『妻と私』である。

『妻と私』は「文藝春秋」平成十一年五月号に掲載された。

ここで、「妻と私」という題について一言しておきたい。「〇〇と私」という表記は江藤の創意である。昭和三十九年の「アメリカと私」から始まって、「日本と私」、「犬と私」、「文学と私」、「戦後と私」、「場所と私」、「小林秀雄と私」、「批評と私」など、江藤の著作の題に用いられた。この「と」は単なる列挙や接続を意味しない。その意味するところは、時に、一つであり、二つであり、対等であり、従属であり、愛着であり、反撥であり、同化であり、相違であり、永遠であり、別れである。「妻と私」も同様であって、上にあげた多くを含む。江藤は夫人の生への思いをこめ、また暫しの別れを告げようとした。

反響は大きかった。「これほど短期間にこれほど大きな反響を生んだものは、ほかに一つもない。友人知己のみならず、多くの未知の読者から次々と読後感が寄せられたからである」と江藤は「あとがき」に書いている。

しかし、『妻と私』の完成と多くの読者からの「反響」があったからといって、江藤の順調な復帰につながったわけではない。

勝田量之（日本文藝家協会書記局長）氏の江藤追悼文（「一喜一憂の日々・断片」）によれば、『妻と私』の原稿を出版社に渡した後、勝田氏に電話した江藤は、「もう、何もすることがない」と話している。

幾人もの人が江藤追悼文に、江藤の嗚咽（おえつ）に触れている。

一つ年上で大正大学の同僚であった芳賀徹氏は教授会での江藤を伝えている。

《今年（平成十一年）の三月二十九日、大正大学で教授会があり、半年ぶりに顔を見せた江藤さんは終りに立ち上って、自分の休講中の大学側の寛容な処遇に対する謝辞を述べた。そのときも一言夫人の死に触れるとたちまち嗚咽して、しばらくとまらなかった。》（「江藤淳さんと比較文学」）

小説家高橋昌男氏は『妻と私』が出版される一ヶ月前の話として、

《私はいまは退職した「新潮」前編集長の坂本忠雄君といっしょに、江藤さんに夕食を御馳走になったことがあって、話がたまたま亡き夫人のことに及ぶと、波立つ胸のうちをコントロールできない気の毒な彼を目のあたりにしていた。待たせていたハイヤーで帰る江藤さんを見送って、私たちは「なんだか危ない感じだな」と囁(ささや)きかわした。》（「拒否する〈母〉」）

と書いている。同じく小説家の車谷長吉氏は、編集者の話として、

《去年十一月七日、愛妻江頭(えがしら)慶子さんを肺癌で亡くされてからは、仕事で江藤氏に面会すると、決まって最後は「僕は独りぼっちになってしまった。」とか「僕はもう何もいらない。」とか言って、泪に暮れられるので、慰めの言葉もないと言うのだった。》（「殉愛」）

というのを伝えている。

『妻と私』の中に、「家内と私に何が起りつつあるか、この人々ほどよく知っている人たちはいない」とふ

れられている、その一人の庭師の鈴木久雄氏は追悼文「あの晩のこと」の中で、「ちょっとでも奥様の話が出るたびに先生は涙を流されましたねえ。もの凄く気持ちが弱くなっていたんです」と語っている。

『妻と私』について、江藤本人が語った言葉が残っている。――「文藝春秋」誌は九月号（平成十一年）に『妻と私』を全文再録した。その際、「はじめに」において、慶子夫人死去直後に編集者（『妻と私』の「あとがき」によれば、編集長の平尾隆弘氏）が江藤を自宅に訪ね、執筆を依頼していたが、翌年二月四日に再訪した編集者に江藤は、「頼まれたから書くのではない。どうしても書かせてほしい、これを書かないかぎり一歩も前に進めないと思っています」と語って、次のように続けたとある。

《私が書くのは小説でも体験記でもない。亡妻への哀惜の念を感傷的に謳いあげる気もないんです。これまで誰も書かなかったような「散文」で、家内の死と自分の危機とを描ききりたい。四十年以上の文筆生活で、それなりのテクニックは身につけているけれど、今回はテクニックなど何の役にも立たないでしょう。果して本当に書けるのか。書いたものが他人の感動を呼ぶのか。江藤淳はこの程度かとなれば、家内にも申しわけないし、自分も生き恥をさらすことになる。そう考えると、怖くて怖くて仕方がないんです。》

十九

死んだ慶子夫人にふれると涙にくれる江藤が、平成十一年五月八日に江頭家の墓に夫人の納骨を済ませたあと、ホテルニューオータニに親族三十四人を招んで食事をした席で、『幼年時代』を書くことを報告した。

その『幼年時代』が掲載された「文學界」の編集長細井秀雄氏は、「この作品を書くことで、親族に迷惑をかけるかもしれないからと、あらかじめ先手を打っておかれたのだろう」（「最後の原稿を受けとって」）と食事会でのあいさつの意味を推測している。

親族に『幼年時代』を書くことを報告した二ヶ月後の「文學界」八月号に、江藤はその第一回を発表した。『妻と私』同様、『幼年時代』執筆は、意味なく存在しているのではないことを自らに言い聞かせるためでもあった。

細井氏によれば、『幼年時代』は、漱石の『道草』ですよ、と江藤は語ったという。

平成十年「新潮」九月号掲載の『漱石とその時代』（第五部第十四回）は「『道草』の時空間」と題されていて、そこに、江藤は『漱石全集』から「日付のはっきりしない大正四年の『断片』」として次の箇所を引いている。

《(2)小説、ノ尤モ有義ナル役目ノ一ツトテ、
particular case ヲ general case ニ reduce スルヿ
×general case ヲ general case トシテハ陳腐
×particular case ヲ particular case トシテハ奇怪、
×新らしき刺撃アリテ然モ一般ニ appeal スル為ニ第一ノ如クスル必要アリ、
×吾人ハ effect ノ為ニ然スルノミナラズ、人道ノ為ニ然セザル可ラズ》

この岩波の『漱石全集』に「断片六八A」として収められている「断片」の直前に書かれている「(1)文展の絵」の「文展」が大正四年十月から十一月にかけて開催された第九回文展のことであり、『道草』が大正四年六

月三日から九月十四日までの連載であることから、右に引いた「断片」は『道草』を書き上げた後の記述である。次に「断片六五A」として、『漱石全集』に収められているものを示す。この「断片」を江藤は引用していない。

《general case は人事上殆んど応用きかず。人事は particular case ノミ。其 particular case ヲ知るものは本人のみ。

小説は此特殊な場合を一般的な場合に引き直して見せるもの（ある解釈）。特殊故に刺戟あり、一般故に首肯せらる。（みんなに訴へる事が出来る）》

この「断片」はいつ頃書かれたかははっきりしない。この八ページほどの「断片」の初めの方に、京都のお茶屋の女将である磯田多佳への手紙にふれている。漱石が多佳に贈った、大正四年三月刊行の随筆集『硝子戸の中』が未着のことから生じた小さな事件をめぐる手紙である。また、後半には『道草』に関連した記述もある。「断片六五A」は『道草』執筆前に書かれたものであろう。

二つの「断片」（「六五A」と「六八A」）は、初めて自伝的作品を書こうとした漱石の留意点を書いたものである。漱石は、『道草』の中で、自らを「健三」とし、妻鏡子を「御住」として、養父塩原昌之助を「島田平吉」とすることによって、自らしか知らぬ「particular case」を「general case」に「reduce」しようとした。一般に「特殊」であるがゆえに「刺戟」はあるが、だからといって、「一般」に「首肯」せられるかわからぬ。だから「一般的な場合に引き直」すのである。ここが作家の腕の見せどころなのである。そしてこの「引き直し」は、「人道ノ為ニ然セザル可ラズ」のことなのである。

江藤は述べている。

《いうまでもなく、夏目金之助という「私」には、義理もあれば遠慮もある。だからこそ『硝子戸の中』では、漱石は、「嘘を吐いて世間を欺く程の衒気(げんき)がないにしても、もっと卑しい所、もっと悪い所、もっと面目を失するやうな自分の欠点を、つい発表しずに仕舞つた。（中略）私の罪は、――もしそれを罪と云ひ得るならば、――頗ぶる明るい処からばかり写されてゐただらう」（傍点江藤）と、弁明せざるを得なかった。

しかし、「私」という「particular」から解放されて、「健三」という「general」な架空の人物に置換されたとき、この主人公が位置せしめられている「小説」の時空間は、当然のこととして段違いに義理と遠慮から自由になった。

少なくとも『道草』の「健三」に対しては、作者はいくらでも「暗い処」を浮き上らせるようにその光源を定めることができる。そして、そのことによってその「卑しさ」や「悪」を描くのみならず、彼を弁護しかつ傷つけた相手を糾弾することもできる。何故なら、定義上それは「particular」な自己暴露でもなければ、義理ある人々への意趣返しでもあり得ず、「人道」、つまり人間一般の「general case」についての認識と表現であるはずだからである。》

江藤が、『幼年時代』は漱石の『道草』に範をとったということは、たとえば、父親の江頭隆が「江上堯」になり、母親の廣子が「江上寛子」になり、江藤本人が「江上敦夫」になることである。そう表記することによって、江藤はいくらでも「暗い処」を浮き上らせ、その「卑しさ」や「悪」を描くのみならず、「彼を弁護しかつ傷つけた相手を糾弾することもできる」。そうすることによって、「人間一般の『general case』についての認識と表現」になるはずである。

では、『幼年時代』第一章「声」を見てみよう。「プロローグ　鏡掛け」に次ぐ章である。

《母が亡くなったのは、昭和十二年六月十六日のことだから、もう六十年以上昔のことになる。人間の心というものは、よくしたもので、六十年もの歳月が経過すると、かつてはあれほどの哀しみを湧き出させていた出来事も、さすがに茫々とした過去の時間の彼方に霞んで、そんなこともあったのだ、そういえば自分は生母を幼い頃に亡くしたのだったと、ときどきほとんど淡白な気持でふと思い出すだけになっていた。

だが、それは、そのときまだ家内が健在だったために、そう錯覚することができただけだったという心のからくりが、家内が死んでしまった今となっては、いやというほどよくわかる。母と僅か三つしか年齢の違わない叔母は生きていて、私は叔母に自分の気持を伝えることができるのに、母には何一つ訴えかけることができないのである。

家内に死なれて、私がどれほど途方に暮れたかということ。その直後から私自身も病に冒され、死に瀕しながら辛うじて生還して来たということ。そのおかげで、去る五月には青山墓地のわが家の墓所で墓前祭を行い、家内の納骨を済ませて、漸く半年振りで葬儀万端を終えることができたということ。

それらのことどもを、こまごまと母に語りかけて報告したい。そして、現実に叔母がそうしてくれたように、「あなたは一人ぽっちになってしまったのに、本当になにからなにまでキチンとよく取り仕切ったのね」と、できるものならねぎらってもらいたい。》（傍点引用者）

ここに表現された世界は「general」なものに還元されていない。作者はまだ「particular case」から離れられずにいる。作者の悲しみが深いからでもあるが、作者が病気だからでもある。だが、「ねぎらっても」と「も」を付けることによって、江藤はなんとか持ちこたえている。

福田和也氏が「江藤淳氏を悼む」という文の中で、「江藤氏は、自らを甘やかす事、甘やかされる事を唾棄した。保護される事を拒否して、保護を与える者になろうとした」と述べているが、今引いた『幼年時代』の文は「保護される事」を乞う文章である。とても漱石のいう「人道ノ為ニ然セザル可ラズ」という文ではない。この『幼年時代』のような甘えた文は『道草』にはない。庭師の鈴木氏のいうように江藤は「もの凄く気持ちが弱くなっていた」のであろう。しかし、『妻と私』も『幼年時代』も書かなければ気が狂ってしまうと江藤は細井氏に語っている。江藤にとって『妻と私』も『幼年時代』も、伊邪那岐が死者の国に行ったがために穢れたその身を禊ぎしようとして生まれた多くの神々のようなものなのだろう。禊を終えた伊邪那岐は、天照大御神、月読命、須佐之男命を生んで、「吾は子を生み生みて、生みの終に三はしらの貴き子を得つ」と歓喜したが、『妻と私』も『幼年時代』も禊ぎの最中に生まれた子なのだ。この二作品は、江藤に必須の作品であるとしても、「貴き子」ではない。

感染症の手術を受ける前、亡き夫人から「もう少しお仕事をなさい」と励まされた江藤が、「大学も、同僚たちも学生も、書斎もジャーナリズムも編集者も、みんなみんな、何と遠い所にいるのだろう」と合点するが、『妻と私』も『幼年時代』も、この小論に引いた他の江藤の文を思い出してもらえれば解るように、江藤の十全の文業から極めて「遠い」。先に引いた『漱石とその時代』の文と比べられたい。いや、という読者もあるだろう。『妻と私』も『幼年時代』も批評文ではない。小説と見るべきではないか。実際、江藤は小説家の高橋昌男氏に、『妻と私』が「文藝春秋」に掲載されたとき、「誰よりもまず、小説家の君の意見が聞きたかったんだ」と電話をしている。いや、江藤は「文藝春秋」編集長に、『妻と私』は小説でも体験記でもない、これまで誰も書かなかったような「散文」で描ききりたい、と断っていた。

だが、今論じているのは文の形式ではない。文章を書く者の精神の勁(つよ)さをいうのである。上手に炊けば米は釜の中で立ち上がる。江藤は天来の文章の達人であった。しかし、『妻と私』も『幼年時代』も、その言葉は立ち上がってはいないのである。

二十

『幼年時代』の第一回を書き上げた後に、江藤は新たに病に襲われた。

細井氏の文章「最後の原稿を受けとって」にある「最後の原稿」とは、『幼年時代』第二章にあたる「初節句」のことである。六月七日に『幼年時代』第一回目の原稿二十二枚を編集者に渡した後、第二回目の原稿を原稿用紙に五枚と少しのところまで書き進んで、江藤は脳梗塞に襲われた。六月十日のことであった。この日から七月八日まで江藤は入院した。夫人が亡くなった病院に、である。江藤は夫人が死んだ病室を希望した。後にこのことを聞いた車谷氏は、危ない、と思うた、と書いている。

七月十三日に、江藤邸を訪ねた細井氏は八枚目まで書き進んでいた第二回目の『幼年時代』を読まされた。脳梗塞を起こす前と後で文章に変わりはないかを江藤は気にしていた。第一回目と同じ「密度と完成度の原稿」で、「懸念はたんなる杞憂ではないか」と細井氏は思った。

江藤は「もし、変わっていないとして、それは病気(脳梗塞)の前と変わらないようにやろうと無理をしたり、努力をしたりしているからで、疲れるんですよ」と語った。

ここに続く細井氏の文の中で江藤は言う、

《入院中は万年筆を持たなかったので、（産経新聞の連載「月に一度」の原稿は４Ｂの鉛筆で書いていた）万年筆に慣れるためもあり、一枚目から五枚目までを、気になるところを直しながら、書きあらためた。それが昨日（七月十二日）のことで、今日（十三日）は六枚目から新たな部分を書いた》

十二日の江藤は脳梗塞前の文を「書きあらため」ながら、病気前の自分の文章を身体に覚えさせようとしていたのだろう。それが「病気（脳梗塞）の前と変わらないようにやろうと無理をしたり、努力をしたりしている」という文の意味であろう。

七月二十日に江藤から細井氏に電話があって、原稿が二十八枚まで進んだということで、明日（二十一日）細井氏が原稿を取りに行くことになった。この時も江藤は「ほんとに調子が変わっていなかったですか」と問うている。

《先生の再度の質問に、「大丈夫です。まったく変わっておりませんでした」とお答えした。私の言葉に先生は必ずしも納得していない気配がする。「もしかして私の目が節穴（ふしあな）かもしれませんが」と電話口で、私は余計なことを口走ってしまった。

「いやいや、細井さんの目はするどい」と先生が反対にあわてて否定された。》

「江藤氏は、自らを甘やかす事、甘やかされる事を唾棄した」と追悼した福田氏の言葉を思い出す。「細井さんの目はするどい」という江藤の発言は細井氏をかばった発言ではなかろう。何度問い質しても拭えない不安が江藤を襲っていた。自分は文学者として存在していけるのかという疑念を他者の目で払拭してもらいたいという思いが江藤を去らない。だが、他者がいかに脳梗塞の影響は江藤の文に見られないと言っても、文を書く江藤本人に、前と変わらないように無理をしたり、努力をしたりしているという事実があるのである。この事実を江藤は、あえていえば病的なほどに自覚している。

『妻と私』に「姪のN子」として登場する府川紀子(のりこ)さんの江藤追悼文「可哀相な、おじさま」に、六月十日の脳梗塞に遭って以後の江藤の様子を見てみたい。

《病気自体では、おば(慶子夫人)の告別式直後の前立腺炎のほうが重病だったんですが、おじさまとしては回復にむかっていたこともあって、今度の入院のほうが重いような気がするとおっしゃっていました。脳梗塞は五年前にも一度あって、今回の入院にはかなりショックを受けていました。》

前立腺炎とそれに伴う敗血症に比較して、「今度の入院のほうが重い」と江藤が考えたのは、作家にとって脳梗塞は致命傷になりかねないからである。

病後の症状について府川さんは次のように述べている。

《手のリハビリも、ほんとうに一所懸命やっていました。七月上旬に退院したころには一見、違和感はなさそうだった。ただ、足のほうはすぐには回復せず、家の階段では昇り降りに不自由していました。

手が動かなくなったら、口述でやるからと、必死になって口を動かす練習もしていました。うちにもよく電話してきて、聞き取れるか、聞き取れるかと言うんです。たしかに最初は舌がもつれていた。なにを言っているのか、わからなかった。それが劇的に回復していたのです。》

府川さんによると、江藤は七月八日に退院して、文藝家協会理事長を辞退する旨のファックスを送っている。

府川さんの文を引いたのでふれておきたいことがある。吉本隆明氏は「追悼　江藤淳記」の中で、『妻と私』について、「普段の江藤淳らしくないなと心にかかったことがあった」と前置きして、

《夫人の入院の準備をしている時期に、愛犬（わんちゃん）を知合いにあずけている。この愛犬は、江藤淳の手記のなかでは行方不明になっていて、かれが入院、手術、退院を述べたあとでも、また連れ戻したことも、散歩の日課をはじめたことも書かれていない。これも江藤淳らしくないな、と少し心にかかった。》

と述べている。これは炯眼である。

十月二日に夫人が入院している病院の近くのホテルに泊まりこむことにした江藤は、いったん自宅に帰り、犬のメイを犬猫病院に預けることにしたことは先にふれた。その後メイはどうなったか。吉本氏が語るように、『妻と私』には書かれていない。その後のメイについて、府川さんが「可哀相な、おじさま」で語っている。

府川さんによれば、平成十一年二月はじめ、メイは江藤邸に戻って来た。しかし慶子夫人がいないので、

メイは精神的に不安定であった。玄関横にすわって夫人が帰ってくるのをずっと待っていることもあった。四月になると、江藤が大学に通いはじめ、帰宅は十一時ぐらいになることもあり、メイは留守番をすることもふえた。府川さんは語る。

《何度か噛まれたこともあったらしい。わたしは鎌倉駅で偶然お会いしたことがあるんです。駅のガード下を浮かない顔をして歩いて、手には包帯をまいている。わたしのことを気がつかないんですね。タクシー乗り場に歩いていくおじさまをつかまえて、どうしたんですかと訊いたら、実はメイちゃんに噛まれてね……と。四月の終わりぐらいです。獣医さんに相談して、あの子を残しておくのはセンチメンタリズムだと言って、そんなセンチメンタリズムはもう捨てたほうがいいんだとおっしゃって、お嫁に出してしまった。メイちゃんがいたらいたで大変だけれども、いなければいないで寂しくなる。》

二十一

二十日の江藤から細井氏への電話は続く。久世光彦が朝日新聞に書いた文章に話題は移った。七月十八日日曜日の朝日新聞読書欄に、久世が『幼年時代』を「いい文章」として感想を述べた。

《ご自分の母親の死から書き起こし、遡ってその出自を探り始めるところで初回は終わっているが、これが静かで気負いがなく、それでいて時代の重さと、時間の質量というものが、ずっしりと伝わってくる。いい文章である。一つ一つの言葉に思いがある。江藤さん一人だけの目ではなく、つい昨日まで傍らにい

た奥さんの目も、そこにはある。》

『幼年時代』の冒頭を読んでみよう。「プロローグ　鏡掛け」である。

《二階の六畳に遺された家内の姿見には、当然のことながら鏡掛けが掛っている。この部屋は、家内が化粧部屋にしていた部屋で、簞笥（たんす）が幾棹（いくさお）かあるほかに、片隅には洋風のドレッシング・テーブルも置いてあるので、まだ世帯を持って間もない頃に購（もと）めた和家具の姿見が在ることには、何の不思議もない。

ただ、私の心に一種特別の感慨を喚び起すのは、その鏡掛けの作り方である。表は、家内が若い頃に愛用していた紅型（びんがた）の着物の残り裂（きれ）だが、裏というのか、姿見に掛る部分で縫い合わされて袋状になり、鏡掛けを支えている裂地は、一見して七、八十年は経っていることがわかるお召の端裂で、大きな縞柄にあやめの花が一つ、染め分けられて浮んでいる。

「これはまた、ずい分古風な端裂だなあ。いったいどうしたの？」

と尋ねると、

「あなたのお母様のお召物の端裂よ。私のと合わせて使ってみたの」

と、家内は答えた。

「そんなもの、どこに残っていたのだろうね。戦災ですっかり焼けてしまったと思っていたのに」

「叔母様にいただいたの。叔母様がこっそり私に下さったのよ。あなたのお母様のお形見だから、大事になさいって」

家内は真顔でいった。》

この文の冒頭は、誰もいない部屋をカメラで映し撮っているごとくである。不在の影が濃厚である。あまりにも静かである。

細井氏は久世の文が『幼年時代』を「絶賛した文」だと書いているが、そうであろうか。夫人をなくして、夫人のことになると嗚咽する江藤を励ましている文ではなかろうか。久世が『幼年時代』の文を「静かで気負いがなく」と書いているのは、いつもの江藤の文ではないと言っているのである。『幼年時代』には江藤の文に特有の感情の高さが見られない。江藤の文はそもそも感情の高さを基調とするが、時にさらにぐっと烈しく感情があらわになる。たとえば、それは、遠藤周作を追悼する文「ほっとさせる文学」(「群像」平成八年十二月号)を見ればよくわかる。

遠藤は平成八年九月二十九日に死んだが、前年の二月に遠藤から江藤に手紙が届いて、私の任期も終ったので、三田文学会の理事長を引き受けてほしいという依頼があった。遠藤の任期が終ったとは聞いていなかった江藤は遠藤に電話をかけた。不在であった。病院に行っているという。二、三時間たったころ、電話がかかって来た。

《「もしもし、江藤さん?　遠藤周作です」

という、その最初の声はいつも通りの張りのある声だった。何だ、遠藤さん元気じゃないかと、二言三言話しているうちに、その声の調子がガラリと変った。

「この通り、身体がしんどうてたまらんのや。若林(真)にも田久保(英夫)にもようい うてあるから、代ってくれないか……」

急に力を喪ったその声の翳りかたに、私は胸を衝かれた。遠藤さんの生命が尽きつつあるのではないかという想いが、俄かに込み上げて来た。それなら若林さんや田久保さんとよく相談してと、私は答えないわけにはいかなかった。（中略）

そのうちに秋が来て、遠藤さんが文化勲章を受章するという慶事があった。今、年譜を繙いて見ると、遠藤さんがいかに様々な栄誉を受けていたかには、あらためて感じ入らないわけにはいかない。数々の文学賞はいうに及ばず、外国の勲章や名誉学位が、文字通り綺羅星のように並んでいるからである。

そのなかでも、文化勲章は、やはり遠藤さんにとって特別なものであったに違いない。その授賞式に、しかし遠藤さんは出席できなかった。ちょうどその頃、「三田文学」の編集者が、

「いい機会だから、この際遠藤さんと対談してもらいましょうか」

といって来たとき、私は、あやうく爆発しかけた癇癪を抑えるのに苦労した。何を呑気なことをいっているのだ。遠藤さんはおそらく死に至る病の床に在るのにと、私はそのとき叫びかけていた。》

遠藤の死後半月ほど経って、江藤は『深い河』特装版を開いた。そして署名と落款を見たとき、急に涙がこぼれて来た。

《「死んじゃって、死んじゃって……」といいながら私はしばらく泣いていた。それは遠藤さんが亡くなってから、はじめて流した涙であった。》

これこそが江藤の文章である。自らの高まった感情を率直に言葉にして江藤は文章を書いて来た。先に引いた久世の文に「ご自分の母親の死から書き起こし」とあるが、江藤は何度も、若くして死んだ母親のことを書いて来た。しかし、その死を真正面から取り上げたのは『一族再会』（昭和四十八年刊）である。その第一章の表題は「母」であるが、その冒頭は次の通りである。

《私が母を亡くしたのは、四歳のときである。つまりそれが、私が世界を喪失しはじめた最初のきっかけである。正確にいえば、私が生れたときすでに、私の家族はひとつの大きな喪失、あるいは不在の影をうけていたのかも知れない。父はまだ十一歳のときに祖父を亡くしていたからである。

この祖父については、以前に書いたことがあるから、ここではくりかえさない。母の死をきっかけにして、私は自分の周囲から次々に世界を構成する要素が剥落（はくらく）して行ったように感じている。敗戦や戦後の社会変動がそれに拍車をかけたことは否定できない。》

江藤の文学的営為はここにいう「世界」の「喪失」との戦いであった。自らを、そして周囲の人々を、読者を、奮い立たせるために、その文は時に激烈の様相を帯びた。大きなエネルギーがこもった文を書いた。しかし、『妻と私』にはそのエネルギーが欠落している。『幼年時代』にはエネルギーをこめようとしている努力が感じられなくもないといえばよかろうか。それは、平成十年九月に書いた『漱石とその時代』と比べて、その差は歴然としている。

細井氏の文に戻る。

《「久世くんのはありがたかったよ。とくに（文章の中に）家内の目もあるということを……」

そこまで話して、あとが続かない。受話器の向こうからは、嗚咽する声が聞こえてきた。この八ヵ月間、慶子夫人のことに話題が及ぶたびに、感極まって、先生は泣いた。どれほどの涙を流したことだろう。しかし、その頻度も徐々に減ってきていた。

「休みの日にすみませんでした。奥様にもよろしく」

丁寧な挨拶があって、電話は切られた。》

翌二十一日に細井氏は約束の十五分前の一時四十五分に江藤邸から十メートルほどのところでタクシーを降りた。青空のもと、蒸し暑さの中を蝉の声がふりそそいでいた。十分ほどして江藤邸の門を細井氏はくぐった。


応接間に通されてしばらくすると、江藤が原稿の入った封筒と杖を持って現われた。原稿は二十九枚になっていた。いつものように、江藤本人の前で細井氏は原稿を読んだ。素晴らしい原稿です、というと、江藤はすかさず、

「脳梗塞の影響は出ていませんか」

と昨日の電話と同じ質問をくりかえした。

江藤は次のような思いを細井氏に話した。

《「この仕事を四十何年もやってきているし、書いている間は張りもあるけど、つらい仕事ですよ。書き上げて愉快という仕事でもない。『幼年時代』は書かなかった方が幸せだったんじゃないか、という気持ちも

あるな」》

『幼年時代』は『道草』なのだから、「もっと卑しい所、もっと悪い所、もっと面目を失するやうな自分の欠点」を書くことになる。いや、「罪」と言い得るものも書かなくてはならなくなる。昭和四十二年に書かれ未完に終わり、生前どの本にも収録されなかった「日本と私」には、夫人をなぐる江藤本人を描いている。夫人は昭和三十七年のアメリカでの手術のせいで子供の産めない体になった（本書「言葉にささえられて」参照）。たとえば、そういうことを書くことは老いて病身になった江藤には責苦に遭っている思いになるであろう。だから、「『幼年時代』は書かなかった方が幸せだった」という気持になるであろう。

江藤は細井氏に、「君だから言うのだけれど」と前置きして、

「人とあまり会いたくないんですよ。形骸（けいがい）に会いに来ても、しようがないじゃないか」

と、語った。あるいは

「江藤淳のぬけがらになっているのではないか」

と、言葉を重ねて語っている。

細井氏が「いや、先生が存在しているだけで、みなピリピリしています」

と告げると、

「それは、（江藤淳の）残像なんじゃないか」

という返答がたたみかけるように来た。

そして、「脳梗塞による二度目の入院にはまいった」と江藤が言ったと細井氏は記している。この言葉通りだと入院が応えたとも取れるが、脳梗塞による入院中の江藤の細井氏への電話では、「女房の死、大病、

脳梗塞と三連打を浴びて、自分のおかれている状況がはっきり見えてきて、これは安楽な状況ではないぞと、うんざりしているところなんです」と語っているのだから、先の言葉は、入院という言葉を使わないといけないならば、「脳梗塞には参ったと二度目の入院中に身をもって知った」とでも補足訂正すべきであろう。

この一時間の江藤邸滞在で細井氏が感じたことは、江藤が、生きることへの意志と、死への誘惑の両極のあいだで揺れている、ということであった。

二十二

江藤が死ぬ前日まで書いていた『幼年時代』は幼い江藤の成育を伯母に知らせる母親の手紙を読み解く文章である。遺書を除けば、これが絶筆であった。

永井龍男の絶筆といっていいものは「螢」という文で、死ぬ年の平成二年六月下旬に書かれている。「螢」は「第三十二回鎌倉薪能パンフレット」九月号に載った。母親の思い出を語りながら鎌倉住まいを回顧したものである。

永井が生まれたのは、先にも書いたように、明治三十七年で、日露戦争が起った年である。ということは、永井の成育は日露戦争後ということである。先にも引いた永井の言葉をかりると、「二年間の日露戦役で国費を使い果した国の現実」に親も子も直面せざるを得なかった。母親は家計に追われ続けた。これも先に記した。

永井は昭和二十六年一月に「日向の萱（かや）」という作品を発表している。母親の死をあつかった作品である。

永井は四十七歳であった。その三年後に「母を語る―私の肩に」という文を発表した。「母を語る」の中で、永井は、

《私が悲しいのは、私の母が貧しさに負けて、母としての恩愛を私に遺して行つて呉れなかつた点にあります。永い間、このことは考えてみたのですが、そう云い切つても、私の身勝手ではないようです。最初に申したように、私は「母を語る」ことに、自分自身の存在を籠めて、恥かしさを感じます。そういう母と、貧寒な境遇に負けた一少年の姿が、他人ごとのように、まざまざと浮んでくるからです。》

と書いて、一つの「悪」を語っている。

《友達の家へ遊びに行つた私は、友達が座を外した折に、そのガマ口から僅かな銭を盗んだことがあります。こういう辛い記憶は、一生離れないものと思われます。》

この貧しさに負けた生き方は母から来たと永井は断じ、ここに母の死を書かなくてはならない強い動機が生まれた。

母親は長兄の嫁と折り合いが悪く、嫁は二度目の出産の際、急死するが、死ぬまでことごとく二人は争い続けた。長兄の再婚相手とも嫁姑の険悪な関係が生じた。

永井が文藝春秋社に就職してしばらく後、母と二人の生活を始めた。四、五年して永井は結婚を決意する。永井は、母と長兄の嫁とのいざこざを見ていたから、自分の新婚生活についての願いを、母と長兄に決意を

こめて語った。「日向の萱」から引く。

《新しい生活にわれわれ夫婦の型が出来るまでは、母は兄の家へもう一度戻って欲しい、――ということでした。末弟として、これは当然の権利だと思いましたし、母も簡単に諒解するものと私は信じて居りました。日本の家族制度の煩わしさを、自ら打破するのだといわぬばかりの、一人よがりな私の態度が、母や兄にどう響くかなぞとは、考えても居りませんでした。

その時の母というものは、まことに哀れなものでございました。僅かに残された母子水入らずの情も、新しく迎える嫁のために根こそぎ奪われて了(しま)うのだという風に、身も世もなく泣き入るといった訳で、噛んで含めるような兄たちの条理もまるで耳には入らず、嬰児(えいじ)の感情をそのまま剥(む)き出しに、がむしゃらに何かにいいつこうとし、次第に眼を据え、呪詛の言葉までいい放つ有様でございました。

しんまで枯れた母親と思いなしていた私は、母親というものの中に、死ぬまでは決して消えることのない「女」を見たような気が致しました。若い私には、異様な経験でありました。》（「日向の萱」・傍点引用者）

永井は若妻を含めた三人の暮らしを始めることに思い直した。昭和九年一月のことである。

《私ども夫婦と母の三人の暮しが、間もなく始まりました。なによりも私は、母の立場の分を越さぬように気を配りましたので、中に入った妻が一番苦しんだようでございます。云うに云われぬ女同士の感情のもつれが、後を断たなかったようでしたが、幸いに、私の考えは七分通りうまく行く様子で、「あきらめ」とか「さび」とかいったようなものの、少しずつ母親の日常にあらわれてくるのを、私は見逃しませんでした。

——こう申していると、妻帯以来の私が、母を邪魔者扱いしたようにおとりになるかも知れませんが、決してそんなつもりはありませんでした。つまり、いつかは独りぼっちになるべき母親というもの、あきらめ切らなければ、子からも愛されない母親というものの在り方を、なんとか悟らせたいと思ったからのことでございました。》

母親の死後数年して、永井の妻は結婚して一週間目に実は実家に戻る決心をするところだった、と述懐した。しかし、永井の教導は右の文にあるように母の日常に変化を現わし始めたと、永井は感じ取っていた。

翌年、永井一家は鎌倉の大塔宮前に移った。鎌倉から東京の娘の所に出かけた母親は、滞在中、咽喉癌を発症して半月後の三月に六十四歳で死んだ。しかし、「日向の萱」では「母親の方は、六十二で七、八年前に歿（ぼっ）しました」と書かれている。昭和二十六年の発表であるから、母親の死は昭和十八、九年のことになる。また、疎開先で妻を喪い脳溢血に倒れた長兄が永井の家に転がりこんで来る話が「日向の萱」の中では満州引揚者で脳溢血に倒れて転がりこんだ兄として登場する。これらのことから、戦争が負け戦（いくさ）の兆しを現わし始めた頃から敗戦後の混乱期に作品の舞台を設定したことになる。だから、「日向の萱」を発表当時に読んだものは敗戦前後の世相をそのまま映したものとしてわが事のように感じられたであろう。漱石の大正四年の「断片」にある、「particular case」を「general case」に「reduce」しよう、と永井は工夫をしたのであろう。

だが、次に描かれた出来事はどうであろう。——「つい先日、妙なことがありました」と語られた話である。文中の「入院」とは半身不随に近い状態の長兄が国立病院に入れるようになったことを指している。

《日曜の午後でございました。入院の手筈（てはず）もすみ、久し振りにホッとした気持で、ブラリと私は家を出ました。素晴しい天気で、子供たちを連れてそこらを歩いて見るつもりは朝からあったのですが、約束するとうるさいので、そのまま家の中の片付け仕事に午前中をすごすと、いつの間にか子供たちはどこかへ出かけてしまっていました。縁側で日向（ひなた）ぼっこをする兄にも、台所の妻にも黙って、私は下駄を履（は）きました。

御存じでしょうが、××川へ入る小川の一つが、私の家から三十分先きの丘に沿って、浅く流れて居ります。小さな石橋を渡って丘まで突き当たれば、高見に稲荷神社のある処で、水の流れはごくわずかなのですが、川幅にくらべて両岸はかなり深く、秋空を冷えびえと映していました。石橋を渡った右手には地主の家の門があり、大きな欅（けやき）が日を浴びて聳えています。散り尽したその落葉が、その辺から、ふかい川の岸へかけて一面に敷いています。橋の左手は、川の上の崖が孟宗の竹藪（たけやぶ）で、かすかに揺らぐ葉先きを見上げると、欅の枝から竹藪の上にかけての秋空が、ひときわ澄み渡るような気がしました。竹藪の中に、何か音がします。それが一層静けさを増すように思われました。

ふところ手をして、私は石橋を渡りました。竹藪を洩れる日ざしが、チラチラと着物の上を撫でるのを、私は知っていました。私は渡り切って、二足三足ゆっくり足を運びつづけた時でした。ふところ手をした私の肩に、ふんわりと誰かがおぶさりかかりました。それには、私を驚かせるような気配は少しもありませんでしたが、そのかわり振り放そうとしても、決して私の肩から去らないであろうことが、すぐ感じとれました。私は、それが誰であるかをも、すぐ諒解しました。

行く手に、枯れつくした萱の丘が、午後の日をうけてあたたかく見上げられました。一っ時、なんとなく不自由をおぼえた姿勢を、私はゆるやかに動かしてみました。――私は亡くなった母親を背負っているのでした。それ以来、私の肩を母親は去りかねて居ります。私の気持を分かっていただけるでございましょうか。

丘をめぐって、私は散歩を続けました。母の墓にも、随分永く詣でていないことや、けさも古い用箪笥の引き出しで見た、いろいろなボタンや細かな金具を入れた、母の小箱を思い出して居りました。

　これからの私が、私自身の行ないの上で、母親を成仏させたと確信するまでは、当分肩の上を静かな居場所として、老母は私と一緒に暮すつもりなことが、よく察しられるのでございます。》（傍点永井）

永井は『東京の横丁』に、「日向の萱」より、「御存じでしょうが」から「よく察しられるのでございます」までを引いた上で、次のように述べている。

《自分の少年時代を思うにつけて、私は母の至らなさを恥かしく思ったり、ある場合は憎んで来さえした。貧しさに負け、心の余裕を失った一人の母親を、冷たい眼で見ながら生長したが、母親の血というものが、いつの間にか直かに私に通っていることを、その時身に染みて実感した。その私が享け継いだ欠点を、なんとか私の行為の上で償なわない限り、母は成仏しないのだと、私は素直に感じ取った。》

　母親は貧乏ゆえに身に付けてしまった自分の「至らなさ」が息子の上に顕著にうかがえることを知っている。それを息子に伝え、その「欠点」を息子が払拭することを願っている。それまでは母親は中有（ちゅうう）をさまようであろう。これは「恩愛」と言っていいであろう。——永井は母がおぶさってきた時にそう直覚し、そう易しくない苦行をわが生涯になすべきこととして生きようとし、生きた。

　この体験は、極めて「particular」な体験であって、「general」な体験にはなりがたい。だが、読者が、この永井の体験に羨望を覚えたならば、その時この永井の体験は「general」なものになったといっていいであろう。

先にふれたように、昭和九年に新婚の永井は母とともに鎌倉大塔宮に移った。家の近くには、「日向の萱」にあるように、小川が流れていた。

《夕刻バスを下りて、私はこの小川で、螢のとび交(か)うのを見つけた。東京育ちの私は昂奮気味で我が家にかけ込み、妻にこのことを告げた。》（「螢」）

永井が鎌倉に移ったのは昭和九年の十一月だから、永井が鎌倉の小川で螢を見たのは翌年のことになる。母親は昭和十年の三月に死んだのだから、母親は鎌倉の螢を知らない。

「螢」の文は先に書いたように、平成二年六月に成ったが、この年、次女が大塔宮の近くに住むようになったと「螢」にある。次女の家の前に小川が流れている。その小川で永井は「螢の舞うのを発見した。戦後絶えてしまった螢を」とある。

永井と小林秀雄の付き合いは永く深いことはここまでふれて来たことからも判然とするであろう。その小林に螢にふれた文がある。

小林は東京から昭和六年に母親とともに鎌倉に移っている。三年後、小林は結婚し、鎌倉の扇ヶ谷(おうぎがやつ)に転居した。小林の母親は昭和二十一年五月下旬、戦後の混乱期に死んだ。母親の死後数日のある日、小林は仏(ほとけ)に上げるろうそくを切らしたのに気づき買いに出かけた。

《私の家は、扇ヶ谷の奥にあつて、家の前の道に添うて小川が流れてゐた。もう夕暮であつた。門を出ると、行手に螢（ほたる）が一匹飛んでゐるのを見た。この辺りには、毎年螢をよく見掛けるのだが、その年は初めて見る螢だつた。今まで見た事もない様な大ぶりのもので、見事に光つてゐた。おつかさんは、今は螢になつてゐる、と私はふと思つた。螢の飛ぶ後を歩きながら、私は、もうその考へから逃れる事が出来なかつた。》（「感想」）

「おつかさん」という螢を見てからほぼ二十年経って、母親を知る大岡昇平との対談（「文学の四十年」）の中で小林は語っている。

《ぼくのは、親父が先だろう、だからその苦労といったらひどいもんだよ。ぼくなんかああいう愚連隊だったからね。……それがいつもあるんだな。ぼくはこのごろ、おふくろのことばかり考えている。恩が返せなかったんだよ、ぼくは。それを思うんだよ。》

この対談のあった昭和四十年に小林は十一年半に及ぶことになる「本居宣長」の連載をはじめた。永井が見た、「戦後絶えてしまった螢」というとき、右の小林の螢のことを思い出していたであろう。螢は、小林にとっても永井にとっても、母親と結びついている。永井の「螢」は、次の文をもって終わっている。

《お袋は昭和十年に東京大塚の木村病院で病没した。六十四歳であった。
（今年は長患（ながわずらい）で、春も夏もなく過し、方々に御迷惑をかけた。この小文もヨタヨタである）》

「螢」を書いて三ヶ月ほど経った十月九日の夜に永井は胸の痛みを訴えて救急車で病院に運ばれた。里帰りする長女に、「お前はもうよそにやった娘なのだから、そんなに帰って来ることはない。亭主に迷惑をかけるな」というのが永井の口癖であったが、三、四年前、いつものあいさつで「又来ますね」と軽く声をかけると、背をしゃんと正して「ああ、よろしく頼む」と永井は頭を下げた。入院する二日ほど前のことである。台所に立とうとする夫人を、永井は、「俺は二、三日うちに死ぬ気がする。晩飯の支度なんか放っておけ。淋しいからお前もここに坐って一緒に話でもしよう」と引きとめた。（「父のこと」友野朝子）

入院三日目の十二日に永井は死んだ。心筋梗塞であった。八十六歳である。看取っていた孫がもしも気づかなければ、その死が判らぬくらい静かな死だった。

二十三

幼い自分の成長を母の手紙を書き写しながら江藤は何を思ったか。それを考えると、『幼年時代』の次の文は忘れられない。「プロローグ」にある文である。

《もし生命があったならば、自分の人生がどんなはじまり方をしたのかを、見詰め直してみたい。そして、それがどんな終り方をしようとしているのかと、できるだけ正確に見くらべてみたい。》

この江藤の文と同趣旨のことを永井も述べている。芝木好子の永井追悼文にある。

《以前、永井先生は死について、なんの前ぶれもなしに死ぬのではなく、終りを見たい、という意味のことを言われた。》(「ある日の永井龍男先生」)

この永井の述懐は、江藤の永井追悼文の――「随分永いことあなたは死に支度をして来られたのですね」という文に呼応する。

これは様々な人の生を見て、書いてきた作家の業であろうか。それとも二人に親しい小林秀雄の次の言葉を聴き知ってのことであろうか。次の文は入江隆則氏のもので、入江氏は江藤と親しい人である。

《「入江君、不思議だねぇ。人間というものは、おぎゃあと生まれたその場所に、最後は必ず帰るんだよ。」》(「幻の小林秀雄論」)

『幼年時代』は江藤が「おぎゃあと生まれたその場所」のことを綴ったものである。母の手紙を読み、写しながら、江藤は一つのうれしい発見をした。母の手紙――「こちらの御祖父様にも似てゐるとおつしやる方もございます、何しろ本当に男らしい顔をして居ります、皆様に可愛がつていただいてこんなに幸せ者はないと思つて居ります、只今は唯風邪をひかせませせん様にと注意して育てて居ります」云々――を読みながら江藤は次のように述べている。

《自分のことを他人事のように、へえ、そうか、やっぱりそうだったのかと、はじめて生みの母の筆で知らされるという驚ろきと喜びと哀しさが、胸に溢れないはずはない。しかし、それにも増して意外だったのは、この手紙の行間から、母の声が聴えて来たという事実である。

何度読み返しても、いや、読み返すたびにその声は、私の耳の奥に聴えて来た。それは落着いていて、知的で優しく、明かるい張りのある声であった。私はもう、母の声をよく覚えていないなどとはいえない。手紙を読み返すたびに、それは甦って来る。読み返さなくとも、私はその声を忘れることなどできない。私は、母の声を知らない子ではなかったのである。》（『幼年時代』）

第一章「声」はこの発見の喜びで終わった。それでは、第二章「初節句」はどうか。「初節句」には一枚の写真について江藤が文を進めるところがある。その写真には、

《この写真は、まるで当時の活動写真のスティールでも見るような風情に撮れている。三ッ揃いの背広を着た父は、やや斜に構えて肘掛椅子に坐り、母はその父に倚（よ）りかかるようなポーズで、椅子の肘に身を預けているからだ。その母は、いかにも幸福そうに微笑を浮べている。》（『同上』）

というふうに江藤の両親が写っている。この写真に見入りながら、「六十代」の江藤は「殆（あやう）いかな」と思った。「少し幸福過ぎるように撮れていはしない」か、というのである。

《好事魔多し、というではないか。天魔に魅入られる、という言葉もあるではないか。それほどこの幸福な父母の写真は、私にはいかにも無防備なものに見えてならない。それとも人間というものは、こういうとき

とかく無防備になってしまうものなのだろうか？　のちに敦夫（江藤）の結婚生活が、結局は父母の運命を繰り返してしまったように、あの鏡掛けが暗示するような血縁の宿命は、絶ち難いというべきなのだろうか。》（『同上』）

ここに江藤が言及している「幸福そう」な両親が写った写真の記述を読んでいると、思い起こされる写真がある。最初はどこで見たのかは覚えないが、今手元にある平成十一年の、「文藝春秋」（九月号）、「女性セブン」（八月十二日号）、「週刊女性」（八月十日号）と「週刊文春」（八月五日号）に江藤の自死に関する記事に掲載された写真である。「二年前の夏、軽井沢の別荘で（産経新聞社提供）」というキャプションが「週刊文春」の記事には付いている。江藤が「山小屋」とよんだ建物がバックに一部見える。テーブルを前にして、江藤はいすに腰をかけ、夫人は江藤の右に立って左手を江藤がすわっているいすの背においている。コッカー・スパニエルのメイがガラス板のテーブルの下に見える。江藤の服装は父親のように「三ッ揃い」ではなく、ラフな格好で、ジャケットの下にはポロシャツを着ており、夫人は五分袖のニットのセーターにチェックのスカートを身につけ、頸元（くびもと）にはスカーフを巻いている。そして二人とも力が抜けていて、莞爾（かんじ）として笑っている。『幼年時代』の言葉をかりれば、「いかにも幸福そう」である。

「二年前の夏」とあるから、平成九年の夏である。夫人歿後に江藤がこの写真をみれば、「いかにも無防備なものに見えてならない」と思ったであろう。「新潮」にこの年の一月号からライフワークの『漱石とその時代』最終巻の第五部の連載が始まっていたし、「産経新聞」に「月に一度」の連載が開始されたのも一月からであった。江藤は全国紙の第一面に書く機会が与えられて大いに喜んだ。この翌年が「『破』の年」になろうとは夢にも思いはしなかったであろう。『幼年時代』を書きながら、まさしく「好事魔多し」、「天魔に魅入られる」

といった思いに捕らわれたであろう。

母の死は、六十年以上も前のことで、「そんなこともあったのだ、そういえば自分は生母を幼い頃に亡くしたのだった」と「ほとんど淡白な気持でふと思い出すだけになっていた」はずなのに、夫人に先立たれて、母の死が今、眼前に起こったかのように体験する事件になるとは、人の心の不思議を思わずにはいられない。車谷氏の江藤追悼文に次のようにある。――「江藤淳の死に接して見ると、江藤淳の内部に於いては、母及び妻を喪失したことが、いかに深く崩壊感覚を穿ったかが如実に窺えるのである。」（「喪失」）

小林がいうように、夫人の死を体験することによって、江藤が六十一年前の母の死を再体験したことは、「おぎゃあと生まれたその場所」に江藤は帰ったことになるであろう。

「初節句」は母の健康を危惧する言葉で終わっている。――「初節句のときには、もとよりそれは維持されていた。その翌年も、翌々年も、維持されているかのように見えた。」母は健康が維持されなければ夫の母に仕えることはできないであろう。母が死に向かう数年を描くことは、「悪」を綴ることよりも、「罪」を暴くことよりも、病苦の只中の江藤には、何にもまして辛かったであろう。母に「矢」が当たったことを、江頭家が「壊（やぶ）る」ことを、描くことになるからである。

二十四

江藤は『幼年時代』を書くことで、夫人喪失という難局を切り抜けようとした。そこに起こったのが、六月十日の脳梗塞であった。江藤は遺書に述べている。

《心身の不自由は進み、病苦は堪え難し。去る六月十日、脳梗塞の発作に遭いし以来の江藤淳は形骸に過ぎず。自ら処決して形骸を断ずる所以なり。乞う、諸君よ、これを諒とせられよ。

平成十一年七月二十一日

江藤　淳》

この遺書はその写しがカラーで翌日の朝刊の一面に載った。万年筆で書かれた端正な字は急ぎ死を決した人のものとは思えない。

江藤の最後の日となった七月二十一日のことを述べる前に読んでおきたい江藤の文がある。

先に引いた細井氏の文に、「入院中万年筆を持たなかったので（産経新聞の連載「月に一度」の原稿は4Bの鉛筆で書いていた）」、とあった。この入院は、先に述べたように、六月十日に起こった脳梗塞によるもので、七月八日までのことであった。江藤は平成十一年七月の「月に一度」をこの入院中に書いたのである。これが最後の「月に一度」となった。七月五日の掲載である。

その題は「政治家と病気」である。冒頭は「竹下登元首相が、腰を痛めて入院したというニュースが伝えられてから、既に相当の時日が経過している」とある。続いて、

《私が竹下さんに会ったのは、一昨年の夏、産経新聞政治部の特別企画で、対談したのがもっとも最近の機会である。（中略）／そのときの竹下さんは、盛夏だというのに紺のダブルの背広に身を固め、相変わらず「言

語明瞭、意味不明瞭」ながら、「含蓄深遠（がんちくしんえん）」な話をした。》

とあって、以降「病気になった政治家ほど辛いものはないに違いない」と述べて、「政治家と病気」について展開した。池田勇人（はやと）、大平正芳、エリツィン、グラントといった東西の政治家が登場する。ここまで、文の意は明瞭である。

続いて、江藤は次のように述べた。

《かくのごとく政治家は、いや人は、結局言葉によって生きる。言葉を失ったことこそ、政治家田中角栄の最大の不幸だったのかも知れない。》

この文は前と明瞭につながらない。この文の前には、アメリカのグラント元大統領が晩年、癌の痛みに耐えながら自伝を執筆する話が書かれていて、政治家グラントが「言葉によって生きる」という話ではない。そもそも竹下登からグラントまでの政治家五人とも一人として「言葉を失っ」てはいないのである。

確かに、今引いた文には、「いや人は」と書かれている。「人は、言葉によって生きる」、それはそうだ。だが、江藤の文はまず「政治家は」と文頭に持って来て、次の文にわざわざ「政治家田中角栄」と断っている。人も知る通り、晩年の田中角栄は「言葉を失った」人であり、江藤の文は「かくのごとく政治家は、結局言葉によって生きる」とあるように、政治家と言葉喪失を述べた文として読み手に伝えようとしている。しかし、この文のタイトルは「政治家と病気」であり、「言葉」を失う、失わない、の問題は田中角栄以外はかかわらない。この文は「言語明瞭、意味不明瞭」ながら、「含蓄深遠」というべきか。いったい、江藤は何が言いたいのであろう。

誰が「言葉によって生き」ているか。「言葉によって生きる」人は、言わずと知れたことで、誰よりも作家である。魂の深奥から言葉を紡ぐのが作家である。江藤はそれができなくなったといいたいのではないか。そうすると、この「政治家と病気」という一文は、文士江藤の病気の深刻さを伝えているとも取れる。

政治家は「言語明瞭、意味不明瞭」ながら、「含蓄深遠」であればやっていけるかも知れない。だが、作家はどうか。「含蓄深遠」は望むところである、だが、そうであるのは、「言語明瞭、意味不明瞭」であるからであってはならない。また、考えあって「意味不明瞭」な文章を書くことと、病気によってそうなることとは別事である。

脳梗塞による入院中に江藤に何かが起こったのだ。江藤が八月の入院中の夫人について述べた言葉をかりると、「当人にしかわからない何事かが、ひそかに起っていたのかもしれない」。この言葉を要約すると、「江藤淳」が「形骸」となってしまったのではないかという底知れぬ怖(おそ)れであろう。

二十五

庭師の鈴木氏は、七月二十一日、朝十時から江藤邸の庭樹の手入れをしていた。江藤は、午前中は書斎で机に向かって何かを書いていた。

細井氏によると、『幼年時代』二回目の原稿は「昨日（二十日）は午後も書いていたとのことだった。そうすると、昨日の午後には原稿を書き終えていたのだろうか」と推測している。鈴木氏は午前中は「『文學界』の原稿を書いていらしたのか、それとも……」と述べている。

遺書に「形骸」という言葉があり、二十一日午後二時に江藤邸を訪れた細井氏に江藤が「形骸に会いにきても、しょうがないじゃないか」と「形骸」という言葉を語ったということは、鈴木氏が述べたように、「それとも」ということではないか。つまり、午前に遺書を書いたのだ。その遺書の反響があって、細井氏に「形骸」という言葉を用いたのではないか。前日の二十日まで『幼年時代』の第二回目を「病苦」に堪えて書きながら、身をもって自らが「形骸」の身となってしまったことを自得したのだ。――二十一日の午前中に、江藤は遺書を書いた。とすれば、先に引いた、細井氏の「最後の原稿を受けとって」という文で、二十一日の江藤が細井氏に語ったもろもろの話は死を決心した人の発言と解すべきことになる。

おそらく、二十日の夜に、江藤は、「一個」の佐伯がしたように、柱時計の振り子を止めたのだ。

昼は、江藤が「食堂でお手伝いさんと話したり笑ったりしながら食事をしている」のを庭で弁当を広げている鈴木氏は聞いている。江藤は「末期の眼」をもって二十一日を過ごしているように思われる。

《午後は二時から三時に「文學界」編集長がいらっしゃいましたね。四時くらいに急に真っ黒な雲が立ち込めてきましたが、先生はいつものように応接間で四時半ぐらいからウィスキーを飲み出した。そのうち、雷がゴロゴロと鳴ってきて、五時くらいにダーッて雨が降り出した。「明日やればいいよ」とおっしゃったんで、仕事をしまって車で十分ほどの自宅に帰ったんです。家に着く前に家内が先生の電話を受けたそうで、「お手伝いさんを六時少し過ぎにバス停まで乗せていってくれないか」と。それじゃあと出掛けようとすると「小降りになったから、お手伝いさん、歩いて帰ったから。もういいよ」ともう一度電話をいただいたんですが、生ゴミを出すのを忘れてたんで、そう言って六時過ぎにまた伺いました。裏口を開けてもらうと、先生は食堂で食事をされていたようです。外灯が切れているのに気づいたんですが、「あっ、そう。やっといてくれる」といつもとまったく変わりませんでした。電球を取り替えたりして十分ほどいて帰ったんです。》（「あの晩のこと」）

八時すぎに、家政婦から鈴木氏に、「先生が大変です。お風呂場で」と叫び声の電話があった。

《先生は湯船の中に座るようにつかって首をうなだれた顔をお湯につけていて、浴槽の脇の右側の台に包丁が置いてあったんです。亡くなっていることはすぐには分かりませんでした。細かい傷が首や手にあった。》（「同上」）

これが、鈴木氏による、江藤の最後の日の七月二十一日である。

江藤家の家政婦は風呂場に倒れている江藤を発見して、鈴木氏に電話をかけたが、府川さんにも電話をした。府川さんは江藤邸に急いだ。江藤は「溺死」していた。

一階の書斎に「鈴木さんと家政婦さんとわたしに宛てた茶封筒の手紙」が残されていた。府川さんは「手紙」と書いているが、後事を託されているのだから、「遺書」といってよかろう。府川さん宛ての遺書を引く。

《前略、これ以上皆に迷惑をおかけするわけにはいかないので、慶子の所へ行くことにします。
まことに申訳ないけれども、あとをよろしくお願いします。葬儀は極内輪に、遺骨は青山のお墓に納めて下さい。

平成十一年七月二十一日

さようなら

江頭淳夫》

「江頭淳夫」は江藤の本名である。

二十六

江藤の自死の原因を二十一日午後の雷雨にあると石原氏は説いている。鈴木氏も触れているが、二十一日午後四時半過ぎから降り出した雨はすごかった。石原氏は先に引いた江藤追悼文に語っている。

《あの日の午後関東一円を襲った雷雨の激しさは並のものではなかった。

同じ鎌倉に住んでいつも江藤と接していた私たちの共通の友人だった前の東大教授でインドの歴史を教えてい、定年引退の後江藤を同じ大正大学に誘って招いた辛島昇が密葬の日、隣の席で、

「あの雨さえなかったらなあ――」

とつぶやくようにいっていたが、私もそんな気がしている。

巨きな喪失の後の痛みの中での放心の折々、時としては死を願ったりもして激しく揺らぎながら耐えてきていた、身寄りも無く他に失うものは自らしかないような孤独に老いた男にとって、あの久し振りの天変地異は通り魔のように彼を引き裂き、死に向かって誘い追い落としたに違いない。》（「追悼　さらば、友よ、江

藤よ！」）

この雷雨による急激な気圧の低下が、「一個」になった江藤に自死の行動をとらせたと、石原氏や辛島氏は考えた。自死の五日前の十六日付の石原氏宛ての江藤の手紙を石原氏は江藤追悼文に引いている。その手紙を引く。文中の「田村さん」は石原氏が紹介した家政婦である。

《田村さんには昨夜から住み込んでもらい、夜全く一人でいるわけではないという安心感を満喫しています。聡明な人で、お料理も上手なので、久し振りで自分の家にいるという気持ちになって来ました。この上は充分予後を養い、再起を期したいと願っています——》

十六日夜には江藤は「再起を期」すつもりでいたことになる。だから、江藤自死の原因は急激な気圧の低下にあるというのである。

だが、見てきたように、江藤は文士として、人には、殊に同業者には、言い難い怖れを抱いて『幼年時代』第二章を執筆していたのだ。

府川さんによれば、二十一日午後六時すぎまで江藤家にいたお手伝いさんと、午後八時すぎに来て江藤が死んでいるのを発見した家政婦とは別人である。八時すぎに来た家政婦は「田村さん」で、数日の猶予をもらっていて、この日からずっと泊まり込むことになっていた人である。

二十七

人は家庭で生き死にをする。どこにいようとも、人は妻を思い、父母を思い、子を思う。

永井が、軽井沢の山荘に行こうとする江藤に行き会ったとき、妻と犬だけなのを見て、「ご家族は、これだけでしたっけ？」と尋ねたのも、人は家族とともに生き死にをするものだからである。

江藤は永井追悼文の中で、

《奥様のお話では、この夏はことのほか体力が弱られて、お箸が重い、万年筆も重い、原稿用紙に向うのが苦痛だと、訴えられるようになっていたという。あの永井さんが、万年筆が重くなられたとはと、胸を衝かれはしたが、あまり悲愴な想いはなかった。もうこれで精一杯だというところまで仕事をして、安らかに逝かれたことが納得できたからである。》（「散歩の途中」）

と述べている。では、江藤はどうであったか、といえば、『妻と私』の中で、「這ってでも書斎に戻り、『漱石とその時代』を完成させなければならない」と書いていた。『漱石とその時代』は「あと六、七回で終りそうだ」とも、ある。『一族再会』も第二部が完成していない。『昭和の宰相たち』も未完である。生涯に成した仕事は多いし、後世に残る立派な仕事は多々あるが、とても「精一杯というところまで仕事をし」たとは、いえないのである。だが、脳梗塞に遭いし以来の江藤は江藤淳ではなくなった。

もうどうあがいても『漱石とその時代』は書けない。夫人を亡くしたあと、這ってでも書斎に戻り、『漱石とその時代』を完成させなければならない、と祈念したときとは、江藤の肉体は別物となってしまっていたのである。「月に一度」のような短篇は書けるかもしれない。だが、江藤淳の主戦場は文学の世界である。そこで従前の高さの仕事はできぬと江藤は「処決」し、「形骸を断」じたのである。

遠い人近い人

『博多っ子純情』

1

漫画家長谷川法世（ほうせい）氏の『博多っ子純情』は、漫画雑誌「アクション」に昭和五十一年から連載された。

学生のとき、『博多っ子純情』は雑誌掲載のたびに読んだ覚えはないけれども、東京に出てからは、昼休みに会社の同僚と行く東京大神宮近くの喫茶店に、「アクション」の新刊が置いてあるのを知って、隔週発刊の日を待って出かけては読んだ。

『博多っ子純情』は、文句なく名作である。昭和五十八年に八年に亘（わた）った連載が終了するのであるが、三百七十五話もある『博多っ子純情』のどこを語ろうか。

この名作は、博多人形師郷（ごう）五郎の一人息子である六平（ろっぺい）の、中学生から大学生までの物語であるが、主人公六平の他の登場人物も異彩を放っている。

今は、六平が高校生の時に出会った永射（ながい）という友人のことにふれよう。永射は、退学届をふところに入れて高校に通う、烈しい男である。一年のときにバスケットボール部に入部するが、試合中、ロングシュートばかりして先輩に叱られ、ボールを抱えて走り回り、バスケット部を追われた。

この永射が二年になって、六平のいるラグビー部に入って来る。六平たちの高校は福岡県有数の進学校で、二年生になると成績順のクラス編成になり、六平も永射も中学生以来の親友の黒木真澄も最も下の九組になった。三人ともラグビー部員である。

六平たちはラグビーに明け暮れる。ある日、永射は六平の父親が女性と連れ立ってホテルに入るのを目撃する。それを六平に隠そうとして、別の人物が関係したため、永射は却(かえ)って事実を知らせてしまうことになった。幾日か経って、ラグビー部の部室で、永射は六平を思って自らの父親のことを物語る。

2

永射の父親は大学卒のサラリーマンの転勤族で、転勤になるたびに永射は、初めての土地、初めての学校の、昔からのしきたりに難儀(なんぎ)する。中学生のとき、学校を無断で早退して、父親から叱られた。その時、永射は父親を殴(なぐ)った。それ以来、父親は永射に何も言わなくなった。

ラグビー部の合宿でOBの悪質なしごきに耐えかねて合宿所を抜け出した六平や永射たちは、中洲(なかす)で飲んだくれている郷五郎に出交(でく)わして、酒と会話の馳走(ちそう)になる。これ以来、永射は郷五郎に惹かれて行く。

ある日、街でけんかを売られて大騒ぎをして停学になった永射が六平を訪ねてくる。永射は五郎に会いたかったのである。

六平は中間テストの最中ながら父の人形の窯出(かまだ)しを手伝おうとするところであった。窯出しのあと、三人で日の高いうちながら、酒を飲んだ。五郎は手伝いのお礼といって、失敗作の人形をもち出して来た。その人形は近松門左衛門の『女殺(おんなごろし)　油地獄(あぶらのじごく)』から想を得たという。――商家を営む父親が死んで母親は一人では店を切り回せないので、番頭と夫婦になった。すると、息子の与兵衛(よへえ)がぐれだした。働きもせず、飲み打つ買うの日々である。与兵衛は遊びに行くことしか考えない。しかし、母親は金を出してくれない。昼間、店先に立って退屈しているところを表現しようした、と五郎は語った。人目を惹く姿ではない。

五郎は続ける。与兵衛が考えるのは遊びのことだけではない。親父が生きていれば真面目に働くとに、おふくろが再婚しなければぐれんとに、自分がもう少し齢がいっていれば店の切り盛りはできるとに、などと考える。いろいろ悩みのある中で、しまいにゃ金ほしさに人を殺してしまうごたる狂気の宿っていく…。そげなところを作ってみろうと思うたとばってん、うもうでけんやった。まあ、あんまり欲ばりすぎた。

そして、ここで、五郎は永射にしっかりと向き合って言う、これが人形やったけん失敗作で済むばってが、生身の人間なら一生が失敗作っていうて笑っちゃおれんばい。貰うてくれるね、永射さん。

六平は永射の身の上は一切父親に話していなかった。六平とともに家を出た永射は、金縛り(かなしば)におうたごたったぜ、さっき、と与兵衛の人形を抱えながら語った。

3

ラグビー部の部室に戻る。父親の浮気に悩む六平に永射が語り始める。永射は会話のなくなった父親と酒を飲んだというのである。――「なんかしらん、もういっぺん親父に機会を与えちゃろうと思うてくさ……。もいっぺん、見直してんもうと思うてくさ……」。永射は、母を残して、父親を強引に飲みに連れ出したのである。初めは中華料理屋でビールを飲んだ。二人は黙って飲んだ。永射は何を話したかったか判らなくなった。それで永射は付き合っている同級生の女とよく飲みに行くスナックに場所を替えた。成り金のような家に育つ、その女がキープしているレミー・マルタンを口にした永射の父親は、「初めて飲む」と言うて、おどおどしながら口に運んだ。その父親の姿を見て思ったことを、永射は六平に独り言のように語った。――「親父っていうより…なんかこう人間…でくさ、ああ、このおっさんも生きとるっちゃなあと思えてくさ……。そしたら、なんか……今まで親父やけん反発しよったとが、なんか、当てのはずれたごと思えてくさ……。へ！　ばかんごたるな。へ！」

永射は『古事記』の、死んだ母親に会いたくて「青山を枯山なす泣き枯らし海河は悉に泣き乾しき」と形容されるほどに泣きわめき、暴れまくった須佐之男命を彷彿とする。須佐之男命は母をなくして悲劇的だが、永射は「父」をうしなって悲しいのである。だから、永射は友とその父親とをつなぐ糸の一本たらんとしているのである。

4

永射と高校卒業の春に別れて二年が経った。六平は一年の浪人を経て東京の大学生となっていた。永射は映画監督になると言って福岡を出たから東京にいるはずである。だが、音信もなく二年が過ぎていたある日、永射の消息がたまたま六平に知れた。その時、六平の心に寒い風が吹いた。――「いつの間に俺は友達のことに気のまわらん男になったとかいな」――ここに、〝友〟の生きた真の内容がある。

最後に、永射の名前が〝道徳〟であることを付け加えておく。〝みちのり〟と読むのであろうか。

詩と哲学の奪回を

イギリスの著名な陶芸家バーナード・リーチが、東京オリンピックを三年後にひかえた昭和三十六年(一九六一)に五回目の来日をした。リーチの初来日は明治四十二年(一九〇九)のことで、東京の街を歩いたリーチは鷗外、漱石と袖がすれ合ったかもしれない。

リーチは往時をふり返る。——「二十一歳の初来日のときには、自動車もイギリス風の道路も飛行機もラヂオもテレヴィも美術館も共産主義もありませんでした。五十年ほどのうちにこんなにも変ってしまった国は他にありません。今の日本はありとあらゆるものを持っています。そして日本にとって危険なのは自分自身を持っていないということなのです。わたしはこの若々しい日本の望みと信念は、一体何なのだろうといつも自分自身に問い続けています。こんなに巨大なエネルギーを持った日本は、一体どの様な道を歩もうとしているのでしょう。その道とは安定性のある仕事、屋根、寝台、食物そして出来れば娯楽などのことなのでしょうか」

同じころ(昭和三十七年)、アメリカのプリンストン大学に留学していた三十歳の文芸評論家江藤淳は、大学で年に何回か開かれるコンファレンス(学会)に出席した。その秋の学会の主題は「新しい日本・その将来と期待」というものであった。この二日にわたる学会の印象はアメリカのある識者の「日本は今や巨人(ジャイアント)であるが不安な巨人である」という発言に要約されると江藤は思った。——戦前の日本がアジアの盟主を自任していたとき、欧米は懐疑の眼でその自信過剰を冷たくながめていたが、戦後十七年経ち、日本の再生が欧米によって驚異の眼で見つめられているとき、日本はかえって自信喪失に陥っている。——こういう日本と同盟国であるアメリカはどう処するべきか、そんなことが話に出たという。

七十四歳になるイギリス人と若い日本人は、当時の日本に同じものを見ていた。リーチはそれを〝ありとあらゆるものを持っていて、自分自身を持っていない〟と憂慮した。江藤は、四分五裂になっている日本人のウェイ・オヴ・ライフ、と言ってひとりアメリカで痛憤した。コンファレンスでの日本側の発言はほぼ経済問題に沿っていて、日本人の鬱屈したアスピレーションのはけ口はどこにも示されていなかったからである。

なぜ日本人は「自分自身を持っていない」のであろうか。江藤の言葉をかりれば、〝ジャパニーズ・ウェイ・オヴ・ライフ〟を失ったからである。それは取りも直さず、歴史の喪失から来ている。歴史には、日本人の詩と哲学があふれている。リーチが「この若々しい日本」というとき、そこに明治からの日本を知る人の、戦後日本への危惧と憂慮の念がこもっていると感じるのは僕だけであろうか。わずかに戦後の「十六年」をわが歴史と思っている日本人を憂えての表現ではなかったか。

これはリーチも同趣旨のことを言っているが、日本人はおどろくほど活力にあふれた民族なのである、と江藤はいう。そういう日本人は「安定性のある仕事、屋根、寝台、食物そして出来れば娯楽など」にその「巨大なエネルギー」を注ぎこむだけで満足するであろうか。終戦時、廃墟と化した日本の都会には近代の明かりは一つもなく夜空にはこんなにあるのかと思われるほど星が輝いた、漆黒（しっこく）を導く〝ぬばたまの〟という古（いにし）えの枕詞が実感された、という。その廃墟から、おどろくほど短時日に、欧米に驚異の眼で見られた「日本の再生」が成ったのは衣食住の安定を求めたが故だけではない。わが国を完全なる独立国家として保持して行きたいという、熾烈（しれつ）な、戦前の日本人の詩と哲学によってであった。

リーチが認識し危機を感じとった、日本人が自分自身を持っていないという問題は、敗戦が遠い昔となった現今日本の新たな問題の急所を突いていることは付言するまでもなかろう。

下田踏海事件 ―「与力輩愕々色を失ふ」

嘉永六年（一八五三）の九月に吉田松陰は単身江戸を発って長崎に向かった。ロシアの使節プチャーチンが長崎に軍艦四隻を率い、わが国に和親通商を求めて二ヶ月の間停泊していたのである。この年の六月に浦賀にやって来たペリー率いるアメリカ艦隊は武威を示して来年の再来寇を告げ、すでに日本を去っていた。ロシアはアメリカを出し抜かんとしていた。わが国の外交交渉は長崎で行うことになっているから長崎に行くようにアメリカ艦隊に求めても頑として動かなかった。この米国と対抗して、ロシアはあえて穏当に交渉しようとしていた。

このわが国が直面した自主外交の危機打開を佐久間象山と謨った松陰は、誰か日本の若者が異国の情勢を探知するにしかずと結論した。長崎に向かう松陰に師象山は、「五州自ら隣す。周流して形勢を究めよ」と詩を送ったが、その意は日本に押し寄せる欧米の国情を察知せよということである。象山は詩の末尾に「非常の功を立てずんば身後誰れか能く賓せん（大きな事をしないと死後尊敬は得られぬ）」といって、松陰を励ました。松陰は象山の励ましに「涓埃、国を益することあらば、敢へて身後の賓を望まんや（少しでも国を益することがありますならば、死後の尊敬を望みましょうか）」と応えた。

四日のずれでプチャーチンは長崎を去っていた。松陰はふるさとの萩に立ち寄ったあと、暮れには江戸に戻った。その十七日後にペリーが今度は七隻の軍艦を率いて浦賀に、そして江戸湾に入って神奈川沖に停泊し、幕府と「和友通市」すなわち和親条約締結にむけた交渉に入った。

そういう安政元年（嘉永七年の一月二十七日に安政と改元）の三月三日（新暦の三月三十一日）のことである。松陰の寓居に十数人もの若者が押し寄せて来た。向島まで花見に行こうというのである。向島で花見に浮かれる人々を見て、松陰は「太平の光景目に余りたる」と思った。このころには、日米の「和友通市の議」もすでに決した、と松陰たちの耳には聞こえていた。だから松陰は国法を犯してペリーの軍艦に乗りこもうと決していた。ただし、今回は一人ではなかった。一つ下の長州藩足軽の金子重輔が一緒である。長崎から江戸に戻った時に出会ったのである。長崎に向かった松陰を、面識はなかったが、金子はその壮志に感じ、あとを追おうとしたが果せなかった。だから、ペリーの艦に乗り込もうとする松陰に同道を請うたのである。

決死の二人は最後の江戸の花と思って向島に来た。桜の名所の「少年幼婦は国家の大患」をうち忘れたように華やいでいた。この日の同遊の士は熊本の宮部鼎蔵、永鳥三平、長州の白井小助、小浜の梅田雲濱などがいたが、アメリカの艦に乗りこむことはまだ誰にも告げていなかった。

二日後に松陰は友人八人と京橋の酒楼に集まった。宮部、永鳥らに長州の来原良蔵も加わっていた。松陰が胸中の策を語ると、その止むを得ざることに皆同意したが、一人宮部が反対した。「危計」だというのである。来原が宮部に問うた。「外国の情勢を探ることは現今の急務ではないか」。「それはそうだ」。「寅二郎はまさに現今の日本にするべきことをしようとしているのだ。成功、失敗を言うべきではなかろう。さらし首も覚悟の上のことではないか」。しばらくして永鳥が言う、「勇鋭力前は吉田君の長所だ。縝密自重で止めることはしてはならぬ」。そこに松陰が口を開いた、「富士山が崩れる、利根川の水が干上がる、そういう有り得ないことが起こっても僕は志を変えない」。ここに至って宮部も遂に同意した。松陰と宮部はその差料を交換した。

松陰の名が天下に聞こえたのは下田踏海事件といわれるアメリカの艦への密出国未遂事件によってなの

だが、その志の開陳はこのようなものであった。神奈川の沖に浮かぶアメリカの艦に幾度も接近を試みるがその都度失敗し、アメリカの艦隊は下田に移る。それを追って松陰と金子も下田に移動し、三月二十八日午前二時に、二人はペリーのポーハタン号に乗り込み、送り返されたことはよく知られたことである。

この松陰と金子の、行動とその動機は二人が自首した下田奉行所の与力(よりき)たちを愕(おどろ)かせた。松陰は『回顧録』にこう記した、――「与力輩愕々(よりきはいがくがく)色を失ふ」。松陰の時代認識は世に抜きん出ていたのである。先に引いた象山に宛てた漢詩に「国家まさに多事、吾が生るるや辰(とき)ならざるに非(あら)ず」と松陰は賦(ふ)した。兵学者の家を継いだことは松陰の人生を決定したのだが、兵学者松陰の眼前にアメリカ艦隊が武威を以て開国を強いたことは松陰の意識をめくるめかせた。それが「辰ならざるに非ず」である。国法を犯した下田踏海事件は失敗に終わるが、江戸から萩に護送された松陰は萩の手前二里の所で詩を詠み、「今日檻輿(かんよ)の返(へん)、是(こ)れ吾が昼錦(ちゅうきん)の行(こう)」と自負した。この罪人として故郷に送られた旅は、松陰にとっては故郷に錦(にしき)を飾る思いだったのである。

このの ち五年、江戸の伝馬町の獄で処刑される松陰はその死の前日に「学問の得力然(しか)るなり」と遺書のなかに記している。三十年の生涯を導いたのは「学問」であったというのである。下田踏海事件も時代認識を磨いた「学問」の一つの結実であったのである。

「互殺の和」

1

小林秀雄の著作『考へるヒント』に、江戸期の学者中江藤樹とその弟子の大野了佐（りょうさ）という男が取りあげられている。

中江藤樹が新谷（にいや）藩（愛媛県大洲市）の禄（ろく）を食（は）んでいたとき、親友に大野久次というものがあった。この久次の嫡子が了佐である。久次は了佐が、極めて愚鈍であるため、武家の跡継ぎにはなれぬと断じて、了佐に農か商で生計を立てるように諭した。了佐はこれを恥じて、藤樹を訪ね、医者にならんとして医学書を講じることを請うた。医学書の二、三の語句を教えられ、二百遍ばかり、朝の十時から夕刻の四時までかかって、了佐はようやく覚えた。帰宅して食事を済ますと先に覚えた二、三の語句はすっかり忘れていた。了佐はふたたび藤樹を訪ね百余遍くりかえしてはじめて二、三の語句は了佐のものになった。毎日藤樹に教え請うこと、「年ヲフ（経）」と「藤樹先生年譜」にある。藤樹が脱藩したのは二十七歳のときであったが、その四年後、了佐はさらに教えを請うため近江（おうみ）小川村（滋賀県高見市）の藤樹のもとにやって来た。

2

大学卒業後、私はしばらく町田市鶴川にあった勤務先の独身寮にいた。最寄りの小田急線鶴川駅からバスで帰寮した。このバスの中でその男性とは二度ほど一緒になった。ある夜、バスの後部にいた私の耳にバシィ、バシィと叩く音がした。人の手が人の膚を叩く音である。優しく叩く音ではない。力をこめて人の膚を打つ音である。異常な事のように思われたが、バスの乗客に何ら変わったことはなく、私はこの音の出所を確かめられなかった。

それからどれほど経ったのかは覚えていないが、ある夜いつもと同じ鶴川駅からのバスの中で、またバシィ、バシィという音が聞こえた。以前と違って比較的バスは空いていた。私はバスの中を見回した。左右の席が向かい合ったバスの前方に腰を下ろしていた四、五十歳ほどの男性の右手が右の頬を激しく打つところをはしなくも私は目撃した。衆人環視の中で、自分の頬を叩いては何やらつぶやいていた。背広を着た会社員風の身なりであって、普通一般の人である。他のバスの乗客には、この所作は見られたものなのであろうか、誰も何も見えも聞こえもしないかのようであった。

この人は会社でぼんくら呼ばわりされているのだ、おまえなど辞めてしまえと罵られているのだ。この人は意地で辞めぬのか、家族があるゆえの忍耐か、まだなさねばならぬ事がある故の遠謀か。思わず知らず、バシィ、バシィと自分の頬を叩くとき、この人は会社の中にいるのだろう。バスの乗客は見えていないのだろう。身を裂かぬばかりの緊迫の中にいるのだろう。

3

夏目漱石は、競争激甚の社会である西洋との交際を始めた日本人を「悲酸」な国民と呼んだ。がっぷり四つに組み合った相撲は静的な落ち着いた印象を与えるが、彼らの腹は恐るべき波を上下に振動させ、背には熱き汗が幾条も流れ出している、と漱石はいう。私たちの生が静かに見えるとすれば、それは、組み合った相撲のように、私たちの腹の「波」と背の「汗」のおかげなのだ。全力を出し合っているがゆえの平衡なのだ。漱石はこれを「互殺の和」と呼んだ。漱石は続けて言う。

《自活の計に追はれる動物として、生を営む一点から見た人間は、正に此相撲の如く苦しいものである。吾等は平和なる家庭の主人として、少くとも衣食の満足を、吾等と吾等の妻子とに与へんがために、此相撲に等しい程の緊張に甘んじて、日々自己と世間との間に、互殺の平和を見出さうと努めつつある。》(「思ひ出す事など」)

4

藤樹に学んだ了佐は医者になり、家族数人を養ったと藤樹は伝えている。「互殺の和」の世に生きる私たちは了佐の勉励辛苦の幾十倍も必要としているのであろう。それは生の「悲酸」の度もまた幾十倍もあるということであろう。

遠い人近い人 ― 安達二十三陸軍中将

1

武人のことを書く。そのため私事に及ぶ。

その日は、平成十七年三月のことであった。午前十時に福岡のH病院に僕は入院した。二度目の入院で、前回の入院から五年が経っていた。前回は入院するとその日は自由で外出も許されたので、病気が異なるとはいえ、今回も外出はできるだろうと、気ままに看護婦に通じると、担当医がやって来て叱られた。大切な検査があるとのことであった。

入院前から、どうしてだかは忘れたが、作家の野呂邦暢（くにのぶ）著『失われた兵士たち』を読んでいて、そこに引かれている尾川正二（まさつぐ）著『野哭・ニューギニア戦記』を読みたく、買いに出かけようと思っていた。H病院は福岡の中心地天神の近くにあったから、軽い散歩をするようなものであった。

外出は禁じられたから、仕方がない、同伴の家人に著者と書名を告げて買いにやった。しばらくすると同名の書籍はなかったと言って、尾川著ではあるが、タイトルの異なる文庫本を二冊買って来た。そのうちの一冊『東部ニューギニア戦線』が僕の読みたいものであった。

2

日本人が書いた戦記を長い間読んで来たという野呂は、太平洋戦争を語るに際して、ニューギニア戦抜きでは何も語ったことにはならない、と述べて、次のように語っている。

《単なる激戦であれば硫黄島があり、インパールがあり、ルソンの戦いがある。しかしいずれもニューギニアにくらべたら同じ悲惨さの度合においても救われる要素があるようである。(中略)／ニューギニアのように二本脚で数百キロを東西へ移動する苦行はガ島(ガダルカナル島)の兵士たちは味わわずにすんだ。(中略)／四年にわたるニューギニア戦には帝国陸軍がなめたすべての惨苦が集約された形で含まれる。飢え、下痢、熱帯性マラリア、寒気、暑気、雨、洪水、原住民の襲撃、弾薬ガソリンの不足、あげればきりがない。それに対してわが兵士たちはどのように対処しただろうか。(中略)人肉食いが発生するのもニューギニアである。》

ニューギニア方面の作戦を担当したのは第八方面軍隷下(れいか)の第十八軍であり、その司令官は安達二十三(はたぞう)陸軍中将であった。冒頭に書いた「武人」とはこの安達中将のことである。

「四年にわたるニューギニア戦」の終りは敵陣地から聞こえる日本語の「バンザイ、バンザイ」と叫ぶ声で知られた。第二次大戦は降伏の後には裁判が待ちかまえていた。ニューギニア島ウエワクの北に浮かぶ抑留地のムッシュ島から戦犯容疑者百四十名がニューギニア島の東にあるニューブリテン島ラバウルの収容所に移された。昭和二十二年二月から、将官級の戦争裁判が始まった。尾川は書いている、

《安達中将は、「軍司令官」の責任で起訴された。部下の監督不十分で、部下に戦争犯罪をひきおこさせたと

いう罪状である。それに対し、自分自身の弁明は避け、ひたすら日本軍の名誉と、部下の救出に集中されたという。第十八軍のおかれた異常なまでに困難であった作戦環境、ニューギニア戦犯事案の主因をなすインド兵の身分、性格の究明に重点がおかれた。結果は、無期禁錮の判決が下されたが、その弁明によって、数名の部下は救出されたのである。》

尾川は裁判前の昭和二十一年一月にムッシュ島の椰子林で安達中将の別れの言葉を聴いている。尾川にとって最初にして最後の出会いであった。安達中将は、健康を恢復（かいふく）すべきこと、遺族のかたへの配慮、そして国家再建の礎石たれ、という「いたわりと励ましのことば」を伝えたという。尾川は安達中将の別れの言葉にこめられた「決意」をなんら感じとることができなかった。安達中将は尾川たちを乗せた最後の輸送船を見送って、ラバウルの戦犯収容所に向ったのである。

3

安達中将はその遺書にいう、

《（前略）此（この）作戦三歳の間、十万に及ぶ青春有為なる陛下の赤子を喪（うしな）ひ、而して其大部は栄養失調に基因する戦病死なることに想到するとき、御　上に対し奉り、何と御詫びの言葉も無之候（これなくそうろう）。》

十万の若者が死に、それも多くは栄養失調であった、という。

安達中将の遺書は続く。

《小官は、皇国興廃の関頭に立ちて、皇国全般作戦寄与の為には、何物をも犠牲として惜まざるべきを常の道と信じ、打続く作戦に疲憊の極に達せる将兵に対し、更に人として堪へ得る限度を遙かに超越せる克難敢闘を要求致候。之に対し、黙々之を遂行し、力竭きて花吹雪の如く散り行く若き将兵を眺むるとき、君国の為とは申しながら、其断腸の思ひは、唯神のみぞ知ると存候。当時、小官の心中、堅く誓ひし処は、必ず之等若き将兵と運命を共にし、南海の土となるべく、縦令、凱陣の場合と雖も渝らじとのことに有之候。》

司令官として「堪へ得る限度を遙かに超越せる克難敢闘を要求」したが、若い将兵たちは黙って命令を遂行し、力尽きれば「花吹雪の如く散」って行った。それを思うと、この身は断腸の思いである。必ず花が散り行くように死んで行った若い将兵と運命を共にし、南海の土となろう、と心中に誓った。この誓いはたとえ戦に勝った場合といえども渝らぬ。

遺書はさらに続く。

《一昨年晩夏、終戦の大詔、続いて停戦の大命を拝し、此大転換期に際し、聖旨（天皇の命令）を徹底して謬らず、且は残存戦犯関係将兵の先途を見届くることの重要なるを思ひ、恥を忍び今日に及び候。然るに、今や諸般の残務も漸く一段落となり、小官の職責の大部を終了せるやに存ぜらるるにつき、此時機に、兼ねての志を実行致すことに決意仕候。（後略）》（傍点引用者）

では、なぜ終戦とともに自刃しなかったか。それは「聖旨を徹底して謬ら」ないこと、そして、「残存戦犯関係将兵の先途を見届」けるためであった。そしてそれも終った。安達中将は部下将兵の前に立って、敵の言論の刃を一身に受止め、八名の部下を救出したのである。

九月八日にラバウルにおける戦犯裁判はすべて終了した。尾川の文を引くと、

《九月十日、制服を着用し、北に向かって端坐、ナイフで割腹のうえ、みずからの手で頸動脈を圧迫して、自決されたという。》

山田風太郎によれば、

《彼（安達中将）はかねてから軍司令官としての任務が終り次第自決の覚悟をしていて、短刀と毒薬を用意していたが、短刀は発見されて没収され、毒薬はある機会から効目（ききめ）がなくなっていることを知った。それを知ったとき彼は少し当惑した顔をしたが、すぐに、「なに、人間、死のうと決めたら、どんな方法でも死ねると思うよ」といっていた。》（『人間臨終図鑑』）

尾川のいう、「ナイフで割腹のうえ、みずからの手で頸動脈を圧迫して、自決された」という安達中将の自刃について疑義を抱いた医師があった。自刃を否定するのとは違う、単に純医学的な疑義である。――「割腹の出血のため、しだいに弱る手の力。到底、そういう形で自決できるはずがない」というのである。尾川

は中将の検死に立ち会った田中兼五郎参謀の証言をそのまま記述していた。尾川は再度、田中に尋ねた。田中はいう、「実際は、端坐されて、後ろの壁になっていた鉄格子にひもをかけて首を締められたもので、普通の首吊りと一緒にされるのをおそれて、自ら首を締めてと表現したものです。端坐の姿勢でした。」

安達中将が自刃に用ひたナイフは錆びていた。どれほどの苦痛を伴う割腹であったか。鉄格子をくぐらせたひもが首に巻かれ、腹を切ったあと、安達中将は上半身を渾身の力で前に倒したのであろう。五十七歳であった。

4

家人が買って来た尾川の本を急ぎ読んだところに検査のため呼び出された。MRI（磁気共鳴画像）検査であったか。検査室で着替え、うす暗い室の機器に横たわっていると、安達中将の死に様が思い出されて仕方がなかった。いつのまにか僕は涙を流していた。——出血をみた僕の下腹部には悪性の腫瘍があった。僕はその腫瘍を取り除くために入院し、明日手術をうけることになっていた。おそらく僕は生きようとしていた。往時の将兵が望むべくもない、最新の、と云っていい医術を僕はうけているのだが、それは、唐突に思われても仕方がないが、安達中将たちのおかげであるという想念が突如として浮かんだ。そう思われて、涙が止まらなかったのである。だが、僕の身体を検査していた人は僕の涙を全く誤解しているようであった。子規をまねて僕も言おうか。—「心弱くとこそ人の見るらめ」

最後に、野呂と山田の言を引く。

《いうまでもなく大多数の高級軍人は逃げることをしなかった。最後まで部下と労苦をわかちあい、部下の内地帰還を見とどけ、あるいは部下が犯した罪を一身に引き受けて連合軍の一方的な戦犯裁判にのぞみ、極刑を課せられた将軍の例も私は枚挙（まいきょ）にいとまがないほど知っている。》（『失われた兵士たち』）

《終戦直後の昂奮（こうふん）時ならともかく、二年を経て、おのれの責任を全うしたと見きわめてから自決したのはみごとというべきである。太平洋戦争敗戦にあたって、かかるみごとな進退を見せた日本軍の将官はきわめて稀（まれ）であった。》（『人間臨終図鑑』）

見え隠れする全体主義

今年（平成二十九年）の五月下旬、山形県鶴岡市内のホテルにいた。上山（かみのやま）市から大石田を経て夕刻に鶴岡駅に着いた。鶴岡市の南の、赤川が流れる山麓はわたくしの血筋の者のふるさとである。

宿泊したホテルは駅から歩いて数分である。その日の新聞が受付のカウンターにあった。荘内日報といった。今、わたくしの手元にその新聞があるので、日付が判る。五月二十六日金曜日である。全八頁で、ほとんど庄内の記事で埋められている。ただ一面左側に「佐高信の思郷通信」があって、異色である。この「思郷通信」は月一回の掲載で、七十二回目を迎えているから丸六年続いていることになる。

北に鳥海山が、南に月山が見える、八階の一室で新聞に目を通した。どうしても気にかかるものは佐高（さたか）氏の文である。佐高氏は酒田市の出で、七十二歳である。五月の「思郷通信」は次のように始まっている。

《同郷と言われると、たいてい親近感がわくのだが、この人に対してだけは違った。嫌悪感が募ったのである。私は考えの異なる人とも対談してきたが、渡部とのそれは断った。だから一度も会ったことがない。》

文中の「渡部」とは、今年の四月十七日に八十六歳で亡くなった、渡部昇一（わたなべ）氏のことである。氏は鶴岡市の出である。

佐高氏は次のように書いている。

《学んで何をするのかがなく、とにかく、勉強することはいいことだという安易な社会風潮に乗って、渡部の著作が売れ、……》

実社会に生きない学問に何の意味があるのか、と佐高氏は言いたいのであろうし、渡部氏の学問はそういうものであると言っているのであろう。佐高氏の文は三枚（四百字詰原稿用紙）ほどのものであるが、渡部氏の全的否定である。

それから一月あまりのちの六月二十七日の産経新聞の正論欄に渡部氏より一歳年少の平川祐弘氏が渡部氏追悼の一文（「『正道』示した渡部昇一氏を悼む」）を草した。――昭和二十年代の被占領下の日本で、講和をめぐって論戦が行われた。時は米ソ冷戦下で、東大総長の南原繁らが主張した、共産主義国のソ連圏諸国とも講和せよという全面講和の理想主義を唱える人たちと、吉田茂首相の、米国を中心とした自由主義陣営との講和を優先する人たちが争った。慶應義塾大学塾長の小泉信三は朝鮮半島で激戦が続く以上、全面講和は機会がなく、日本の独立はいつになるかわからない、それでもよいかという小泉に、上智大学の学生であった渡部氏は賛意の手紙を書いた。

この時、渡部氏は、被占領下の国には主権がないという秋霜烈日の現実を踏まえての発言をしたのであって、「安易な社会風潮に乗って」ではなかろう。

平川氏は、渡部氏が朝日新聞から「狙い撃ちに遭った」が「たじろがな」かったと語っている。その話は渡部氏の著書『知の湧水（ゆうすい）』から引こう。――昭和五十五年の秋頃に朝日新聞社会部記者の原賀肇氏から会いたいとの連絡があって渡部氏の自宅での面会となった。『週刊文春』に載った記事について、詰問的質問をして原賀氏は帰った。渡部夫人はお茶を出した時の一度しか原賀氏を見ていないのであるが、原賀氏帰宅後、夫人は「あの人は何よ。ひどく嫌な、怖ろしい感じがしたわよ」と語り、繰り返し繰り返し「無気味な人だった」と言った。

実は夫人は、戦前か戦中か分からないが、父親が特高（特別高等警察）に逮捕され二年以上拘束された経験を持っている。夫人は幼女のとき、父親が制服を着ない私服の特高に連れて行かれるのを追いかけ続けた。朝日の記者はその特高と同じように「無気味」であったという。

原賀氏が渡部邸を訪ねた翌日、朝日新聞は社会面の半分以上を使って、渡部氏と大西巨人氏が対談し、大西氏が渡部氏を「ヒットラーと同じだ」と言ったのを、見出し大きく出した。だが、渡部氏は大西氏と会ったこともない。記事は渡部氏が原賀氏に語ったこととちょうど反対のことを述べたことになっていた、という。渡部氏は『知の湧水』に書いている。――「これは朝日新聞が私を社会的に葬り、大学もやめさせようと仕向けた凶悪な意図による捏造記事だったのである。親しくしていた橋口倫介教授（のちに上智大学学長）は私に直接、『朝日新聞社会部には〝渡部昇一はこの線で叩く〟という貼り紙も出ているそうだから、気をつけられるとよいですよ』という忠告をいただいたことを覚えている」

「思郷通信」には渡部氏が大西氏を批判していたことが出ていた。佐高氏の文は亡くなった人を取り上げて一片の追悼の言葉すら認められない。日本人はこんな文章をいつから書くようになってしまったのか。

戦前戦中に思想弾圧を行なった特高の邪悪な心の一面は、敗戦とともに、つまり軍国主義の崩壊とともに私たち日本人の心から消え去ったのではない。イデオロギー面の右にも左にも巣食う、虚偽を行うにも捏造をするにも良心の呵責を覚えない、この悪魔的精神は、組織を挙げて、相容れざるものを敵と決めつけ、抹殺せずにはおかない、西洋の、十九世紀が産み、二十世紀が育てた、全体主義の申し子である。

新〝サッカー〟考――「死力を尽くした」

1

日本韓国共催のワールドカップは二〇〇二年のことだから、十六年前のことになる。この十七回目のワールドカップの優勝国はブラジルであったが、わが国は史上初めてベスト十六に入った。イギリスのデイヴィッド・ベッカム選手、ブラジルのロナウド（・ルイス・ナザーリオ・デ・リマ）選手の活躍が記憶に残っている。不思議に思ったのは、日本女性がベッカム選手に熱狂したことであった。

日韓共催のワールドカップ開催の当時、「〝サッカー〟考」と題して一文を書いてみようと思ったことがあった。往時の資料など一つもないので、記憶を探りながらのことになるが、日本のマスコミのインタヴューを受けたブラジルの若者たちが、日本が強くなろうと思うなら、もっと反則を犯すべきだと口々に語っていた。そういうことかと納得するところがあった。審判員はたしかにいるし、厳正に選手のプレイを見ているのであろうが、広いピッチ（一〇五メートル×六八メートル）を四人の審判員がすべての選手の動きに目を光らせているわけにはいくまい。だから審判員の目の届かないところでいかに反則を犯し自チームを有利に導くかが勝敗に大きく関るのであろう。日本語にいう正々堂々ということは、ワールドカップの試合を見れば解ることだが、サッカーという競技には、およそ考えられないのであろう。剣道、柔道というように、〝道〟を求めているのではないのだろう。スポーツは勝つことが最優先のことである。そういう勝つことを第一義とするスポーツが――反則を犯すことは当然のこととしなければならないスポーツが、道として競技に精進して来た日本に導入されることは、大きな変質を、サッカーをするしないにかかわらず、日本人に、とりわけ日本の青少年に強いることになりはしないかという危惧を、「〝サッカー〟考」と題して書こうと思ったのである。

2

それから十六年が経った。新たに「〝サッカー〟考」を書こうと思い立ったのは、多くの日本人の記憶に新しいであろう、本年六月十四日から七月十五日までロシアで開催された第二十一回ワールドカップでのわが国の試合を見、それを報じた新聞を読んだからである。

決勝トーナメント（ベスト16）に進むチームを決める総当たり戦のグループリーグは、各グループ四チーム（国）で構成され、日本はH組で、参加国は、国際サッカー連盟（FIFA）が算定した世界順位を表すランキングとともに示すと、ポーランド（8位）、コロンビア（16位）、セネガル（27位）、そして日本（61位）である。このグループの上位二か国が決勝トーナメントに進出できるのであるが、ランキングをみてもわかるように、その突破は難しいように思われていた。

日本代表監督であったヴァヒド・ハリルホジッチ氏はロシア大会開催のおよそ二か月前に突如解任され、その後をうけて日本代表監督に就任したのが、西野朗（あきら）氏であったことは多くの人が知っていよう。西野監督は「ポジティブ（前向き）な絵は、たくさん描ける」と口にしてきた、と読売新聞の記事にある（六月二十日夕刊・以下も読売新聞の記事による）。知将の言である。

日本の初戦は六月十九日の対コロンビア戦である。開始三分でコロンビアに退場者が出て、日本は「数的優位」に立った。前半を一対一で終えたとき、西野監督は「数的優位というだけではなく、ポジション取りで優位にならないといけない」と選手を諭した。後半日本は一点をとり、前回の第二十回ワールドカップブラジル大会で一対四と大敗したコロンビアに二対一で勝利した。

試合終了後、西野監督は「ハーフタイム後の全員の修正力、対応力が、運動量を含めて、コロンビアを上回った」と述べた。この西野発言に照応するように、コロンビアのペケルマン監督は「サイドから崩し、前へとボールを運んで日本を苦しめたかった。しかし、うまくいかなかった」と語っている。

3

第二戦は対セネガル戦で、六月二十四日に行なわれた。試合前日に、西野監督は「俊敏さを生かしたり、ボールをしっかり動かしたりすることで対応していく」と語っていた。その通りに日本選手が動いたことは、セネガルのシセ監督が「残念だ。今日はミスが目立った。ガッカリしているのは、二点を許したことだ。日本は予想通り、非常に技術力が高く、パスの質も良かった。五メートルのスペースを与えると、危険なプレーをされた」という試合後のコメントに示されている。

実をいうと、わたしがこの小文を書こうとしているのは、セネガル戦を二対二の引き分けで終えた直後の、六月二十五日の読売新聞夕刊に載った、西野監督のコメントを読んだ余韻が今にあるからである。監督は語っている、「死力を尽くした。二度追いついたのは、このチームが攻撃面で成長したところ。（最終節のポーランド戦は）勝ちきりたい」と。もちろん、わたしの心に余韻を今に残しているのは、「死力を尽くした」という言葉である。

この「死力を尽くした」という西野監督のコメントを説明するかのような感想を、ワールドカップロシア大会終って一か月半たった八月三十一日の読売新聞のインタヴュー記事（「『守破離』自由への道」）の中で、元日本代表監督の岡田武史氏が語っている。「西野朗さんを『運がいい』と言う人がいますが、違う」と語ったあとに、「自ら動き出す組織を作るのは至難の業。選手に全て任すと、ばらばらになる。代表が勝つために何をすべきか、世界中の誰よりも考え抜いた、西野さんの功績です」――これが「死力を尽くした」の実内容なのだ。ということは〝知力〟を尽くしたと言ってもいいわけだ。知力を尽くすとなれば、学問芸術にも通じる。わたしには幾人かの人の仕事が浮かぶ。

4

六月二十八日に対ポーランド戦が行なわれた。この戦いに勝つか引き分けるかで決勝トーナメント進出が決定する。ポーランドはすでに二敗していて、グループリーグ敗退が決定していた。試合開始後五十九分、日本はポーランドに先制を許した。並行して戦われていたコロンビア対セネガル戦の行方が気になる。セネガルは七十四分にコロンビアに先制された。残り十分（試合時間は前半後半合はせて九十分）を切ったとき、西野監督は選手たちに攻撃を止め、自陣でパスを回して時間を消費するという〝〇対一〟での負けを命じた。セネガルがコロンビアにこのまま〝〇対一〟で負けると勝敗の数も引き分けの数も同じになり、フェアプレーポイントの勝負になる。反則の数は日本が二つ少ない。セネガルがさらに得点されれば日本の勝利は確定する。そのためには、このまま日本が反則を犯さずに〝〇対一〟で負ける必要があった。「他力に頼った」のである。会場は日本へのブーイングが鳴り止まなかった。しかし、この作戦は、今述べたように必ず日本に勝利が転がるものではない。セネガルが得点すれば万事は窮するのである。

だから、岡田氏は先に引いたインタヴューの中で語っている。「采配に正解はありません。監督が局面に応じ、独りで決断します。その根拠は確率ではなく直感。ばくちを打つのです。西野さんはベスト16に進むため、ポーランド戦で〇対一のまま負ける決断をした。あの場で直感を得たのでしょう。そして、ばくちに勝った。」

5

七月二日、決勝トーナメント一回戦で日本はベルギー（FIFAランキング3位）と対戦した。前日、西野監督は記者会見に臨み、「チームは余力を持って戦える状態にある」と語って自信を示した。

対ベルギー戦は、前半は〇対〇であったが、後半に入り日本は開始早々の三分、七分と続けて得点した。しかし、二十四分、二十九分と得点を許し、ロスタイムに入ってさらにゴールを奪われた。

ベルギーの選手のコメントを引くと、「一点を返せば逆転できると思っていた。試合の流れを変えられる選手もいる」（アザール選手）、「僕らには勝つだけの決定機があり、日本には追加点を決めるチャンスはなかった」（デブルイネ選手）――ベルギーは二点を先取されても負ける気がしなかったということか。それとも、勝てば官軍か。

試合後の西野監督は悔しさをにじませながら語った。「追いつめましたが、何が足りないんでしょうね。三点目を取れるチャンスがあったし、ゲームをコントロールできた時間があったからそのまま（の戦い方で）走ったが、本気のベルギーがそこにいた。」「善戦するだけではなく、勝ち切らなければいけない。最後の三十分は、本気のベルギーに対抗できなかったし、あそこまで覆(くつがえ)されるとは思ってもいなかった。これがW杯(ワールドカップ)なのかと感じた」。闘将の言である。

6

岡田氏は先のインタヴューで語っている。「Jリーグができて25年、日本は成長しました。選手はチームのために献身的に動き、短いパスをつないで連係で相手を崩す――。そういう組織的な戦い方は『日本らしさ』と認知されるようになりました。／ただ、成長曲線は必ず横ばいになる。僕は、日本が良いチームで臨みながらグループリーグで敗退した、四年前のW杯ブラジル大会を見て、このままでは世界に追いつき追いこすことは無理だと判断し、山頂に至る別の道を探し始めます。（後略）」

日本のサッカーが世界の頂点に到達するための鍛錬は日々、それこそ苛烈に実行されているのであろうことは、西野監督の「何が足りないんでしょうね」という言葉にも、今引いた岡田氏の発言にも充分に感じられる。ワールドカップで日本が正々堂々と戦って、頂点に立つ日を見たいと思う。

§

この小文は、六十歳を超えて、「死力を尽くす」仕事をもち得た西野氏に捧げる、ほぼ同年齢の一日本男子のオマージュである。

西へ西へ ― ラフカディオ・ハーンの来日

1

ラフカディオ・ハーンが松江から熊本の第五高等学校に赴任したのは、明治二十四年（一八九一）十月のことであった。そして三年後の二十七年にハーンは熊本を去った。その二年後に、夏目漱石が松山から第五高等学校に赴任して来た。漱石は熊本に五年いて、二年の英国留学から帰国し、東京の帝国大学の文科大学講師となったのは、三十六年三月である。前任者はハーンこと小泉八雲であったことはよく知られていよう。

漱石は若いころ、内職に占いをやっていた坊主に、あなたは西へ西へ行く相があるといわれた。果して、松山に行き、熊本に行き、インド洋をこえてロンドンに行った。

面白いことに、ハーンも西へ西へと移った。生まれたのは、ギリシアのレフカス島であったが、父の国である、まだ大英帝国の一部であったダブリンに行き、十九歳のとき、大叔母の全財産を相場で失った親戚の者にアメリカ行きの船の片道切符を渡されて放り出された。ハーンはニューヨークからアメリカ中西部のオハイオ州シンシナティ、南部のルイジアナ州ニューオーリーンズ、西インド諸島のマルティニーク島と移り住み、作家としての腕をみがき、さらに西に向かった。ハーンは東のモントリオールから西のヴァンクーヴァーまで「ヨコハマ」という名の寝台列車に乗って「西へ西へ」（ハーン著『日本への冬の旅』仙北谷晃一氏訳）と向かった。

アメリカの東インド艦隊司令長官のマシュー・ペリーは大西洋、インド洋を渡って、つまり東へ東へと行き、日本へやって来たが、その三十七年後に、ハーンは、北アメリカ大陸、太平洋を西へ西へと進んで日本にやって来たのである。

2

ハーンに『蓬莱（ほうらい）』（原題 Hōrai）という作品がある。日本の暦（こよみ）でいう明治三十七年の四月に刊行された『Kwaidan（怪談）』に収録されたものである。

〝蓬莱〟とは、古代中国で、東の海上にあって仙人が住むといわれていたところである。ハーンは語る。

《蓬莱には死もなければ、苦しみもない。また冬もない。そこに咲く花は凋（しぼ）まず、実（み）は豊かさを失うことがない。一度でもその実をくらえば、二度と渇きや飢えを覚えることがない。》（『蓬莱』仙北谷晃一氏訳）

蓬莱には万病を癒す霊草が茂っていて、その上、死者を蘇らせる不思議な草も生えている。

《その草は、一度飲めば不老の霊験あらたかな霊水によってうるおされている。蓬莱に住む人々は、きわめて小さな椀（わん）で、飯（いい）を食す。しかしその椀の中の飯は――どれ程食べようが――食べる人がもういいというまでは少なくなることがない。また蓬莱に住む人々は、きわめて小さな杯（さかづき）から酒を飲む。しかしその杯は――どれほど飲もうが――陶然たる酔いの眠りを催すまでは、干（ひ）ることがない。》（『同上』）

こういう記述を中国の書物から引いたハーンは、古代の王朝秦の伝説には他にもいろいろなことが語られているが、彼らが「蓬萊」を見たとは信じられないと述べている。

《一度くらえば永久に腹をみたす仙果や――死者を蘇らせる霊草や――不老の泉や――飯のなくならぬ椀や――酒のなくならぬ杯などは、実際あろうはずがないのだから。悲しみと死が決して蓬萊の国に忍び込むことがないとは、真実から遠い――冬がないというのも真(まこと)とは言えぬ。蓬萊の冬は寒い――寒風は骨を嚙(か)む。竜宮の屋根には大雪が降り積もる。》(『同上』)

ハーンは日本のことを語っている。「蓬萊」とは日本である。ハーンは、日本には悲しみも死もあるし、寒い冬もある。しかし、それにもかかわらず、すばらしいものがいくつもある。その中で、「いちばんすばらしいものについて中国の文書(もんじょ)はこれまでに一行も触れてない」として次のように進める。やや長いが引いてみる。

《私は蓬萊の大気のことを言いたいのだ。それはこの土地特有のもので、この大気のゆえに、蓬萊の日光はどこの日射しよりも白く感じられる――乳液のような光は、決して目にまばゆいということがなく――驚くほど澄み切っているが、たいそう柔かみがある。この大気はわれわれ人間の時代のものではなく、途方もなく古い時代のものだ――その古さは考えようとすると空恐ろしくなるほどだ――それは窒素と酸素の混合物などではない。要するに空気ではなくて、霊気から成り立っているのだ――幾億万回となく生と死とを繰り返してきた霊魂の精気が混じり合って一つの巨大な透明体となったものだ――そうした霊魂を持っていた人々は、私たちとは似ても似つかない考え方でものを考えた。どんな人間でもその大気を呼吸すれば、自分の血の中にこれらの霊気の顫動を取り入れることができる。これらの霊魂はその人の感覚を変えてしまう――時空の観念が改まり――その人は、それらの霊魂の見たようにしかものを見ず、感じたようにしかものを感ぜず、考えたようにしかものを考えなくなるのである。こうした感覚の変化は、眠りのように穏やかだ。そういう感覚が認めた蓬萊を描いてみれば、次のようにもなるであろうか。

蓬萊では邪悪の何たるかを知らない故に、人々の心は老いるということがない。心がいつも若い故、蓬萊の人々は生まれてから死ぬまで微笑みを絶やすことがない――ただ、神々が悲しみを贈るときだけ、顔は曇るが、悲しみが去ればまた微笑みが帰って来る。蓬萊の人々は、すべて一つの家族のように、信と愛とを失わない。――女たちの言葉は小鳥のさえずりのようである。彼らの心が小鳥の魂のように軽やかである故に。――戯れる少女たちの袖が揺れる様は、柔かな広い翼がひるがえるようである。蓬萊では、悲しみの他、人目を憚るものはない。恥じる理由がない故に。――夜も昼も戸口に閂をおろさない。恐れる理由がない故に。この国の人々は――不死ではないが――仙人である故に、竜宮を別として、すべてが小さく一風変わっていて古雅な趣きを漂わす。――この仙人たちは、本当に、たいそう小さな椀から飯を食し、小さな小さな杯から酒を飲んでいる……》（『同上』）

この「蓬萊」賛ともいうべき内容をハーンは「空想」と書き、空想に耽ったのは「蓬萊」の霊気を吸ったからだろうと断っている。産業革命只中の大英帝国で成長したハーンから見れば、日本の社会は竜宮のようであったろう。深川の芭蕉庵に鍵はなかったであろう。人も風のように部屋内に入れたであろう。

この蓬萊国に、競争激甚の欧米の風が吹き込んで来た。ハーンは書いている。

《西からの邪ま風（evil winds from the West）が、蓬萊の上に吹き荒れている。あの霊妙な大気は、その前に、ああ悲しいかな、退散しようとしている。今や、僅かに、切れ切れに、たゆたっているに過ぎない。》（『同上』）

漱石は「邪ま風」が吹き荒れる西国の大英帝国に英文学研究のため男子の一生を懸けて留学し、東西の両世界に相適う文学の存在することの困難であることを知って帰国し、ハーンは「邪ま風」が吹き荒れる西国のイギリスで、アメリカで、心に傷痕を刻んで日本の土を踏んだのである。

3

ハーンが覚えたアメリカの「邪ま風」を見てみよう。

一八七四年、二十四歳のハーンはシンシナティにいた。この年、日刊新聞の正社員となった。十一月に、『評伝ラフカディオ・ハーン』の著者スティーヴンスンの表現をかりれば、思い出したら何ものどを通らなくなるような事件が起こった。その日、他の記者は出払っていて、ハーンしかいなかった。ハーンは現場に駆けつけた。ハーンの表現によれば、「オハイオ州の紋章に千古の汚点を印する凶悪無残な殺人事件」が起こったのである。

ヘルマン・シリングというドイツ移民が殺された。容疑者はエグナー父子とルーファーの三名である。エグナーには十五歳の娘があった。ある夜、シリングがエグナーの娘ジューリアの寝室で「密通」しているところを父エグナーに発見され、窓から飛び降りて難を逃れた。エグナーはシリングが娘を誘惑したと主張したが、シリングは密通は認めつつ、自分が最初の密通者でもなければ、寝た唯一の相手でもない、と反論した。そのうち、ジューリアが妊娠していることがわかった。妊娠七ヶ月の時に、ジューリアは陰門に癌腫瘍が見つかり、間もなく死んだ。娘が死んだその日に、エグナーは息子とともに皮革製作所で働いていたシリングを角材をもって襲いかかった。居合わせた人たちが割って入らなければシリングは殺されただろうといわれた。シリングは裁判を起こした。エグナー父子は有罪となった。エグナーは自ら経営する酒場で客たちに向かって必ずシリングの命を奪ってやると誓った。

容疑者の一人ルーファーはというと、シリングと同じ皮革製作所で働いていたが、首になった。ルーファーはシリングのせいだと思い込んでいた。

事件のあった日、シリングは外での食事を終えて、寝泊りしている皮革製作所内の小屋に夜十時すぎに戻った。犯行は十時半であった。近くに住む十六歳の青年が裏の厩に激しい物音を聞いたからである。

翌朝、皮革製作所の社員が出勤して来て驚いた。

《厩は、死物狂いの格闘の跡をまざまざと示していた。血痕は四散し、鉄製の六つ叉の熊手が一方の壁に立てかけてあったが、血糊と髪の毛とがべっとり付着していた。その傍にあった箒も杖も同様真赤に染っていた。血痕は厩から煮沸場の入口まで、百フィート余の長さにわたって点々と続いており、さらによく見ると、その血痕はそこから真直に炉の据えてあるガス室の入口まで続いていた。》（『皮革製作所殺人事件』平川祐弘氏訳）

警官がよばれた。高熱炉の火に水がかけられ、焼けただれた死体が引き出された。若きハーンは棺に収められた焼死体を検分した。

《棺の蓋を持ち上げると、焼けた牛肉の臭気にすこぶる類似するが、それ以上に重たく不快な、強烈な臭が部屋を満たし鼻を打った。しかし不快な臭にもまして嘔吐をもよおさせたのはその真黒な遺物そのものであった。棺の清潔な白布の上に置かれた遺体は、急いで見た眼には最初、人体というより形の崩れた半焼けの瀝青炭の塊の方に似てみえた。よほど胃の強い人間でなければこの屍体は正視できないが、近づいて観察するとその遺物の恐るべき状態がだんだんと判然としてきた。——半焦げの腱によって互いに引吊られ、半ば溶けた肉によって恐ろしい様で膠状に引きついた、ボロボロに崩れかかった人骨の塊と、沸騰した脳髄と、石炭と混ざって煮凝になった血。頭蓋骨は砲弾のごとく爆裂し、焼却炉の高熱の中で飛び散っていた。その上半分はぶくぶく煮沸する脳髄の蒸気の圧力でもって吹き飛ばされたかのごとく思われた。後頭部の後半部分と頭頂骨、上下の顎骨、ならびに多少の頭面骨のみが残っていた。頭蓋骨の上部は鉤裂きに引き裂かれ、ある部分は燃えて焦茶色となり、またある部分は黒焦げとなり黒い灰と化していた。脳漿はほとんどすべて沸騰してなくなってしまったが、それでも頭蓋の底部にレモン程度の大きさの小さな塊が残っていた。パリパリに焦げて、触るとまだ温かった。パリパリ焼けた部分に指を突っ込むと、内側はバナナの果実程度の濃度が感じられ、その黄色い繊維質は検屍官の両手の中でさながら蛆虫のごとく蠢いているように見えた。》(『同上』)

「沸騰した脳髄」、「砲弾のごとく爆裂し」た「頭蓋骨」、「脳漿」がほとんどなくなり、「レモン程度の大きさの小さな塊」となった脳などは、人間が初めて見るものではなかったろうか。人間の感受性はこれに耐えられるであろうか。そもそもハーンは本当にレモン大の脳に指を突っ込んだのであろうか。視力が人より劣るハーンは手でさわることによって物を認識する必要があったのであろうか。

後に松江での教師としての日々を綴った『英語教師の日記から』（平川祐弘氏訳）に「息の詰りそうな、圧力釜のような世界で、死物狂いになって暮していた」と往時を振り返っているが、『皮革製作所殺人事件』はアメリカの機械文明社会の極度の緊張と無法と野放図を伝えている。

4

ハーンは明治二十三年四月、四十歳のとき、日本にやって来た。その年の八月末に、松江中学の英語教師として、島根県の松江に着いた。

ハーンは松江の朝――それは日本の朝といっていい――を次のように描いた。

《松江の一日で最初に聞こえる物音は、ゆるやかで大きな脈拍が脈打つように、眠っている人のちょうど耳の下からやって来る。それは物を打ちつける太い、やわらかな、にぶい音であるが、その規則正しい打ち方と、音を包み込んだような奥深さと、聞こえるというより寧ろ感じられるように枕を伝わって振動がやって来る点で、心臓の鼓動に似ている。それは種を明かせば米搗きの重い杵が米を精白するために搗き込む音である。杵というのは巨大な木槌で、十五フィート（四メートル半）ばかりの長い水平の柄が中央の回転軸によって平衡を保つようになっている。裸の米搗き男は水平の柄の片端を力一杯踏むことで杵を押し上げる。

それから踏んだ足をはずせば杵は自分の重みで米の入った臼の中へと落ちて行く。杵が臼を打つ規則的な、にぶく鳴り響く音こそは日本人の生活から生まれる物音のうち最も哀感を誘うものと私には思われる。実際それはこの国が脈打つ鼓動そのものである。

それから禅宗の洞光寺の大釣鐘がゴーン、ゴーンという音を町の空に響かせる。次に私の住む家に近い材木町の小さな地蔵堂から朝の勤行の時刻を知らせる太鼓の物悲しい響が聞こえてくる。そして最後には朝一番早い物売りの呼び声が始まる。「大根やい、蕪や蕪」と大根そのほか見慣れぬ野菜類を売り回る者。そうかと思えば「もやや、もや」と悲しげな呼び声は炭火をつけるのに使う細い薪の束を売る女たちである。》

(『神々の国の首都』森亮氏訳・傍点原文)

この、明治二十三年の——今から百二十年ほど前の——いかにもゆったりとした、荘重な一日の始まりの、よく知られた文を私が初めて読んだのは、平川祐弘氏の『小泉八雲—西洋脱出の夢』においてであった。『小泉八雲』は全六章からなり、昭和五十六年に刊行された。手元にある『小泉八雲』は五刷で昭和六十三年刊のものである。私が平川氏の『小泉八雲』を読んだのは、世間からずいぶんおくれていたことになる。

ただ今刊行中の『平川祐弘決定版著作集』(勉誠出版)の第十巻に『小泉八雲—西洋脱出の夢』は収められているが、そこに、平川氏と同じく東大の比較文学比較文化を専攻した亀井俊介氏の『小泉八雲—西洋脱出の夢』評が載っている。亀井氏は昭和五十一年、『小泉八雲』の第一章「小泉八雲の心の眼」を雑誌で読んだとき、「感動で体がふるえるほどの思いだった」と述べている。私もおくれて同様の感動を味わった。

『平川祐弘決定版著作集』第十巻には、平成六年刊の『小泉八雲—西洋脱出の夢』(講談社学術文庫)巻末の牧野陽子氏の解説が再録されている。それを読むと平川氏のハーン研究が日本だけでなく海外のハーン再評価を促したことがわかる。

平川氏のハーン研究は体翫(たいがん)とでもいいたいが、その身体ごとハーンにぶつかった感のある研究が世の関心を引いた流れに私も往時導かれたのであろう。先に引いた、『皮革製作所殺人事件』をはじめて知ったのも『小泉八雲―西洋脱出の夢』第五章「一異端児の霊の世界」においてであった。

そもそもハーンといえば〝怪談〟と、多くの日本人は答えるであろう。手軽に購入できて読むことができる文庫本に、怪談の類の他に、あるいは怪談との関連なしに、何が求められるのであろうか。平川氏の著作はハーンにつきまとう、ハーンすなわち怪談という関係を取り払った。では、平川氏はハーンから怪談という大看板を取り払った後に、何を示したか。それはハーンの人生である。

ハーンはイギリスであれ、アメリカであれ、マルティニークであれ、日本であれ、懸命に生きた。その生きようとする根柢に、好い文章を書こうとする努力を重ねた。好い文章を書こうとすることがよりよく生きることになった。この二つが一つである人生を生きたハーンであるから、どこであれ、書かれた文章は一貫している。平川氏のハーン研究は、(研究とあえて書くが)、そのことを見事に明らかにした。

5

『小泉八雲―西洋脱出の夢』は、ハーンが一八八一年(明治十四年)に発表した『夜明けの声』(原題Voices of Dawn)という文にふれながらはじまる。

《ラフカディオ・ハーンは片目で、しかもその目もひどい近視だったが、耳はなかなかさとい人であった。

まだアメリカ南部で貧乏暮しをしていたころ、『夜明けの声』Voices of Dawnという記事をニューオーリーンズの『アイテム』紙、一八八一年七月二十一日号に寄稿したことがあった。それにはニューオーリーンズの初夏の朝を賑わす物売りたちの英語の声が、イタリア系、黒人系、フランス系、スペイン系などの訛りとともに実に鮮やかに活写されている。朝の陽光が通りに溢れると同時に、町には肉声の広告が始まる。鳥屋が通りの開いている家の窓に首を突っこんだと思うと、

「鶏は鶏、奥さん、鶏は鶏」

と叫ぶ。その鳥屋の踵を踏むように、

「レモン、いいレモンだよ」

とレモン売りが、また林檎売り、苺売りが続く。眼付きは多少凶暴だが、深いバスの声の持主はイタリア移民の物売りで、ドアが開いていると人の家の中まで無遠慮にはいりこんでいきなり（何を売るつもりなのだろう）、

「お負けだよ、奥さん、お負け」

とまるで雷の轟くような大声を立てて、黒い燃える瞳でじっと見つめる。ミシシッピーの河口の町は、レース状のヴェランダ造りもいかにも南国で、開放的で、どこか牧歌的でさえあった。物干竿を売る人が、晴れた日には何マイル先へも届きそうな声で、喉をふるわせながら、

「もの、ほ、ほ、ほ、ほーしーざーおー」

と呼ばわるが、その声はテナーとしても、それはそれは見事であった。——そのようなハーンの新聞記事を読むと、南北戦争が終った後のアメリカ南部の日々の生活はこうであったのか、と一種ノスタルジアに似た感慨さえも湧いてくる。なるほど日本ではいまでも金魚売りの声が聞え、夜、石焼芋を売る声も聞えるか

もしれない。しかし竹竿や旗竿を売る人がいるにしても、携帯式のマイクでもって、

「さおやー、竹ざおー」

とやられると、聞く方は閉口してしまう。その竹竿にもきっとどぎつい色(ペイント)が塗ってあるのだろう。ハンディ・マイクを通すと声も濁り、人情も薄れる。かつての詩情も消え失せてゆく。アメリカの田舎にしても、竹竿屋の声は、

Clo-ho-ho-ho-ho-ho-se-poles!

と肉声でもって遠くから聞えてくる時、人々ははじめて昔懐しさを覚えるにちがいない。もっともそうした（直訳すると）、

「きものー、ほ、ほ、ほ、ほすさおー」

といった物売の声は、今日の大都会ニューオーリーンズの市中ではもちろんのこと、ルイジアナ州の田舎にだって、求めるべくもないのだろうが。》

ここに引かれた『夜明けの声』から、平川氏は、先に引いた『神々の国の首都』の松江の朝の描写を思い出したのである。その連想は、いかにも実直旺盛な生活者の声を聞き続けたハーンを考えれば素直にうなずける。

ただ、平川氏の引く『夜明けの声』は平川氏の文の中に溶け込んでいて、どの文がハーンの文か判らぬところがある。平井呈一氏が全巻訳した『小泉八雲作品集』（全十二冊）に収められた『Voices of Dawn』は『朝の声』と訳されている。『Voices of Dawn』は日本文にして五枚（四百字詰原稿用紙）ほどの短い作品である。冒頭を引くと、

《こんにちほど、いろんな果物売りや食べもの商人（あきんど）の数の多いことといったらない。――これも土地の繁栄と、金銭の活発な回転の、たのもしいしるしなのだろうが。

朝日の光が最初にさしそめるころ、街にはひとしきり、いろんな物売りの声がひびきわたる。》

平川氏の文の「朝の陽光が通りに溢れると同時に、町には肉声の広告が始まる」は、平井氏の訳の「朝日の光が最初にさしそめるころ……」に照応する。つまり、ハーンは『Voices of Dawn』に、「果物売りや食べもの商人」の「肉声の広告」に始まる「土地の繁栄と、金銭の活発な回転の、たのもし」さを描いたのである。

だが、『神々の国の首都』は趣きを異にする。『神々の国の首都』では、まず、松江の朝は米搗きの重い杵の音から始まる。それをハーンは「国が脈打つ鼓動」ととらえた。ゆるやかで荘重なひびきは杵が臼の米を搗く音であり、それはまた、日本人の生きている根源の鼓動である、とハーンは思った。

それに続いて聞こえるのは、洞光寺の鐘の音であり、朝の勤行を知らせる近所の地蔵堂の鐘の音が続く。これも、「金銭の活発な回転」とは無縁な音である。まず何よりも仏の声をとなえ、死んだ人の冥福を祈るのである。勤行の時刻を知らせる鐘の音は「物悲しい響」なのである。といっても、生きるべきや否やという短調の響きではない。この「物悲しい響」は『Voices of Dawn』にはない響きである。そして最後に「物売りの呼び声」が聞こえてくる。日本の物売りは、ドアが開いていても人の家の中まで無遠慮にはいりこんだりはしない。

6

平川氏の『小泉八雲―西洋脱出の夢』を読んで三十年、ときおり口ずさむものがある。――「テテポッポー、カカポッポー」である。ハーンが松江の住まいで聴いた山鳩の啼き声である。「テテ」は「父」を、「カカ」は「母」を意味する赤ん坊言葉で、「ポッポー」は幼児語で「ふところ」の意だという。

ハーンは、山鳩の啼き声はほとんど毎日森から聞えてくる、と書いている。

《山の松林を包む緑の薄暗がりの中から、絶えず金色(こんじき)の大気を貫いて、耳元に流れて来るのは、あの哀切で甘美で愛撫するような山鳩の呼び声だ――

テテ
　ポッポー
カカ
　ポッポー
テテ
　ポッポー
カカ
　ポッポー
テテ……

ヨーロッパの鳩でこんな風に啼くのはいない。初めて山鳩の啼き声を聞いて心に新しい感動を覚えない人は、この桃源郷に住む資格がないと言ってよい。》(『日本の庭で』仙北谷晃一氏訳)

山鳩の啼き声も生きている根源にさわる音としてハーンに響いていた。山鳩の啼き声に、杵を搗く音に、鐘の音に、聴覚がきわめて鋭敏なハーンは常人には思いもよらぬものを聴き知ったのである。——「やわらかな、にぶい音で」、「その規則正しい打ち方と、音を包み込んだような奥深さと」、それは生命そのものが生み出す、生を肯定する音である。ハーンは枕もとで、杵が臼を搗く音を実にやすらかな思いで聴いたのである。

ハーンは晩年、自伝を書きはじめた。その自伝断片の一部を引く。それはシンシナティ到着後まもないころのことを回想したものである。十九歳のハーンは下宿屋を追い立てられ、寝床を求めて厩に入り込んだ。

《私はなけなしの薄い服を脱ぎ、まるめて枕代わりにする。それから、裸で干し草のなかに忍び込む。……ああ、干し草のベッドの喜び——多くの長い夜を経て初めて手に入れたベッドらしきもの！——ああ、安らぎの嬉しさ！　干し草の甘い匂い！……頭上には天窓を通して、鋭く輝く星が見える。空気には霜の気配が漂っている。

下にいる馬たちがしばし重たげに身動ぎし、蹄で地面を打つ。彼らの呼吸が聞こえ、息が湯気となって私のところまで立ち昇ってくる。その巨軀（きょく）のぬくもりが建物に満ち、干し草にしみこみ、私の血を生き返らせる——彼らの生は私の火だ。》（「星々」真崎義博訳）

松江のハーンは四十歳で、十九歳のあふれんばかりの生命力はない。馬の呼吸、肉体のぬくもりの代りに、杵の音、鐘の音、山鳩の啼き声が松江にはあった。山鳩の啼き声は「哀切で甘美で愛撫するよう」に聞こえ、ハーンは「桃源郷」に誘われたように思えた。「桃源郷」は「蓬萊」とよんでもよかろう。先にその一部を引いた『英語教師の日記から』の中で、「息の詰（つま）りそうな、圧力釜のような世界で、死物狂いになって暮していた者が、ある日突然、急に軽い、明るい、自由な、自然のままの空気の中へ出た」ときに覚える「精神的な安堵感（あんどかん）」をハーンは日本で体験していたのだが、それを「桃源郷」と言ったのだ。

7

来日したハーンは「ある親切なイギリスの教授」から「ぜひとも早い機会に、第一印象を書き留めておいたらいい。何しろ、最初の印象なぞ、たちまちに消えてしまう。しかも一度消えたら最後、二度と戻ってきはしない。今後この国で色んな不思議な経験をすることになるだろうが、この初めての印象ほど魅力に富んだものはない」（『東洋の土を踏んだ日』仙北谷晃一氏訳）と忠告を受けた。この「ある親切なイギリスの教授」はハーンと同年の、帝国大学名誉教師バジル・ホール・チェンバレンであろう。ハーンを松江中学、第五高等学校、帝国大学に紹介斡旋した人はチェンバレンである。明治六年に来日したチェンバレンは、その著書『日本事物誌』（高梨健吉氏訳。初版は一八九〇年）に、日本は開国後貴重なものが多く消滅したと語り、「昔の日本は牡蠣にも似て、開ければ死んでしまう」と述べている。（ハーンとチェンバレンの交友については平川氏の『破られた友情』がある。著作集第十一巻）

ハーンは明治二十三年四月四日の朝六時に横浜港に上陸した。荷物をホテルに預け、横浜の町をめぐった。「寺へ行け」とのハーンの指示で車夫はいくつもの神社仏閣に人力車を飛ばした。車夫はとある坂道を上り石段の前に車を止めた。石段は今まで見たこともないほど、高く急だった。腿の筋肉の激しい痛みを和らげるために時おり立ちどまりながら頂上に着いたときにはハーンの息は切れていた。

四月上旬で海から吹きつける風は肌を刺すように寒い。車夫が戸をたたいて待っていると、咳の絶えない老僧が現れた。

《私は、すべて日本の建物の床がおおわれている、あの柔かな青畳の感触を足の下に感じながら、中へ入ってゆく。寺につきものの鈴と漆塗りの経机の脇を通ってさらに行くと、また障子がある。床から天井までの総障子であった。老人は、まだ咳き込みながら、右手の一枚を開けると、ほのかに線香の匂いの立ちこめる薄暗い内陣へと、私を手招きした。柱状の軸のまわりに金の竜がもつれて絡みついている、巨大な唐金の燈明入れがまず目に入る。その傍を通ったとき、肩が触れたと見えて、その蓮の形をかたどった天蓋から花飾りのように垂れている小さな鈴が鳴った。こうして須弥壇のところまでたどり着いたが、まだ物の形は弁別できず、すべて手探り同然である。しかし老僧が次々と障子を繰って光を入れてくれたので、金ぴかの仏具や刻印された文字も識別できるようになった。私は渦巻きを思わせるろうそく立ての立ち並ぶ間に、ご本尊の像を探してみた。しかしそこには、一つの鏡が置かれているだけだった。よく磨かれた金属の丸い鏡は淡い光を放っていて、そこに私が映っている。そしてこの私ならぬ私の後に、遠い海の幻影が広がっている。

ただの鏡とは！　いったい何の象徴なのだろう。》（『東洋の土を踏んだ日』）

辞去しようとして本堂の前で靴を履きかけていたハーンに老僧が素湯（さゆ）をもって現れた。

《どこの寺でも、参詣の人にお茶を供するのが普通なのだが、この小さな寺は貧窮を極めていて、この老僧は、日常の必需品にさえ時には事欠く状態なのかと思う。風当たりの強い石段を下りながら、後をふり返ったら、老僧はまだ私を見送っている。そしてまたもや、あの嗄（か）れた咳の音が私の耳を打った。》（『同上』）

この寺は廃仏毀釈のため貧窮し、ご本尊を売り払い、その跡に神を祭るように鏡を置いたのだろう。だが、ハーンは本尊のある場所に鏡を見、その鏡に自身の像を見出して、自問する。

《さっき鏡に映った自分の姿が、また思い出されてくる。私の求めているものは、はたして見つけられるのだろうか、ふとそんな疑念が湧いた――それは、自分の世界――自分の思い描く世界の外には、見つけることができないのではあるまいか！》（『同上』・傍点引用者）

ハーンはアメリカの出版社から日本行きを勧められたとき、まるで日本に暮らしているような、日本人の思考で考えているような、そういうものを書きたいと考えていた。だが、右に引いた一節を読むと、ハーンを突き動かしている、ハーン自身も動いてそれと知れる、そういう本当の日本行きの動機が見えてくるように思われる。

横浜の寺で、思いもかけず、「ご本尊」のあるべき場所に、つまりは、祈りをささげる対象に、自身の像を見出したハーンは、愕(おどろ)き、自問する。所詮、人ができることは、「自分の世界」を描くことではないか、と。
幸運なことに、ハーンの「求めているもの」と日本人が永年にわたっていとなみ続けて来たこととは多く重なる。ハーンは日本の歴史に、風土に、いたるところに、「自分の世界——自分の思い描く世界」を見出した。その一端は、ほんの一端だが、ここまで引いた。

8

明治三十三年十月に、漱石はロンドンに着いた。翌年に漱石が書いた「断片」がある。（句点は引用者が付けた。）
《西洋人は感情を支配する事を知らぬ。日本人は之(これ)を知る。西洋人は自慢する事を憚らない。日本人は謙遜する。一方より見れば日本人はヒポクリットである。同時に日本人は感情にからるべき物ではない。謙遜は美徳であるといふ一種の理想に支配されつヽあるといふ事が分る。西洋人は之を重んぜざる事が分る。》
この「断片」にある「西洋人」に、現今のわれわれ日本人はずいぶん似て来た。「西からの邪ま風」が「霊妙な大気」をほとんど退散させたからである。
西洋の本質を嫌って「西へ西へ」と日本にやって来たハーンの文学は、現今の日本人に百数十年前には確かに日本にあった「霊妙な大気」を覚えさせてくれる文学である。

「わたしを連れて逃げて」 — レコード大賞と直木賞

〝矢切の渡し〟という歌謡曲がある。石本美由起作詞、船村徹作曲である。昭和五十一年にちあきなおみが歌ったが、さほど注目をあびず、二年後に競作となり多くの歌手が歌ったという。その中で最もよく聴く者の心をつかんだのが細川たかしだった。昭和五十八年に、細川は『矢切の渡し』でレコード大賞を受賞した。三十三歳だった。

六、七年前の師走のころ、テレビ東京が「甦る！　昭和の歌謡曲」という番組を放送した。そこに細川は生出演して、『矢切の渡し』を歌った。心に沁みた。

たまたま聴く機会があった、レコード大賞をもらったばかりの細川の『矢切の渡し』と六十をいくつか越えた細川のそれとは別人のごとくであった。三十年の星霜は細川に人生を刻ませた。ちあきなおみの『矢切の渡し』もうまいものだと思ったが、六十を超えた細川に軍配を挙げたい思いであった。

女が男にいう、

♫「つれて逃げてよ……」

男が応える、

♬「ついておいでよ……」

「ついて」と歌ってから声を落として、「おいでよ」というときの男の低音は聴く者の肉をうがって骨に響くようである。

昭和五十八年夏、関西から一人の男が上京して来た。

男は、慶応大学独文科を出て広告代理店に勤めながら小説を書いていたが、挫折し郷里の兵庫県飾磨(しかま)に帰った。しかし、母親から、大学まで出してやったのに、なんで帰って来た、お前の居場所はない、下足番でもして生きろと、と放り出された。車谷長吉(くるまたにちょうきつ)のことである。

車谷は母親の言う通り、下足番もしたし、料理人もした。流浪の末、今一度、小説家になろうとして、再び東京の土を踏んだ。車谷はいくつもの作品を発表し続けたが、芥川賞か直木賞かのいずれかを取ろうとして想をあたためてきた作品が『赤目四十八瀧心中未遂』(以下『赤目』)である。車谷の小説は私(わたくし)小説である。が、私小説の手法を逆手にとっているところもある。

兄の仕出かした不始末のため、その身を売るように迫るやくざに追われる女から、男は言われる、

「うちを連れて逃げて。」

　男はたずねる、

「どこへ。」

と。

『矢切の渡し』では、女が男に

♫「どこへ行くのよ……」

とたずねると、

♬「知らぬ土地だよ……」

と男は応えるのだが、

『赤目』では、「どこへ。」とたずねる男に、女は、

「この世の外へ。」

と応える。

そういうちがいはあるが、車谷は上京時に流行（はや）っていた『矢切の渡し』の歌詞を用いたのは間違いなかろう。車谷は平成十年に『赤目』で直木賞を受賞した。

『矢切の渡し』も好きで、『赤目』も好きで、いろいろ思っているうちに、僕も昔、「つれて逃げてよ」といわれたことがあるように思えてくるから妙なものである。

歌は世につれ世は歌につれ、というが、歌謡曲は浮世を映す鏡である。

言葉にささえられて

1

みなさん、こんばんは。今日は時間を長めにいただいておりますので、何を話しても好いということなので、演題は〝言葉にささえられて〟といたします。有為転変の世の中を眺めて思うことを突き詰めますと、〝言葉〟に行き着きます。

2

みなさんはヘレン・ケラーというアメリカ人をご存じでしょう。一八八〇年、日本の年号でいうと明治十三年に生まれたヘレンは、二歳のときに熱病のために失明し、耳も聞こえなくなりました。七歳のときにアン・サリヴァンという家庭教師がヘレンのいるアメリカ南部のアラバマ州タスカンビアにやってきました。ケラー家の敷地は二百六十万㎡という途方もない広さでした。

サリヴァン先生が到着した翌朝、ヘレンは先生の部屋によばれて人形をもらいました。人形と遊ぶヘレンの手にサリヴァン先生は、d - o - l - l と綴りました。

《私はすぐに、この指の遊びがおもしろくなって、それをまねようと試みました。とうとうじょうずにつづれた時、私は子供らしい喜びと得意さに大はしゃぎで、二階から母のところへ駆け降り、手をのべ、指先で人形という字をつづってみせました。その時私はもちろん言葉をつづっていることやそんなものがこの世の中に存在していることさえ知らず、ただ猿の人まねのように、指を動かすだけでありました。それから幾日かの間に、なんのことともわからぬままで、私は「留針（ピン）」「帽子（ハット）」「コップ（カップ）」などたくさんの言葉をつづることを覚え、「すわる（シット）」「立つ（スタンド）」「歩く（ウォーク）」など少しばかりの動詞も知りました。けれども、物にはそれぞれ名前があることを私が知ったのは、先生がお出でになってから幾週間もたって後のことでありました。》（『わたしの生涯』岩橋武夫訳・傍点引用者）

ヘレンは生まれて一年八ヶ月の時に、視力と聴力を失っています。付言しておきますと、幼くして聴力を失った人は話すこともできなくなってしまいます。自分が話す、その声が聞こえぬからです。ともかく生後一年八ヶ月の時から一切の情報が断たれたのですから、ヘレンには「言葉」というものが認識できないのです。d - o - l - l と綴ってもdoll（人形）という認識がないのです。岩に刻まれた何の意味もない傷跡をなぞるようにdollと傷をつけているようなものなのです。なにせ、物には名があることがわからぬのですから。

それから幾週間かが経ちました。サリヴァン先生は、人形と遊んでいるヘレンの膝の上に、別の大きな人形を置きました。そしてd - o - l - l とヘレンの手に綴り、この人形が同じ名であることを、ヘレンに解らせようとしました。

《その日はすでに私たちは、「湯のみ（マッグ）」と「水（ウォーター）」とで、たいへん苦しんだ後でありました。サリヴァン先生はm-u-g（マッグ）が湯のみで、w-a-t-e-r（ウォーター）が水であることを、はっきりと教えるために、苦しまれたのですが、私はいつまでたっても二つを混同しました。先生は失望して、一時中止しておられましたが、機会をみてもう一度試みようとされました。私はくりかえしての試みに癇癪（かんしゃく）を起こして、新しいお人形を手にとるなり、床にたたきつけました。》（『同上』）

視覚と聴覚に支障のない私たちには解らぬことがここに語られています。「湯のみ」の中には「水」がはいっています。「湯のみ」は液体を容れるもので、「水」はその液体であることは私たちには分明ですが、視覚と聴覚を奪われている人が初めて「湯のみ」の中に「水」が容れてあることをどう把握するかということを、想像力を力いっぱいに働かせて事態を把握しなくてはなりません。

ヘレンは目の前の事態を把握できませんから、「癇癪」を起こして、その「不快」を人形にぶつけます。人形は砕け、ヘレンの「不快」は、砕けた人形の破片をさわって「痛快」へと変ります。

《私は感情の発作が静まった後も悲哀も後悔もまるで感じませんでした。私はこの人形を愛していなかったのです。それに私の住んでいた沈黙と暗黒の世界にはなんらの高い情操も慈愛もないのでした。私は先生が破片を炉（いろり）の片隅にはき寄せておられる様子を感じましたが、ただ腹立ちの原因がとりのけられたという満足を覚えたばかりです。》（『同上』・傍点引用者）

目が見えず耳の聞こえないヘレンの住む世界は「沈黙と暗黒の世界」なのです。その世界は「悲哀も後悔もない世界です。では、「悲哀も後悔もない世界」とは人間の世界でしょうか。ヘレンは、いみじくも、「言葉」を「言葉」と解らず綴る自分の行為を「猿の人まね」とよんでいます。

3

ヘレンが砕いた人形の破片をはき寄せたサリヴァン先生が帽子を持って来たので、ヘレンは暖かい日向に出かけられると知って、喜んでおどり上がりました。のちにサリヴァン先生のおかげで言葉を習得したヘレンは、ここで注意をうながしています。――「暖かい日向に出かけるのだと知って、その考え」、ここに括弧(かっこ)を付けて、(もし言葉のない感覚を、考えと呼ぶことができるとすれば)、と。「言葉」という「感覚」がないものから生まれたものを「考え」と呼べるはずがありません。

二人は井戸小屋を蔽(おお)っているスイカズラの甘い香りにひかれて庭の小道を下りて行きました。誰かが水を汲みあげていました。

《先生は樋口(ひぐち)の下へ私の手をおいて、冷たい水が私の片手の上を勢いよく流れている間に、別の手に初めはゆっくりと、次には迅速に「水(ウォーター)」という語をつづられました。私は身動きもせず立ったままで、全身の注意を先生の指の運動にそそいでいました。ところが突然私は、何かしら忘れていたものを思い出すような、あるいはよみがえってこようとする思想のおののきといった一種の神秘な自覚を感じました。この時初めて私はw-a-t- e-rはいま自分の片手の上を流れているふしぎな冷たい物の名であることを知りました。この生きた一言が、私の魂をめざまし、それに光と希望と喜びとを与え、私の魂を解放することになったのです。》

(『同上』・傍点引用者)

ここにいう「私の魂を解放する」とは何からの「解放」かというと、それは動物的生からの「解放」でしょう。「言葉」の獲得とは、人間的生の獲得なのです。ヘレンは生後一年八ヶ月は人間的生を営もうとしていました。「何かしら忘れていたものを思い出すような、あるいはよみがえってこようとする思想のおののき」とは、生まれた後の一年八ヶ月の人間的生を始めつつあった生への恢復（かいふく）か、先天的な人間の生への恢復かを指していましょう。

「言葉」を獲得した人間的生とはどのようなものかは次につづく文章に表われています。

《私は急に熱心になって、いそいそと井戸小屋を出ました。こうして物にはみな名のあることがわかったのです。しかも一つ一つの名はそれぞれ新しい思想を生んでくれるのでした。そうして庭から家へ帰った時、私の手に触れるあらゆる物が、生命をもって躍動しているように感じはじめました。それは与えられた新しい心の目をもって、すべてを見るようになったからです。部屋にはいると、すぐに私は自分がこわしたお人形のことを思い出して、炉の片隅にさぐり寄って破片を拾いあげ、それをつぎ合せようと試みましたが、だめでした。私の目には涙がいっぱいたまっていました。自分のしたことがわかったので、私は生まれて初めて、後悔と悲哀とに胸を刺されました。》（『同上』・傍点引用者）

「私の手に触れるあらゆる物が、生命をもって躍動しているように感じ」る、とは第一級の詩人の感覚でしょう。「言葉」の獲得によって、あふれるような感覚の清純をとり戻したヘレンは人間的生を恢復したのです。末尾の言葉がそれを証明しています。――「私は生まれて初めて、後悔と悲哀とに胸を刺されました。」

4

では、いったんヘレン・ケラーをはなれて日本人の話に移りましょう。

昭和三十五年十月に死刑に処された人の話です。二十八歳にて死にましたから昭和七年の生まれでしょう。平尾静夫という人です。

昭和三十三年に死刑が確定し、東京から宮城拘置所に移されました。この宮城拘置所から平尾がある人に出した手紙に死刑になった理由が述べられています。

《私は兄一人、姉二人の四人兄弟で、母とは生まれてすぐ別れ里子として他人の所で大きくなりましたのですが、兄姉達と年も大分開きがあり、私は無口で話が下手なので話もあまり致しませんでした。隣の町で養父が無く養母だけの所へ養子として行きましたが、意志の弱さからまた無口なるがために話せばわかることなのに取り返しのつかない尊属殺人という最高の罪をおかしてしまいました。

この罪を犯してから兄や姉は私からの便りを嫌がり「手紙をくれるな」といわれ、出しても返事が来ませんので便りは致しません。》（田所妙子編著『ある死刑囚の歌　蟲になりても』）

宮城拘置所で平尾と同囚の人がいました。名前は伏せられていますから、仮にAさんということにします。Aは死刑囚ではなく、平尾が刑を執行されてから二ヶ月の後に出所した人ですが、Aが死刑囚平尾に同情し、短歌の勉強を勧めました。Aは図書係でしたから図書室にある短歌誌を物色して「高知歌人」を見つけ平尾に示しました。先に引いた尊属殺人を明かした手紙の送り先の「ある人」とはこの「高知歌人」の同人の女性です。

次の手紙は右の手紙より少し遡ります。はじめて「高知歌人」の主宰者である田所妙子に書いたものです。

《拝啓　突然このような不躾（ぶしつけ）なお便りを致しますことをどうぞお許し下さい。

私は現在宮城拘置所に拘留中の者であります。昨年三月東京に於いての最終回の裁判で死刑が確定となり、昨年五月宮城拘置所に移されまして、今では償いの日を待つのみとなって参りました。凡て犯しました罪故に当然のことと存じ恨みもひがみもありません。永い獄中生活に短歌によって生甲斐を感じました。今ではこの短歌が私の一番親しい友であります。先日短歌誌を見まして高知歌人クラブのあることを知りました。大変失礼とは存じますが、この様に致しまして〝ペン〟を執るに至りましたことをどうぞお許し下さいませ。

人の世に生き、許されない罪を犯した私でありましたが、今では前非を悔い、弱いながらも神（注、平尾は仏教に傾倒したから、「仏」と書くべきであろう）の信仰を持って心から改心致し、この世に生あるうちに一首でも歌い残したいと思い、纏まらないながらも一生懸命詠んで居ります。

今日までの私には、いや歌を始めます前の私には、喜びはなく望みもありませんでした。文字通りの生きる屍に等しい私でありました。乾ききった土地の植物が欲する一滴の雨水のように、どうしても作らずには居れない気持ちに迫られて来るのです。

自分の胸中にある黒い塊のような苦難と迫りくる試練に耐えている時に、私が思わず発する心の叫びであります。私はそれをそのまま三十一文字に並べているに過ぎません。でもその一首が出来上がった時の喜びが私には忘れられません、どうか歌人クラブに加入させて頂けたらとそればかり願って居りましたが、何分このような自由のない生活にありますので実社会の皆様のように、会費もまとめて支払うことが出来ませんので今まで思い悩んで来ましたが、今日は失礼もかえりみませずこの様なお便りを綴ることに決心致しました。私のようなものでも加入させて頂けるものでしょうか?》(『同上』・昭和三十四年十月十五日付・傍点引用者)

　平尾はこの日からほぼ一年後の昭和三十五年十月十四日に死刑が執行されました。一年という短い詠歌人生でした。平尾が死んで一年三ヶ月が経った昭和三十七年一月に朝日新聞の社会面トップに「同人雑誌に死刑囚の短歌、教え励ました一年」という見出しの記事が出ました。平尾に「高知歌人」を勧めたAは朝日新聞の記事を見て田所に手紙を書きました。

《……御承知のことと存じますが平尾君の人となり、事件の内容など、誠に気の毒な事情に育ち、成人後分別を欠いた逆上から、養母を殺(あや)め、遂に死刑囚として執行のその日まで辿って来た悲惨な運命、苦悩の道を辛うじて支え得る事が出来た唯一の救い手となられたのが先生であり、同人の諸姉の御温情であります。当時平尾君に詩歌の勉強をしてみてはと勧めたのが私です。**あまりにも思想に落ちつきなく粗暴の嫌いがあった**ため矯正の一法として短歌なり俳句の勉強を勧めてみました。幸い私が教育課の図書夫を兼ねておりましたので同君のために適当な指導書を選定、図書室の数ある中から物色中、目についたのが先生御主宰の「高知歌人」でありました。当時女流歌人五島美代子先生のもあったようですが、他への貸出中で先生の主宰誌はたしか二部あった様に記憶があります。その一部を平尾君にみせた所大変喜ばれ早速勉強にとりかかったようで、私にも先生へ差し上げる手紙の下書きを幾度かせがまれました。

　先生本当に平尾君のために遠隔の地にもかかわらず御厚情をお寄せ下さいました。同人雑誌のお心尽くしのお恵品の数々をその都度押し戴いていたあの姿も今は思い出の一つとなりました。先生という温かい同情者を得た平尾君の情操教育の上に異常な効果をもたらしたことは本当に有難いことだと、当局は先生のご芳志に感謝申し上げていました。あれだけ粗暴であった平尾君が日と共に心境の変化をみたのも、偏に先生のお蔭と感謝して居りました。懺悔出来た人間となって大罪をわびつつ、称名しつつ刑場にひかれてゆくあの後姿が午前十一時には罪を消された姿となって、刑場に入って僅か二十分で執行済みになった屍体を抱えた私の複雑な気持ちはたとえようもありませんでした。》(『同上』・傍点引用者)

平尾は死刑と決まって今さらながら後悔したでしょうが、しかし体軀（たいく）を貫いた「逆上」が死刑判決によって消えてなくなるものではないでしょう。「どうしても作らずには居られない」、「思わず発する心の叫び」を「言葉」にしなくては、「自分の胸中にある黒い塊」を「言葉」にしなくては、「あまりにも思想に落ちつきなく粗暴の嫌いがあった」平尾の「情操」は調えられないのです。歌を作り続けて行くにつれて「あれだけ粗暴であった平尾君が日と共に心境の変化をみた」のは「言葉」の力なのです。ヘレンが「言葉」を知って「魂」が目覚め、「後悔と悲哀」の情意が身内に甦った事が思い出されます。

平尾が歌を作っている只中（ただなか）の話を聞こうと思います。田所宛の手紙です。

《先生の御便り有難く拝読致しました。尚歌誌も御配送下さいまして有難うございました。

心から御礼申し上げます。また愚か者の私の願いを早速お聞きとどけ下さり、尚またまとまりのつかない手紙まで御誌に載せて頂く御厚情、胸しめつけられる思いでただ只恐縮に存じます。今日は皆様の詠草を感銘深く拝読し、成程と感心致しました。私にはどうしてかよい表現が出来ません。胸の内には激しい感動が渦まいているのに、さてそれを文字にしてみるとしゃちほこばった言葉でしか表現することが出来ません。何と自分の表現力は貧しいのだろうとあきれてしまいました。

今後いつまで先生に御迷惑を、そしてお願い出来ますことかわかりませんが何分ともよろしくお願い致します。》(『同上』)

「胸の内には激しい感動が渦まいているのに」とは、いかにもそうであったでしょう。平尾が詠んだ歌に、

執念と多情を持ちて生れしが吾が過失(あやまら)の始めなりしか

というのがあります。「執念と多情」は藝術にたずさわるものには必須のものでありましょう。その性情の用い方を誤ったのです。

こんな歌もあります。

いわれなき憎悪ひそみてブスブスと針をきしませ冬のシャツ縫う

この「憎悪」は先の「執念と多情」から生まれるものでしょう。何に向けられた「憎悪」でしょう。平尾はそれを知っていたでしょうか。「いわれなき」とありますから。

二十八年という短いながら全人生を振り返っている歌があります。

つきつめて思えば哀しこわれたる器にも似し吾がうつしみは

わが身を、いやどうにか生きて来た人生を「こわれたる器」と表現した時に、平尾は「成程」とわれながら感心したでしょうか。「どうしてかよい表現が出来ません」、「しゃちほこばった言葉でしか表現することが出来ません」と思ったでしょうか。

こういうわが身を刺す歌ばかりを平尾は詠んでいたわけではありません。

房壁に誰が書きしか爪の文字「妻よ許せ」と薄く記しあり

結婚したこともない平尾は、「妻よ許せ」という「房壁」の、囚人の誰かが書いた「爪の文字」に他人の人生を垣間見ました。これは決してつまらぬ経験ではありません。

こんな歌も平尾は詠んでいます。

民謡のラジオに合わせ指先でコトコト壁をたたく音する

拘置所ではラジオは聞けるのでしょう。ラジオから民謡が流れている。その音楽に合わせて囚人の誰かが指先で壁をたたきながら調子をとっています。どこかの、どこにでもあるアパートの一室にあって、時間がゆるやかにながれている、おだやかな時が思われます。

平尾が詠んだ歌に、生みの母を詠んだ歌がいくつもあります。

独房にほころび縫いて突きさせし指先見つつ亡母恋うわれは

十日月独房に差し込むその光り眠れとやさしき亡母のごとくに

ひたひたと胸に満ちくる悦びよよく似し写真(うつしえ)に亡母よみがえる

「高知歌人」同人の方々から写真を送られた平尾は同人の一人の女性に母の面影を見ました。田所宛の手紙に次のものがあります。

《本日は写真をお送り下さり誠に有難う存じました。先生始め先輩の皆様のお姿を拝見出来ただ只嬉しくてなりません。あまり美しい方ばかりでまばゆいようです。私の驚いたことは西田きくえ様があまりにも私の亡母によく似ておられることです。本当によくも似た人が居られたと驚きました。写真を拝見した時亡母に逢ったような気がして胸がどきどき致しました。本当に懐かしく〝お母さん〟と呼びたい気持ちです。私は生まれながら母の顔は知りません。私が生まれて六ヵ月で亡くなりましたから母性愛も知りません。小さい時、友達が母親に甘えている所を見て羨ましくてなりませんでした。母の顔は写真で知るだけです。どうぞ西田様にお逢いになったらくれぐれもよろしくお伝え下さいませ。こうして皆様のお姿を拝見して居りますと楽しくなり、皆様とお話しする気持ちで拝見しています。

私もお送りしたいのですが今は許可になりません。私の年は二十八歳で中肉で背は小さく五尺二寸五分(約一五九センチ）しかありません。少し丸顔で近視のため眼鏡をかけております。》（『同上』）

どうして平尾は、いや人は、こうまで母を恋うるのでしょうか。平尾は母の顔を知らぬという。母親の顔は写真で知るのみだという。それなのに「〝お母さん〟と呼びた」くなるという。——人は〝おぎゃあ〟と生まれた時から多くの時間を母親とともに過ごします。母親の語りかける言葉を幾度も聴くうちに言葉を覚えていく。日々繰り返される、真剣な対話から国語の体系の内に私たちは取り入れられていくのです。だから母国語というのです。

5

ここから江藤淳という文芸評論家の母国語体験に移ります。慶応大学在学中に「夏目漱石」を発表して文壇にデヴューした江藤は、二十九歳（昭和三十七年）のときにアメリカのロックフェラー財団から招待をうけて、夫人をともない、プリンストン大学に遊学します。財団がいうには、アメリカ滞在中に何をしてもいい、裏を返せば何をしなくてもいいということでした。試されているような提案に、江藤は何かしたいと思いました。カナダのヴァンクーヴァーよりサンフランシスコへ向かう飛行機の中からタコマ富士を見たとき、江藤はアメリカにいた痕跡を残したいと考えます。つまり、英語で論文を書いてアメリカの著名な雑誌に発表したいと願ったのです。

江藤は英文学者でした。大学では漱石と同じく英国の十八世紀文学を専攻していました。アメリカでも同じ分野の研究をしようと考えていましたが、プリンストンに着いてすぐにこの考えを捨てました。アメリカから逃げているように感じたからです。

そこで二十世紀前半に生きたアメリカ人作家のフィッツジェラルドを読もうとしましたが、日本で読むよりも遠くに感じられて、なんの喜びもわいて来ません。

そういう時に、アメリカ人から、

“What are you doing this year ?”

と聞かれて、江藤は、

“I'm doing nothing particular. Just meditating perhaps.”

と答えました。学術、思想に携わっている人間が、今、特に何もしていない、考え中なんだ、と口にすることは社会的な死を意味していました。その証拠に、江藤の返事を聞いた者は、表通りを行く霊柩車(れいきゅうしゃ)を見る時の眼をしていたと江藤は感じました。

そういう、何をしていいやら分からぬ日々を過ごしていた時のことです。江藤はある晩、なに気なく室町時代の世阿弥の『風姿花伝』を開きました。

《そこには心にしみ透(とお)るような言葉があった。私はいつの間にかその一節を音読していたが、そうするうちに私の内部にはある言いあらわしがたい充実した感情がわきあがって来た。つまり私は世阿弥の言葉をよく理解することができたのである。単に字面(じづら)の上だけではなく、自分の血肉にひびく切実な言葉として。私は知らぬ間に少し涙を流していた。私は能をめったに見なかったし、世阿弥についても通り一遍のことを知っているだけであった。しかし私はたしかにわかったという手ごたえを感じながら、深い感動を覚えていたのである。》(「『世阿弥』に思う」)

江藤に何が起こったのでしょう。——江藤は母国語に出会ったのです。江藤のアメリカの日常は「英語を読み、書き、かつ話」し、「ときには夢の中でさえ英語をつか」う、そういうものでしたが、江藤にとって、〝英語〟は心の奥底にしみ入らないのです。このことを江藤は、

《私にとって自分の存在の核心につながる言葉はただ一つしかない。》（「同上」）

と述べています。「自分の存在の核心につながる言葉」とは、皆さんはもうお分かりでしょう、母国語のことです。能をめったに見なくても、世阿弥についての知識が乏しくても、六百年前の世阿弥の言葉は、「たしかにわかったという手ごたえを感じ」させ、「深い感動」を私たちに与えるのです。これは不思議なことだと思われるかもしれませんが、母国語とはそういうものなのです。

過去から私たちに向かって一筋の糸が伸びて来ています。この糸をつかみさえすれば、私たちは生きているという実感をもてるのです。この一筋の糸は私たちを現在から解放するのです。

みずからが『古事記』、『万葉集』から現在まで持続展開している日本文学の先端にいると自覚した江藤は、アメリカで、日本を取り上げ、それを発表していきます。もちろん英語で。"Natsume Soseki,A Meiji Intellectual"（邦題「明治の一知識人」）と題した、イェール大学そしてハーヴァード大学での夏目漱石ついての講演は好評でした。江藤の日本研究はアメリカ人を感動させたのです。今、私は〝自覚〟という言葉を用いましたが、ヘレンの文にあった「自覚」という言葉を援用しています。

6

江藤は日本に帰ってから、矢継ぎ早に大きな仕事をしますが、その仕事の中に、歴史の中の一族の者をあつかった『一族再会』があります。

江藤は四歳半のときに母親を失っています。そのことを江藤は「私が世界を喪失しはじめた最初のきっかけである」(『一族再会』)と書いています。幼い子は親を通じて、特に母親を通じて世の中と触れ合います。母親に抱かれた幼子が他人に抱かれると、母親が目の前にいるのに、身をくねらせて泣き叫ぶのは、親を通してしか世の中に触れ合えないあかしです。だから江藤が幼くして母親を失ったことは、「世界を喪失し」たことを意味するのです。江藤は小学校に通いませんでした。学校に連れて行かれてもすぐに逃げ帰りました。幼い江藤と言葉との出逢いは、学校でではなく母親の匂いの残る家の納戸(なんど)の中でした。納戸には文学全集がありました。みずから開き読んだ本の中の言葉で江藤は世界とつながっていったのです。納戸での読書は江藤を文学者にしました。

さて、江藤がアメリカから帰国してからの話です。江藤は大学を終えてから、どこにも属さずにペン一本で生計を立てて来ました。アメリカから帰国しても同様でした。ですから、江藤の書く文は生きていなくてはいけません。言葉が生きていなければ、読者を獲得できず、売れません。ところが、帰国した日本では、言葉が生きていないと江藤には切に感じられました。

《十数年前に私は、たとえば「個人」とか「社会」、あるいは「自然」とか「芸術」という言葉を、さほどのためらいもなくつかい、それらが生きていると感じることができた。これらの言葉はいまでもその頃自分が書いた文章のなかでそれなりに生きている。しかし、それから十数年たった現在、同じ言葉を同じようにつかおうとすると、少しも生きないのはなぜだろう？　それは自分の文章についてだけではなく、他人の文章についても同様である。以前書かれた文章のなかで生きている言葉が、現在つかおうとすると死んでしまうのはなぜだろう？　そしてそのことにあまり人が気づいていないように見えるのはどうしてだろう。》（『一族再会』）

この文章は昭和四十二年に書かれています。帰国して三年です。以前「生きていた」言葉が「現在つかおうとすると死んでしまう」というのは、一つには江藤がアメリカで日本では考えられないくらい束縛なく言葉を使えたことによっており、今一つは、戦後日本の社会にあった、敗戦国ならではの、触れてはいけない物事へのタブーが少しずつながらゆるみ始めて来たことによっています。だから、以前ある文脈のなかで「生きていた」言葉が、ヘレンの言葉をかりると、「生命をもって躍動してい」た言葉が、同じような文脈の中では「死んでしま」って感じられるのです。だが、「人」はあまり「気づいていない」。彼らは「十数年前」と同じように「個人」だの「社会」だの、「自然」だの「芸術」だのといった言葉をつかっているが、その言葉はほとんど形骸化してしまっているのです。「形骸化」は文学の「死」を意味します。だから、江藤は、

《それぞれが私の言葉というものをたしかめ直さなければならぬ時期に来ている。つまりこれは、概念化されてしまった批評言語を、個人的な言葉のなかで蘇生させることである。「私」とはなにかということを問い、そして「言葉」がそれとどうかかわるかを問わなければならない。私にはそれ以外に現在批評のなし得ることはないように思われる。だがそれならこの個人的言語、つまり私の言葉というものはどこから湧き出して

来るのだろう？　その源泉であるはずの薄明の沈黙はどこに存在するのだろう？》（『同上』・傍点原文）

と述べ、言葉に携わる者として、言葉の湧き出て来る「薄明の沈黙」から、ヘレンの言葉をかりると、「猿の人まね」をやめて、「沈黙と暗黒の世界」に立ち戻り、「何かしら忘れていたものを思い出すような、あるいはよみがえってこようとする思想のおののき」から、出発しなくてはならない、と言っているのです。それが「私の言葉」の意味していることです。批評言語であれ、詩であれ、小説であれ、ことばが「個人的な言葉のなかで蘇生」しなくては、「生命をもって躍動し」はしないのです。

「私の言葉というものをたしかめ直」すことのほかに、今一つ、『一族再会』を書こうとしたわけが江藤にありました。詳しくは拙著『江藤淳氏の批評とアメリカ』（慧文社）に書きましたので読んでいただければと思いますが、江藤夫人の慶子さんはアメリカでの手術によって子供が産めないからだになってしまっていたのです。だから、江藤は、本名は江頭淳夫（えがしらあつお）と言いますが、江頭家の〝最後の家長〟となることになったのです。そういう仕儀に立ち至ったことを、つまり江頭家が断絶してしまうことになってしまったことを江藤は一族の者たちに謝らなければならない。江藤は一族の者たちに集まってもらい、自分の「不毛」（『一族再会』）を詫びなければならない。生きている者に謝るのはまだたやすい。死んでいる者たちとはどこで会えばよいのか。どこで一族の再会を果たすか。それは、〝言葉〟の世界においてしかないではないか。だから江藤は『一族再会』という文を綴ったのです。

7

ヘレン・ケラーに戻ります。一八八七年(明治三十年)の夏に起きた、ヘレンの魂をめざめさせた事件のあと、「明けても暮れても手でさぐり歩いて触れうるかぎりのいっさいの物の名を知ることにつとめ」た、とヘレンは述べ、続けて次のように語っています。

《いろんな物を扱い、その名や用い方を知るにつれて、自分以外の世界と自分との親しさの感じは、いっそう楽しく確かなものになってくるばかりでありました。》(『わたしの生涯』)

物には名があるから、その物に触って、その名をヘレンは教わり、覚えて来ました。では、形のないものの名はどう覚えたらばいいのでしょうか。

ある朝のことです。まだ、ヘレンが「たくさんの言葉を知るよりも前のこと」です。庭で数本の早咲きのすみれの花を見つけたヘレンは、すみれをサリヴァン先生のところに持って来ました。先生はヘレンにキスをしようとしましたが、ヘレンは母親以外の誰からもキスをされることを好みませんでした。先生はヘレンの手に〝I love you.〟と指話しました。

「愛(ラヴ)というのはなんですか」

サリヴァン先生は

「それはここにありますよ」

と言って、ヘレンの心臓を指さしました。けれどもヘレンはまだ、自分の手で触れて見ぬ限り、なにも理解することはできません。

「愛（ラヴ）とは花の美しさのことですか」

「いいえ」

二人を暖かい太陽が照らしていたので、ヘレンは光の差してくる方角をさしながら、

「これが愛（ラヴ）ではありませんか」

と問いましたが、先生は首を振りませんでした。ヘレンは、先生が「愛（ラヴ）」を示すことが出来ないのを不思議に思いました。

それから、一、二日後のことです。ヘレンは大きさの異なったビーズを、二つの大きい玉に三つの小さい玉というふうに、決まった順序に糸に通す練習をしていました。ヘレンは何度もまちがえました。そのたびにサリヴァン先生はやさしく教えてくれたとヘレンは回想しています。終りになってヘレンは明らかな間違いをして、自分でも気がついたので全身の注意をこらして、どういう順序にビーズをつなぐかを考えていました。その時、先生がヘレンの額に手をあてて、力づよく「考える（シンク）」と指話しました。するとヘレンは、稲妻のように、「考える（シンク）」という言葉が、いま自分の頭の中に起こっている働きの名であることを理解したのです。ヘレンは、これが私が抽象的観念について、意識的な認識をもったそもそも最初である、と書いています。

この「考える（シンク）」という言葉を理解したヘレンは、「愛（ラヴ）」という言葉の意味に挑みます。その日は、朝から太陽が雲にかくれて、ときどき通り雨が降ったりしていましたが、急に太陽が南部特有のうららかさをもって輝き始めました。

ヘレンは尋ねます。

「これが愛(ラヴ)ではありませんか」

「愛(ラヴ)とは、今、太陽が出る前まで、空にあった雲のようなものですよ」

この説明は、ヘレンにはよく判りませんでした。サリヴァン先生は次のように説明を続けました。

「あなたは手で雲に触れることはできませんが、雨に触れることができます。そして花や渇いた土地が暑い一日のあとで、どんなに雨を喜ぶかを知っています。あなたは愛(ラヴ)に触れることができませんが、それがあらゆる物に注ぎかける優しさを感ずることはできます。愛(ラヴ)がなければあなたは幸福であることもできず、その人と遊ぶこともできないでしょう」

8

江藤淳がアメリカにいたときに、数ヶ月おくれて日本からプリンストン大学に月刊総合誌『文藝春秋』が送られていて、江藤は楽しみにしていました。同誌には小林秀雄が「考へるヒント」と題して、日本の近世の学者たちについての哲学的随想というものを連載していました。近世の学者と述べましたが、儒者荻生(おぎゅう)徂徠(そらい)についての随想的考察といった方がいいかもしれません。今は、言葉に関する徂徠の考えをめぐっての、小林の随想といったところを引きたいと思いますが、以下の小林の文の理解には徂徠の学問転換の契機を知っておく必要があるので、まずそれを述べます。

徂徠は五代将軍徳川綱吉に召しだされた人ですが、将軍の側に仕える者たち相手の、四書五経素読の吟味役(ぎんみやく)をやらされました。毎朝六時から夕方の四時までの勤めで、夏などは日が永く、疲れ果て、吟味どころではなかった。読む者がページをめくっても吟味する徂徠はページを返さないこともあって、読む者と吟味役徂徠とが別々のところを見ているありさまであった。こういうことがあって、徂徠は一つの発見をした。「注をもはなれ、本文ばかりを、見るともなく、読むともなく、うつらうつらと見居候内に、あそこここに疑ども出来いたし、是を種といたし、只今は、経学は大形此の如き物と申事合点参候事に候」——今どきの学問（経学）は大体（大形）、注ばかりをたよりにしたものであると、徂徠は合点したのです。徂徠の学問の土台は、「本文ばかりを、見るともなく、読むともなく、うつらうつらと見居候内に」、以下に引く小林の文にある言葉をかりれば、〝放心〟の内に作られた。小林は、徂徠は世上の「放心」を逆手に取っていると言っています。（「徂徠」）

さて、小林は「言葉」について次のように語っています。

《学者は、読んで義を知るに心を奪はれ、生活人は、話して意を伝へるのに心を奪はれてゐるなら、言葉自体に関して放心状態にあるのは、むしろ彼等である。人を教へる為に、人に命令する為に、人と仲よくしたり議論したりする為に、其他あらゆる目的の為に言葉を利用してゐるのに夢中なら、言葉の方でも、彼を見くびつて、その正体を決して現しはしまい。》（「弁名」）

たしかに私たちは、「義を知る」、「意を伝へる」など、日常の生活万般にわたる「あらゆる目的の為に言葉を利用してゐる」ます。では、言葉の「正体」とは何でしょう。

《喋つてばかりゐる人は、言葉は、意のままにどうにでも使へる私物のやうに錯覚し勝ちなものであり、又、事実、言葉は、さういふ惑はしい性質を持つが、彼等が侮る放心を、心を傾けて逆用し、言葉を静観すれば、言葉は、人々の思惑ではどうにもならぬ独立の生を営んでゐるものである事を知るであらう。》(「同上」)

みなさんは経験したことはありませんか、言葉自らが語調を調えようとしていることを。話していると、あるいは文を綴っていると、言葉を選んでいるのが言葉自身であることを。みなさんが立ち止まって、反省的意識をはたらかせれば、まさしく言葉は「独立の生を営んでゐる」ことを了解するでしょう。

小林は、今引いた文のすこし先の方で、言葉が個人を越えた社会的事実である事を、徂徠ははっきりと見て取っていた、と書いていています。

徂徠は「弁名」という著作の冒頭に、「生民ヨリ以来、物アレバ名アリ」と述べています。小林は次のように批評します。

《「生民ヨリ以来、物アレバ名アリ」は当り前な事で、人間がかういふ無自覚な自然状態で、長い間済ませて来られたのも、物とは、すべて、感覚的なもの、一と口で言へば形ある物に過ぎなかつたからだ。》(「同上」)

「生民ヨリ以来」とは人間の誕生以降ということです。ヘレンが「水」に触れることによって、「物」と「名」の一致を知って〝魂のめざめ〟を覚えたのは、「猿の人まね」の状態から人間の状態に移ったことである、とは先に述べましたが、ここにいう人間の状態とは、徂徠から、あるいは小林から見て、「物とは、すべて、感覚的なもの、一と口で言へば形ある物に過ぎ」ぬものであり、そういう「物」の認識は「無自覚な自然状態」にいる人のすることなのです。

ここに、〝聖人〟が現れた。

《聖人が現れて、形のない物に名を立てた。「道」といふ名を発見した。（中略）道とは、形ある個々の物の名ではない。物全体の「統名」なのだ、と彼（徂徠）は言ふ。人間経験全体の名だと言つてもよい。人間の生活力の綜合的な表現だと言つてもよい。それは全く形のないものである。（中略）道といふ統名の発見によつて、はじめて、人々の個々の経験に脈絡がつき、人間の行動は、一定の意味を帯びた軌道に乗るやうになつた。》（「同上」）

私たちが、〝おぎゃあ〟と生まれてこの方の生活は、言葉との生活です。言葉に支えられての生活といってもいいのです。私たちの精神の成長は言葉の認識とともになされています。そういう過程の中に、人生とは何か、という非実用的な、「道」を求める意味合いが生じて来るのです。ただ生きるだけでは心さびしいのです。個人の生き甲斐といったものが人間の生活全体とのかかわりを求めるようになりました。それは、「人々の個々の経験に脈絡がつ」くことです。「人間の行動は、一定の意味を帯びた軌道に乗る」とは、人間に歴史が生じたということです。「統名」を認識した人は歴史に人生の意味を問うようになるのです。

この「統名」という考えは西欧ではどうなっているかといいますと、小林は次のように述べています。

《もし、彼（徂徠）が、プラトンを知つてゐたら、ギリシアでも、プラトンといふ聖人が現れて、ロゴスといふ統名を発見するまで、常人は、みな「物アレバ名アリ」で済してゐたと言つたと想像しても差支(さしつか)へないやうな考へが見られる。》

みなさんはすでにお解りでしょうが、「愛（ラヴ）」は「統名」ではありません。徂徠は著書『学則』に『老子』の「車数（かぞ）へて車なし」を引いています。車を各部分の名に分解すると車の名はなくなると老子は言っているが、車という名は存在するではないかと徂徠は言います。車は「統名」だからです。車の各部分それぞれが車に欠かせないように、人の生活に「愛（ラヴ）」は欠かせませんが、「愛（ラヴ）」は人生の「統名」ではないのです。

9

今回はみなさんとともに、言葉が私たちの心の源であることを、いくつかの文献をたよりに語りました。とても楽しい時間でした。みなさんもそうでありましたならば、うれしく思います。ずいぶん長い話に付き合っていただき有難く存じます。

あとがき

1

本書には長いものも短いものも収められているが、文の長短によって書くほうの身の入れ方がかわるわけではない。そういう意味では本書に収めた文はどれにも愛着があって何ら軽重はないのだが、「続・漱石の『明治天皇奉悼之辞』について」、「鷗外の涙」、「家族とその死」の三本は書きたい衝動にかられて集注して書いた。鷗外は、齢を重ねるごとに愛着が増す。殊に史伝に魅かれること尋常でない。鷗外の史伝には人生の秘密があらわに表れているように思われる。

それから、「言葉にささえられて」は、人にとって言葉とはなにか、という年来のテーマを文章にしてみたものである。講演でもその一部は話したことがある。

長いものでも短いものでも、一読して、ああ、生きるということは、こういうことか、と感じてもらえれば、書き手の意図は達したも同然である。

2

政治現実は常に動いて息まないが、政治の目的はいつもかかわらず、国民のくらしがつつがなくいとなめるようにすることである。そして、文学の存在意義は、人が生きていることの意味を明らめることである。

だが、文学は今、流行(はや)らない。一つには昨今の世界の政治情勢が関係している。大西洋を挟んだ欧米は、米ソ冷戦終結後新しい政治現実に生きて、第二次世界大戦後の政治現実はあらかた昔のことになったが、太平洋に臨む大陸の東アジアの諸国はいまだ第二次世界大戦後の政治現実の中に生きている。殊に中華人民共和国（以下、中共）、韓国、北朝鮮が望む政治現実は第二次世界大戦後の敗戦国日本に戦争責任があることを前提とした政治現実である。中共が軍事力および経済力を身につけてくるにつれ、敗戦国日本という政治現実は何としても維持存続しておきたいもののようである。

しかし、大戦終了から半世紀も過ぎると、日本が戦後の呪縛から解き放たれつつある現状となり、日本敗戦という大戦後の政治現実に生きたい東アジア諸国と、敗戦の痛みから立ち直りつつあり、またもともと旺盛雄飛な資性の持ち主である日本との間に、何をもって政治現実とするかで鬩(せめ)ぎ合いが起こっている。新しい政治的季節の到来である。総合雑誌、論壇誌をにぎわせているものはこの政治現実観の相剋である。

日本を取り巻く世界はかくのごときもので、日々変転する政治現実から目が離せない。個人が生きるの死ぬのといった文学の世迷い事の話に耳をかしている時間もスペースも今のジャーナリズムにはないようである。文学はノーベル賞以外になきがごとくである。文学は無用の長物となったかのようである。そうかも知れない。だが、これは新しい事態ではない。芭蕉は、「予(よ)が風雅(ふうが)は夏炉冬扇(かろとうせん)のごとし。衆にさかひて用(もちい)る所なし」（「許六離別詞」〈元禄六年〉）と門弟を諭している。ただ芭蕉は、世の「あはれなる所」から眼が離せなかった人である。文学の「細き一筋をたどりうしなふ事なかれ」と精進した人である。これは文学の正道である。文学は政治がたどれない別の道で、世の人のために存在し、人の生きる意味を明らめるのである。

3

本書は一年前に上梓したいと願っていたのであるが、事情があって残念なことに一年後おくれた。だから、一年前に考えた通りの文章群で上梓しようと思っていた。しかし、人の勧めもあって二つの文章を新しく収めた。

今回の出版は夢の友出版の堀籠洋友社長にたいへんお世話になった。また、堀籠氏を紹介していただいた、旧知のフリー編集者である佐藤修一氏にも感謝の念を申し上げる。

令和二年一月十二日

廣木　寧

【初出一覧】（本書に収録するにあたり、加筆したものがある。）

■夏目漱石

「漱石の文学と私」―平成二十五年頃擱筆。

「〝文化の戦士〟としての夏目漱石」―『時事評論石川』（平成二十九年三月二十日）

「漱石の『明治天皇奉悼之辞』について」―『国民同胞』（平成二十九年五月）

「続・漱石の『明治天皇奉悼之辞』について」―書き下ろし。平成二十九年八月頃擱筆。

■森鷗外

「立派な父と不良の息子の物語 - 『澀江抽斎』を読んでⅠ」―『寺子屋だより』（平成三十年四月、七月、十月、平成三十一年四月、令和元年七月に「6」まで掲載。以下未発表）

「鷗外の涙 - 『澀江抽斎』を読んでⅡ」―書き下ろし。平成三十年八月頃擱筆。

■小林秀雄と江藤淳

「小林秀雄と江藤淳」―『寺子屋だより』（平成二十七年三月、五月、七月、九月）

「歌枕 - 松尾芭蕉と小林秀雄」―『時事評論石川』（平成二十五年十一月二十日）

「小林秀雄『歴史の魂』と『無常といふ事』」―『時事評論石川』（平成二十六年五月二十日）

「昭和五十二年秋の満開」―『国民同胞』（平成二十六年五月）

「鏡としての歴史」―『時事評論石川』（平成二十七年七月二十日）

「歌碑と独立樹 - 斎藤茂吉と小林秀雄」 ― 『国民同胞』(平成三十年一月、二月)
「言葉と歴史と検閲 - 江藤淳の批評について」 ― 『正統と異端』第四号(平成十三年十月刊)
「家族とその死 - 江藤淳生涯の末二年の文業と永井龍男の文学」 ― 書き下ろし。平成三十一年三月擱筆。

■遠い人近い人

「『博多っ子純情』」 ― 『寺子屋だより』(平成二十五年十月)
「詩と哲学の奪回を」 ― 『国民同胞』(平成二十六年七月)
「下田踏海事件 - 『与力輩愕々色を失ふ』」 ― 『日本の息吹』(平成二十六年七月)
「互殺の和」 ― 『寺子屋だより』(平成二十七年一月)
「遠い人近い人 - 安達二十三陸軍中将」 ― 『寺子屋だより』(平成二十七年十一月、平成二十八年一月)
「見え隠れする全体主義」 ― 『寺子屋だより』(平成二十九年十月)
「新〝サッカー〟考 - 『死力を尽くした』」 ― 『寺子屋だより』(平成三十一年一月)
「西へ西へ - ラフカディオ・ハーンの来日」 ― 『国民同胞』(令和元年十月~十二月)
「『わたしを連れて逃げて』 - レコード大賞と直木賞」 ― 『寺子屋だより』(令和二年一月)
「言葉にささえられて」 ― 『寺子屋だより』(平成二十八年九月、十一月、平成二十九年一月、四月、七月、平成三十年一月に「6」まで掲載。以下未発表)

■著者プロフィール

廣木 寧（ひろき・やすし）

昭和 29 年 (1954) 福岡生まれ。九州大学卒。学生時代、2 度 (霧島、阿蘇)、小林秀雄の講義を聴く機会があり、感銘を受ける。

著作に、『江藤淳氏の批評とアメリカ -「アメリカと私」をめぐって』(慧文社)、『小林秀雄と夏目漱石 - その経験主義と内発的生』(総和社)、『天下なんぞ狂える - 夏目漱石の「こころ」をめぐって（上・下)』(慧文社) などがあり、共著に『日本の偉人100 人 (上・下)』(致知出版社)、『郷土福岡の偉人』(寺子屋モデル) などがある。

現在は㈱寺子屋モデル勤務。

言葉にささえられて— 政治に対峙する文学の世界

令和 2 年 3 月 20 日初版発行

著 者　廣 木　寧

発 行　株式会社 夢の友出版
東京都新宿区白銀町６－１－８１２（〒 162-0816）
電話・Fax　０３－３２６６－１０７５
URL： yume-tomo-editorial.com/

印刷　株式会社日本制作センター

ISBN978-4-906767-05-2　C0095